U0090364

民國文化與文學研究文叢

十五編

李 怡 主編

第19冊

古典理想的現代重構
——徐志摩與中國傳統文化（上）

甯飛翔 著

國家圖書館出版品預行編目資料

古典理想的現代重構——徐志摩與中國傳統文化（上）／寧飛翔著 -- 初版 -- 新北市：花木蘭文化事業有限公司，2022〔民111〕
序 4+ 目 4+162 面；19×26 公分
（民國文化與文學研究文叢　十五編；第 19 冊）
ISBN 978-986-518-977-8（精裝）
1.CST：徐志摩 2.CST：學術思想 3.CST：文學評論
4.CST：傳記 5.CST：中國
820.9　　111009891

民國文化與文學研究文叢
十五編　第十九冊　ISBN：978-986-518-977-8

古典理想的現代重構
——徐志摩與中國傳統文化（上）

作　者　寧飛翔
主　編　李　怡
企　劃　四川大學中國詩歌研究院
總 編 輯　杜潔祥
副總編輯　楊嘉樂
編輯主任　許郁翎
編　輯　張雅淋、潘玟靜、劉子瑄　美術編輯　陳逸婷
出　版　花木蘭文化事業有限公司
發 行 人　高小娟
聯絡地址　235 新北市中和區中安街七二號十三樓
電話：02-2923-1455／傳真：02-2923-1452
網　址　http://www.huamulan.tw 信箱 service@huamulans.com
印　刷　普羅文化出版廣告事業
初　版　2022 年 9 月
定　價　十五編 21 冊（精裝）新台幣 55,000 元

古典理想的現代重構
——徐志摩與中國傳統文化（上）

寧飛翔 著

作者簡介

寧飛翔，原名寧飛祥，1977年生人，湖北荊州籍貫。獨立學者，研究方向為近現代文藝思想史，比較詩學，尤致力於徐志摩研究，相關研究成果深受業內人士好評。曾以青袖為筆名在「愛思想」網站開設文學評論專欄，部分文章被騰訊、鳳凰網文化欄目予以全文轉載。本書是作者的第一部學術專著。在這部凝聚了作者多年研究成果的著作中，作者獨闢蹊徑地提出了一系列原創性觀念，相信它的出版，在深化徐志摩研究領域的同時，必將有益於拓寬現代文學研究的思維空間。

提　　要

本書是迄今為止首部從傳統文化視域系統研究徐志摩的論著。一方面著眼於文化範疇的印證：儒、道、玄、禪，從價值論的角度出發探求其精神形上的根據；一方面著眼於文化內涵的傳承：六朝散文、花間詞、性靈與審美、詩與音樂、美術與書法，從藝術本體論的角度洗發其文化底蘊。兩者互為呼應，形成立體互補的全息式闡釋體系。全書融入跨學科視野，以文學文本為主，擴大到哲學、美學、詩學等領域，將宏觀考察與微觀分析融為一體，在重新考證文獻材料的基礎上，對徐志摩文學創作思想以及文化心理的發生機制進行探源溯流，力圖重構古今人文精神纏繞互動的鮮活發展圖譜，從而在引領讀者重溫中國傳統文化歷程的同時，潛心勾勒出一代詩人全新的精神譜系與文化肖像。

謹以此書紀念詩人徐志摩（1897～1931）

飛翔兄的著作內容避免了先入為主和以偏概全，是迄今為止第一部全面闡述傳統文化與徐志摩創作關係的論著。既有橫向的文化考察：儒、道、玄、禪的現代傳承，也有縱向的歷史演進：六朝散文、花間詞等等。不僅有文學文本的考察，還擴大到哲學、美學（包括美術）、詩學等領域，將宏觀考察與微觀分析融為一體。在古今纏繞的鮮活發展圖譜中，凸顯了徐志摩這一獨特個體的細膩飽滿的「活的靈魂」，為徐志摩研究做出了獨特的貢獻。

——李怡

賢兄大作業已拜讀，問世後，允稱傳世之作——後世研究志摩，繞不開的名山之作。

——徐志東

從地方文學、區域文學到地方路徑
——《民國文化與文學研究文叢・十五編》引言

李　怡

2020年，我在《成都與中國現代文學發生的地方路徑問題》中，以內陸腹地的成都為例，考察了李劼人、郭沫若等「與京滬主流有異」的知識分子的個人趣味、思維特點，提出這裡存在另外一種近現代嬗變的地方特色。這一走向現代的「地方路徑」值得剖析，它與多姿多彩的「上海路徑」「北平路徑」一起，繪製出中國文學走向現代的豐富性。沿著這一方向，我們有望打開現代文學研究的新的可能。〔註1〕同年1月，《當代文壇》開始推出我主持的「地方路徑與文學中國」的學術專欄，邀請國內名家對這一問題展開多方位的討論，到2021年年中，共發表論文33篇，涉及四川、貴州、昆明、武漢、安徽、內蒙古、青海、江南、華南、晉察冀、京津冀、綏遠、粵港澳大灣區等各種不同的「地方」觀察，也有對作為方法論的「地方路徑」的探討。2020年9月，中國作協創研部、四川省作協、中國人民大學書報資料中心、《當代文壇》雜誌社還聯合舉行了「地方路徑與文學中國」學術研討會，國內知名學者與專家濟濟一堂，就這一主題的問題深入切磋，到會學者包括阿來、白燁、程光煒、吳俊、孟繁華、張清華、賀仲明、洪治綱、張永清、張潔宇、謝有順等等。〔註2〕2021年10月，中國現代文學理事會在成都召開，會

〔註1〕李怡：《成都與中國現代文學發生的地方路徑問題》，《文學評論》2020年4期。

〔註2〕研討會情況參見劉小波：《地方路徑與文學中國——「2020中國文藝理論前沿峰會暨四川青年作家研討會」會議綜述》，《當代文壇》2021年1期。

議主題也確定為「地方路徑與中國現代文學」，線上線下與會學者 100 餘人繼續就「地方路徑」作為學術方法的諸多話題廣泛研討，值得一提的是，這一主題會議還得到了第一次設立的國家社科基金「學術社團主題學術活動資助」。

經過了連續兩年的醞釀和傳播，「地方路徑」的命題無論是作為理論方法還是文學闡述的實踐都已經產生了重要的影響，在這個時候，需要我們繼續推進的工作恰恰可能是更加冷靜和理性的反思，以及在更大範圍內開展的文學批評嘗試。就像任何一種理論範式的使用都不得不經受「有限性」的警戒一樣，「地方路徑」作為新的文學研究方式究竟緣何而來，又當保持怎樣的審慎，需要我們進一步辨析；同時，這種重審「地方」的思維還可以推及什麼領域，帶給我們什麼啟發，我們也可以在更多的方向上加以嘗試。

一

「名不正，則言不順」，這是《論語》的古訓，20 世紀 50 年代以來，西方史學發現了「概念」之於歷史事實的重要意義，開啟了「概念史」（conceptual history）的研究。這是我們進一步推進學術思考的基礎。

在這裡，其實存在著一系列相互聯繫卻又頗具差異的概念。地方文學、地域文學、區域文學、文學地理學以及我所強調的地方路徑，它們絕不是同一問題的隨機性表達，而是我們對相近的文學與文化現象的不同的關注和提問方式。

雖然「地方」這一名詞因為「地方性知識」的出現而變得內涵豐富起來，但是在我們的實際使用當中，「地方文學」卻首先是一個出版界的現象而非嚴格的概念，就是說它本身一直缺乏認真的界定。地方文學的編撰出版在 1990 年代以後逐漸升溫，但凡人們感到大中國的文學描述無法涵蓋某一個局部的文學或文化現象之時，就會自然而然地將它放置在「地方」的範疇之中，因為這樣一來，那些分量不足以列入「中國文學」代表的作家作品就有了鄭重出場、載入史冊的理由。近年來，在大中國文學史著撰寫相對平靜的時代，各地大量湧現了以各自省市為單位的地方文學史，不過，這種編撰和出版的行為常常都與當地政府倡導的「文化工程」有關，所以其內在的「地方認同」或「地方邏輯」往往不甚清晰，不時給人留下了質疑的理由。

這種質疑很容易讓我們聯想到「區域文學」與「地域文學」的分歧。學界一般認為,「地域文學」就是在語言、民俗、宗教等方面的相互認同的基礎上形成的文學共同體形態,這種地區內的文學共同體一般說來歷史較為久遠、淵源較為深厚,例如江左文學、江南文學、江西詩派等等;「區域文學」也是一種地區性的文學概念,不過這樣的地區卻主要是特定時期行政規劃或文化政治的設計結果,如內蒙古文學、粵港澳大灣區文學、京津冀文學等等,其內在的精神認同感明顯少於地域文學。「『地域』內部的文化特徵是相對一致的,這種相對一致性是不同的文化特徵長期交流、碰撞、融合、沉澱的結果,不是行政或其他外部作用所能短期奏效的。而『區域』內部的文化特徵往往是異質的,尤其是那種由於行政或者其他原因而經常變動、很難維持長期穩定的區域,其文化特徵的異質性更明顯。」〔註3〕在這個意義上,值得縱深挖掘的區域文學必須以區域內的歷史久遠的地域認同為核心,否則,所謂的區域文學史就很可能淪為各種不同的作家作品的無機堆砌,被一些評論者批評為「邏輯荒謬的省籍區域文學史」,「實際上不但割裂了而且扭曲了文化的真實存在形態」。〔註4〕1995年,湖南教育出版社開始推出嚴家炎先生主編的《二十世紀中國文學與區域文化》叢書,涉及東北文學、三晉文學、齊魯文學、巴蜀文學、西藏雪域文學等等,歷經近二十年的沉澱,這套叢書在今天看來總體上還是成功的,因為它雖然以「區域」命名,卻實則以「地域文學」的精神流變為魂,以挖掘區域當中的地域精神的流變為主體。相反,前面所述的「地方文學」如果缺乏嚴格的精神的挖掘和融通,同樣可能抽空「地方性」的血脈,徒有行政單位的「地方」空殼,最終讓精神性的文學現象僅僅就是大雜燴式的文學「政績」的整合,從而大大地降低了原本暗含著的歷史價值。

中國傳統文化其實也一直關注和記錄著地域風俗的社會文化意義,《詩經》與《楚辭》的差異早就為人們所注目,《禹貢》早已有清晰明確的地域之論,《漢書》《隋書》更專列「地理志」,以各地山川形勝、風土人情為記敘的內容,由此開啟了中國文化綿邈深遠的「地理意識」。新時期以後,中國文學研究以古代文學為領軍,率先以「文學地理」的概念再寫歷史,顯然就是對這一傳統的自覺承襲,至新世紀以降,文學地理學的理論建構日臻自覺,似有一統江山,整合各種理論概念之勢——包括先前的地域文學、區域文學。有學者總結認為:「文學地理學是由中國本土學者提出並發展起來的一門學

〔註3〕曾大興:《「地域文學」的內涵及其研究方法》,《東北師大學報》2016年5期。
〔註4〕方維保:《邏輯荒謬的省籍區域文學史》,《揚子江評論》2012年2期。

科，也是由中國本土學者提出與發展起來的一種新的文學批評方法。」〔註5〕這也是特別看重了這一理論建構與中國傳統文化的深刻聯繫。

當然，也正如另外有學者所考證的那樣，西方思想史其實同樣誕生了「文學地理學」的概念，並且這一概念也伴隨著晚清「西學東漸」進入中國，成為近代中國文學地理思想興起的重要來源：「文學地理學是 18 世紀中葉康德在他的《自然地理學》中提出的一個地理學概念，由於康德的自然地理學理論蘊涵著豐富的人文地理學和地域美學思想，在西方美學和文學批評中產生了深遠的影響。清末民初，在西學東漸和強國新民的歷史大潮中，梁啟超、章太炎、劉師培等人將康德的『文學地理學』和那特硜的『政治學』用於中國古代文學藝術南北差異的研究，開創了中國文學地理學的學科歷史。」〔註6〕認真勘察，我們不難發現西方淵源的文學地理學依然與我們有別：「在康德的眼裏，文學地理學是地理學的一個分支學科而不是文學的分支學科」〔註7〕，後來陸續興起的文化地理學，也將地理學思維和方法引入文學研究，改變了傳統文學研究感性主導色彩，使之走向科學、定量和系統性，而興起於後殖民時代的地理批評以「空間」意識的探究為中心，強調作品空間所體現的權力、性別、族群、階級等意識，地理空間在他們那裡常常體現為某種的隱喻之義，現代環境主義與生態批評概念中的「地方」首先是作為「感知價值的中心」而非地理景觀，用文化地理學家邁克・克朗的話來說就是：「文學作品不能被視為地理景觀的簡單描述，許多時候是文學作品幫助塑造了這些景觀。」〔註8〕較之於這些來自域外的文學地理批評，中國自己的研究可能一直保持了對地方風土的深情，並沒有簡單隨域外思潮起舞，雖然在宏觀層面上，我們還是承認，現當代中國的文學地理學是對外開放、中西會通的結果。

「地方路徑」一說是在以上這些基本概念早已經暢行於世之後才出現的，於是，我們難免會問：新的概念是不是那些舊術語的隨機性表達？或者，是不是某種標新立異的標題招牌？

這是我們今天必須回答的。

〔註5〕鄒建軍：《文學地理學：批評和創作的雙重空間》，《臨沂大學學報》2017 年 1 期。

〔註6〕鍾仕倫：《概念、學科與方法：文學地理學略論》，《文學評論》2014 年 4 期。

〔註7〕鍾仕倫：《概念、學科與方法：文學地理學略論》，《文學評論》2014 年 4 期。

〔註8〕【英】邁克・克朗（Mike Crang）：《文化地理學》，楊淑華、宋慧敏譯，南京大學出版社 2003 年版，第 55 頁。

二

在現代中國討論「地方路徑」，容易引起的聯想是，我們是不是要重提中國文學在各個地方的發展問題？也就是說，是不是要繼續「深描」各個區域的文學發展以完整中國文學的整體版圖？

我們當然關注現代中國文學的一系列共同性的問題，而不是試圖將自己侷限在大版圖的某一局部，為失落在地方的文學現象拾遺補缺，從這個意義上來說，跨出地方的有限性，進入區域整合的視野甚至民族國家的視野乃題中之義。但是，這樣的嘗試卻又在根本上有別於我們曾經的區域文學研究。

在中國，區域文學與文化研究集中出現在 1990 年代中期，本質上是 1980 年代以來「走向世界」的改革開放思潮的一種延續。嚴家炎先生主編的《二十世紀中國文學與區域文化》叢書最早在 1995 年推出，作為領命撰寫四川現代文學與巴蜀文化的首批作者，我深深地浸潤於那樣的學術氛圍，感受和表達過那種從區域文化的角度推進文學現代化進程的執著和熱誠。在急需打破思想封閉、融入現代世界的那種焦慮當中，我們以外來文化為樣本引領中國文學與文化的渴望無疑是真誠的，至今依然閃耀著歷史道義的光輝，但是，心態的焦慮也在自覺不自覺中遮蔽了某些歷史和文化的細節，讓自我改變的激情淹沒了理性的真相。例如，我們很容易就陷入了對歷史的本質主義的假想，認為歷史的意義首先是由一些巨大的統攝性的「總體性質」所決定的，先有了宏大的整體的定性才有了局部的意義，中國文化的現代化進程也是如此，先有了整個國家和民族的現代觀念，才逐步推廣到了不同區域、不同地方的思想文化活動之中，也就是說，少數先知先覺的知識分子對西方現代化文化的接受、吸收，在少數先進城市率先實踐，形成了中國現代文化的「總體藍圖」，然後又通過一代又一代的艱苦努力，傳播到更為內陸、更為偏遠的其他區域，最終完成了全中國的現代文化建設。雖然區域文學現象中理所當然地涵容著歷史文化的深刻印記，但是作為「現代文學」的歷史進程的重要環節，我們的主導性目標還是考察這一歷史如何「走向世界」、完成「現代化」的任務，所以在事實上，當時中國文學的區域研究的落腳點還是講述不同區域的地方文化如何自我改造、接受和匯入現代中國精神大潮的故事。這些故事當然並非憑空捏造，它就是中國文化在近現代與外來文化交流、溝通的基本事實，然而，在另外一方面的也許是更主要的事實卻可能被我們有所忽略，那就是文化的自我發展歸根到底並不是移植或者模仿的結果，而是自我的一種演進和生長，也就是說，是主體基於自身內在結構的一種新的變化和調整，這裡的主體性和內源性是不可或缺的基礎。如果說現代中國文學最終表現出了一種不容迴避的「現代性」，那麼也必定是不同的「地方」都出現了適應這個時代的新的精神的變遷，而不是少數知識分子為中國先建構起了一個大的現代的文化，然後又設法將這一文化從中心輸送到了各個地方，說服地方接受了這個新創建的文化。在這個意義上，地方的發展彙集成了整體的變化，是局部的改變最後讓全局的調整成為了現實。所謂的「地方路徑」並非是偏狹、個別、特殊的代名詞，在通往「現代」的征途上，它同時就是全面、整體和普遍，因為它最後形成的輻射性效應並不偏於一隅，而是全局性的、整體性的，只不過，不同「地方」對全局改變所產生的角度與方向有所不同，帶有鮮明的具體場景的體驗和色彩。從這裡，我們可以得出結論：在現代中國文學的學術史上，我們曾經有過的區域文化研究其實還是國家民族的大視角，區域和地方不過是國家民族文學的局部表現；而地方路徑的提出則是還原「地方」作為歷史主體性的意義，名為「地方」，實則一個全局性的民族文化精神嬗變的來源和基礎，可謂是以「地方」為方法，以民族文化整體為目的。

「地方」以這種歷史主體的方式出場，在「全球化」深化的今天，已經得到了深刻的證明。

在當今，全球化依然是時代的主題。然而，越來越多的人都開始意識到一個重要的問題：全球化是不是對體現於「地方」的個性的覆蓋和取消呢？事實可能很明顯，全球化不僅沒有消融原本就存在的地方性，而且林林種種的地方色彩常常還借助「反全球化」的浪潮繼續凸顯自己，在一個相當長的時期內，全球化和地方性都會保持著一種糾纏不清的關係，有矛盾衝突，但也會彼此生發。

文學與地方的關係也是如此。現代中國的文學一方面以「走向世界」為旗幟，但走向外部世界的同時卻也不斷返回故土，反觀地方。這裡，其實存在一個經由「地方路徑」通達「現代中國」的重要問題。

何謂「現代中國」？長期以來，我們預設了一些宏大的主題——中國社會文化是什麼？中國文學有什麼歷史使命、時代特點？不同的作家如何領悟和體現這樣的歷史主題？主流作家在少數「中心城市」如何完成了文學的總體建構？然而，文學的發生歸根到底是具體的、個人的，人的文學行為與包裹著他的生存環境具有更加清晰的對話關係，也就是說，文學人首先具有切實的地方體驗，他的文學表達是當時當地社會文化的有機組成部分，文學的存在首先是一種個人路徑，然後形成特定的地方路徑，許許多多的「地方路徑」，不斷充實和調整著作為民族生存共同體的「中國經驗」，當然，中國整體經驗的成熟也會形成一種影響，作用於地方、區域乃至個體的大傳統，但是必須看到，地方經驗始終存在並具有某種持續生成的力量，而更大的整體的「大傳統」卻不是一成不變的，「大傳統」的更新和改變顯然與地方經驗的不斷生成關係緊密。正是在這個意義上，我們認為，並不是大中國的文化經驗「向下」傳輸逐漸構成了「地方」，「地方」同樣不斷凝聚和交融，構成了跨越區域的「中國經驗」。「地方經驗」如何最終形成「中國經驗」，這與作為民族共同體的「中國」如何降落為地方性的表徵同等重要！在現代中國文學發展的過程之中，不僅有「文學中國」的新經驗沉澱到了天南地北，更有天南地北的「地方路徑」最後匯集成了「文學中國」的寬闊大道。〔註9〕

這樣，我們的思維就與曾經的區域文學研究有所不同了。

在另外一方面，地方路徑的提出也意味著我們將有意識超越「地域文學」或者「地方文學」的方式，實現我們聯結民族、溝通人類的文學理想。

如前所述，我們對區域文學研究「總體藍圖」的質疑僅僅是否定這樣一種思維：在對「地方」缺乏足夠理解和認知的前提下奢談「走向世界」，在缺乏「地方體驗」的基礎上空論「全球一體化」，但是，這卻並不意味著我們要固守在「地方」之一隅，或者專注於地方經驗的打撈來迴避民族與人類的共同問題，排斥現代前進的節奏。與「區域文學」「地方文學」的相對靜止的歷史描述不同，「地方路徑」文學研究的重心之一是「路徑」，也就是追蹤和挖掘現代中國文學如何嘗試現代之路的歷史經驗，探索中國文學介入世界進程的方式。換句話說，「路徑」意味著一種歷史過程的動態意義，昭示了自我開放的學術面相，它絕不是重新返回到固步自封的時代，而是對「走向世界」的全新的闡發和理解。

同樣，我們也與「文學地理學」的理論企圖有所不同，建構一種系統的文學研究方法並非我們的主要目的，從根本上看，我們還是為了描述和探討中國文學從傳統進入現代，建設現代文學的過程和其中所遭遇的問題，是對現代中國文學的「現象學研究」，而不是文藝學的提升和哲學性的概括。當然，包括中外文學地理學的視角、方法都可能成為我們的學術基礎和重要借鑒。

〔註9〕參見李怡：《「地方路徑」如何通達「現代中國」》，《當代文壇》2020年1期。

三

現代中國文學的「地方路徑」研究當然也有自己的方法論背景，有著自己的理論基礎的檢討和追問。

「地方路徑」的提出首先是對文學與文化研究「空間意識」的深化。

傳統的文學研究，幾乎都是基於對「時間神話」的迷信和依賴。也就是說，我們大抵都相信歷史的現象是伴隨著一個時間的流逝而漸次產生的，而時間的流逝則是由一個遙遠的過去不斷滑向不可知的未來的勻速的過程，時間的這種不以人的意志為轉移的勻速前進方式成為了我們認知、觀察世界事物的某種依靠，在很多的時候，我們都是站在時間之軸上敘述空間景物的異樣。但是，二十世紀的天體物理學卻告訴我們，世界上並沒有恒定可靠的時間，時間恰恰是依憑空間的不同而變化多端。例如愛因斯坦、霍金等人的宇宙觀恰恰給予了我們更為豐富的「相對」性的啟示：沒有絕對的時間，也沒有絕對的空間，時間總是與空間聯繫在一起，不同的空間有不同的時間。「相對論迫使我們從根本上改變了我們的時間和空間觀念。我們必須接受，時間不能完全脫離開和獨立於空間，而必須和空間結合在一起形成所謂的時空的客體。」〔註 10〕二十世紀以後尤其是 1970 年代以後，西方思想包括文學研究在內出現了眾所周知的「空間轉向」，傳統觀念中的對歷史進程的依賴讓位於對空間存在的體驗和觀察，這些理念一時間獲得了廣泛的共識：「當今的時代或許應是空間的紀元……我們時代的焦慮與空間有著根本的關係，比之與時間的關係更甚。」〔註 11〕「在日常生活裏，我們的心理經驗及文化語言都已經讓空間的範疇、而非時間的範疇支配著。」〔註 12〕「一方面，我們的行為和思想塑造著我們周遭的空間，但與此同時，我們生活於其中的集體性或社會性生產出了更大的空間與場所，而人類的空間性則是人類動機和環境或語境構成的產物。」〔註 13〕有法國空間理論家列斐伏爾等人的倡導，經由福柯、

〔註 10〕【英】霍金：《時間簡史》，吳忠超譯，湖南科學技術出版社 2002 年版，第 22 頁。

〔註 11〕【法】福柯：《不同空間的正文與上下文》，陳志悟譯，見包亞明主編：《後現代性與地理學的政治》，上海教育出版社 2001 年版，第 18 頁、20 頁。

〔註 12〕【美】詹明信：《晚期資本主義文化的邏輯：詹明信批評理論文選》，陳清僑等譯，三聯書店 1997 年版，第 450 頁。

〔註 13〕愛德華・索亞語，見包亞明：《後大都市與文化研究・前言：第三空間、後大都市與文化研究》，上海教育出版社 2005 年版，第 1 頁。

詹姆遜、哈維、索雅等人的不斷開拓，文學的空間批評得到了前所未有的長足發展，文本中的空間不再只是故事發生的背景，而是作為一種象徵系統和指涉系統，直接參與到了主題與敘事之中，空間因素融入傳統的社會歷史批評、文化批評、性別批評、精神批評等，激活了這些傳統文學研究的生命力，它又對後現代性境遇下人們的精神遭際有著獨到的觀察和解讀，從而切合了時代的演變和發展。

如同地理批評遠遠超出了地方風俗的文學意義而直達感知層面的空間關係一樣，西方文學界的空間批評更側重於資本主義成熟年代的各種權力關係的挖掘和洞察，「空間」隱含的主要是現實社會中的制度、秩序和個人對社會關係的心理感受。

在中國現代文學的研究中，我們長期堅信西方「進化論」思想的傳入是驚醒國人的主要力量，從嚴復的「天演公例」到梁啟超的「新民說」、魯迅的「國民性改造」，中國文學的歷史巨變有賴於時間緊迫感的喚起，這固然道出了一些重要的事實，然而，人都是生存於具體而微的「空間」之中的，是這一特殊「地方」的人生和情感的體驗真實地催動了各自思想變化，文學的現代之變，更應該落實到中國作家「在地方」的空間意識裏。近現代中國知識分子，同樣生成了自己的「空間意識」：

> 中國近現代知識分子是在一種極為特殊的條件下形成自己的時空觀念的。不是時間觀念的變化帶來了他們空間觀念的變化，而是空間觀念的變化帶來了他們時間觀念的變化。我們知道，正是由於鴉片戰爭之後中國的知識分子發現了一個「西方世界」，發現了一個新的空間，他們的整個宇宙觀才逐漸發生了與中國古代知識分子截然不同的變化。
>
> 中國現代知識分子的「地理大發現」，發現的卻是一個無法統一起來的世界，一個造成了空間割裂感的事實。這種空間割裂感是由於人的不同而造成的。
>
> 我們既不能把西方世界完全納入到我們的世界中來，成為我們這個世界的一個有機組成部分，我們也不願把我們的世界納入到西方世界中去，成為西方世界的一個有機組成部分。二者的接近發生的不是自然的融合，而是彼此的碰撞。
>
> 上帝管不了中國，孔子管不了西方，兩個空間結構都變成了兩

> 個具有實體性的結構，二者之間的衝撞正在發生著。一個統一的沒有隙縫的空間觀念在關心著民族命運的中國近現代知識分子的意識中可悲地喪失了。這不是一個他們願意不願意的問題，而是一個不能不如此的問題；不是一個比中國古代知識分子「先進」了或「落後」了的問題，而是一個他們眼前呈現的世界到底是一個什麼樣子的問題。正是這種空間觀念的變化，帶來了他們時間觀念的變化。〔註 14〕

近現代中國知識分子同樣在「空間」感受中體驗了現實社會中的制度與秩序，覺悟了各種不平等的權力關係，但是，與西方不同的在於，我們在「空間」中的發現主要還不是存在於普遍人類世界中的隱蔽的命運，它就是赤裸裸的國家民族的困境，主要不是個人的特異發現，而是民族群體的整體事實，它既是現實的、風俗的，又是精神的、象徵的，既在個人「地方感」之中，又直陳於自然社會之上。從總體上看，近現代中國的空間意識不會像西方的空間批評那樣公開拒絕地方風土的現實「反映」，而是融現實體驗與個人精神感受於一爐。我覺得這就為「地方路徑」的觀察留下了更為廣闊的可能。

「地方路徑」的提出也是對域外中國學研究動向的一種回應。

海外的中國學研究，尤其是美國漢學界對現代中國的觀察，深受費正清「衝擊／反應」模式的影響，自覺不自覺地站在西方中心的立場上，以西歐社會的現代化模式來觀察東方和中國，認定中國社會的現代化不可能源自本土，只能是對西方衝擊的一種回應。不過，在 1930、40 年代以後，這樣的思維開始遭受到了漢學界內部的質疑，以柯文為代表的「中國中心觀」試圖重新觀察中國社會演變的事實，在中國自己的歷史邏輯中梳理現代化的線索。伴隨著這樣一些新的學術思想的動態，西方漢學界正在發生著引人矚目的變化：從宏大的歷史概括轉為區域問題考察，從整體的國家民族定義走向對中國內部各「地方」的再發現，一種著眼於「地方」的文學現代進程的研究正越來越多地顯示著自己的價值，已經有中國學者敏銳地指出，這些以「地方」研究為重心的域外的方法革新值得我們借鑒：「從時間與空間起源上，探究這些地區如何在大時代的激蕩中形成具有現代意義的文學觀念、如何生發具有地域特色的文學文本，考察文學與非文學、本土與異域、沿海

〔註 14〕王富仁：《時間·空間·人（一）》，《魯迅研究月刊》2000 年 1 期。

與內地、中心與邊緣之間的多元關係，便不失為中國現代文學研究的一種新路徑。」〔註15〕

當然，必須指出的是，中國學者對「地方路徑」問題的發現在根本上說還是一種自我發現或者說自我認知深化的結果，是創立中國學術主體性的積極體現。以我個人的研究為例，是探尋近現代白話文學發生的過程中，接觸到了李劼人的成都寫作，又借助李劼人的地方經驗體驗到了一種近代化的演變曾經在中國的地方發生，隨著對李劼人「周邊」的摸索和勘察，我們不斷積累著「地方」如何自我演變的豐富事實，又深深地體悟到這些事實已經不再能納入到西方—中國先進區域—偏遠內陸這樣一個傳播鏈條來加以解釋了。與「中國中心觀」的相遇也出現在這個時候，但是，卻不是「中國中心觀」的輸入改變了我們的認識，而是雙方的發現構成了有益的對話。這裡的啟示可能更應該做這樣的描述：在我們力求更有效地擺脫「西方中心」觀的壓迫性影響、從「被描寫」的尷尬中嘗試自我解放、重新獲得思想主體性的時候，是西方學者對他們學術傳統的批判加強了這一自我尋找的進程，在中國人自己表述自己的方向上，我們和某些西方漢學家不期而遇，這裡當然可以握手，可以彼此對話和交流，但是卻並不存在一種理論上的「惠賜」，也再不可能出現那種喪失自我的「拜謝」，因為，「地方路徑」的發現本身就是自我覺醒的結果。這裡的「地方」不是指那種退縮式的地方自戀，而是自我從地方出發邁向未來的堅強意志。在思考人類共同命運和現代性命題的方向上我們原本就可以而且也能夠相互平等對話，嚴肅溝通，當我們真正自覺於自我意識、自覺於地方經驗的時候，一系列精神性的話題反而在東西方之間有了認同的基礎，有了交談的同一性，或者說，在這個時候，地方才真正通達了中國，又聯通了世界。在這個時候，在學術深層對話的基礎上，主體性的完成已經不需要以「民族道路的獨特性」來炫示，它同時也成為了文學世界性，或者說屬於真正的「人類命運共同體」的有機組成部分。

上世紀20年代，詩人聞一多也陷入過時代發展與「地方性」彰顯的緊張思考，他曾經激賞郭沫若《女神》的時代精神，又對其中可能存在的「地方色彩」的缺失而深懷憂慮，他這樣表達過民族與世界、地方與時代的理想關係：「真要建設一個好的世界文學，只有各國文學充分發展其地方色彩，同時又

〔註15〕張鴻聲、李明剛：《美國「中國學」的「地方」取向與中國現代文學研究——以中國現代文學研究的區域問題為例》，《中國現代文學論叢》2018年13輯。

貫以一種共同的時代精神，然後並而觀之，各種色料雖互相差異，卻又互相調和」〔註16〕。在某種意義上，這可以被我們視作中國現代文學沿「地方路徑」前行的主導方向，也是我們提出「地方路徑」研究的基本原則。

〔註16〕聞一多：《〈女神〉之地方色彩》，《創造週報》第5號，1923年6月10日。

序——現代人所需要的古典

李　怡

1994 年，我的第一部學術著作《中國現代新詩與古典詩歌傳統》出版，其中關於徐志摩的一章命名為「古典理想的現代重構」；去年，飛翔兄來我院交流，我才知道他正在撰寫的著作也使用了這個近 30 年前的題目。飛翔兄一再表達對我舊作的看重，實在讓我不好意思。如今，他這部厚重的著作即將出版，又讓我作序，我只能當作是對我自己的一種勉勵了。

「古典理想的現代重構」——我至今依然堅持：在對徐志摩的概括中，這個判斷是貼切的。我覺得，由於時代和環境的變化，絕大多數的現代詩人已不具備真正純粹的古典精神，因而他們所建設的民族性也常常充滿誤讀。恰恰徐志摩可能相當特別。這是一個身處現代卻滿懷傳統文化趣味的詩人，並不是他的理論有多麼古色古香，而是他一身瀟灑的西服之下，掩蓋著一個更「純粹」的傳統文人式的靈魂，這就是徐志摩的奇特之處。

詩人之外，徐志摩也是擁有原創光榮席位的散文家。他的散文生動地凸顯出了東方的古典情趣。其筆下的自然之景已不再是簡單的自然描寫，而是李白《獨坐敬亭山》式的靈魂的對話：

> 說也奇怪，竟像是第一次，我辨認了星月的光明，草的青，花的香，流水的殷勤。我能忘記那初春的睥睨嗎？曾經有多少個清晨我獨自冒著冷去薄霜鋪地的林子裏閒步——為聽鳥語，為盼朝陽，為尋泥土裏漸次蘇醒的花草，為體會最微細最神妙的春信。啊，那是新來的畫眉在那邊凋不盡的青枝上試它的新聲！啊，這是第一朵小雪球花掙出了半凍的地面！啊，這不是新來的潮潤沾上了寂寞的柳條？

> 從校友居的樓上望去，對岸草場上，不論早晚，永遠有十數匹黃牛與白馬，脛蹄沒在恣蔓的草叢中，從容的在咬嚼，星星的黃花在風中動盪，應和著它們尾鬃的掃拂。橋的兩端有斜倚的垂柳與椈蔭護住。水是澈底的清澄，深不足四尺，勻勻的長著長條的水草。這岸邊的草坪又是我的愛寵，在清朝，在傍晚，我常去這天然的織錦上坐地，有時讀書，有時看水；有時仰臥著看天空的行雲，有時反撲著摟抱大地的溫軟。——《我所知道的康橋》

特別是，在《翡冷翠山居閒話》中，徐志摩提出了一個與眾不同的旅遊觀——「獨遊」：

> 你一個人漫遊的時候，你就會在青草裏坐地仰臥，甚至有時打滾，因為草的和暖的顏色自然的喚起你童稚的活潑；在靜僻的道上你就會不自主的狂舞，看著你自己的身影幻出種種詭異的變相，因為道旁樹木的陰影在他們紆徐的婆娑裏暗示你舞蹈的快樂；你也會得信口的歌唱，偶而記起斷片的音調，與你自己隨口的小曲，因為樹林中的鶯燕告訴你春光是應得讚美的；更不必說你的胸襟自然會跟著曼長的山徑開拓，你的心地會看著澄藍的天空靜定，你的思想和著山壑間的水聲，山罅裏的泉響，有時一澄到底的清澈，有時激起成章的波動，流，流，流入涼爽的橄欖林中，流入嫵媚的阿諾河去……——《翡冷翠山居閒話》

徐志摩在獨遊之中所享受到的自在對於我們現代人來說幾乎就是不可思議的。以上所談的正是近似於古代知識分子的生命觀——道家講的無言獨化與坐忘心齋。道家生命觀的基礎是絕對個體的人與天道的和諧。這種觀念和現代的根本不同是，現代的我們即便講和諧，無論如何都包含了一種群體的關係。正因如此，現代的知識分子很難回到古代的生命觀裏，因為我們首先變成了群體中的「我」，我的思慮和欲望是被群體激發的，所以今天現代人的生命，已經不完全屬於個人。我們之所以不寧靜，是因為我們很難做到和自然對話。

更重要的在於，這樣的自然觀之於徐志摩，並不是一種需要努力「學習」或模仿才能擁有的理念，它就來自於真真切切的自我感受和經歷，來自於自然對他的一次次的拯救：「只有你單身奔赴大自然的懷抱時，像一個裸體的小孩撲入他母親的懷抱時，你才知道靈魂的愉快是怎樣的，單是活著的快樂是怎樣的，單就呼吸單就走道單就張眼看聳耳聽的幸福是怎樣的。因此你得嚴格的為己，極端的自私，只許你，體魄與性靈，與自然同在一個脈搏裏跳動，同在一個音波裏起伏，同在一個神奇的宇宙裏自得。」（《翡冷翠山居閒話》）——在人與自然生命的對話過程中，徐志摩體會到的「自然」真義是不可替代的。

飛翔兄的著作內容避免了先入為主和以偏概全，是迄今為止第一部全面闡述傳統文化與徐志摩創作關係的論著。既有橫向的文化考察：儒、道、玄、禪的現代傳承，也有縱向的歷史演進：六朝散文、花間詞等等。不僅有文學文本的考察，還擴大到哲學、美學（包括美術）、詩學等領域，將宏觀考察與微觀分析融為一體。在古今纏繞的鮮活發展圖譜中，凸顯了徐志摩這一獨特個體的細膩飽滿的「活的靈魂」，為徐志摩研究做出了獨特的貢獻。

將近 30 年前，我開始思考徐志摩與古典傳統這個話題，深深地感到其中宏富博大的內容，這不是一兩篇論文就能夠說清楚的。多年來，一直在內心深處期盼有哪位學人能夠替我完成這一心願。今天，讀到飛翔兄數十萬字的皇皇巨著，真有種喜出望外的感覺，彷彿見到了自己親生的孩子。飛翔兄，你能夠體會到我的這份由衷的喜悅吧？

飛翔兄對徐志摩多年的研究和相關文獻的搜索純粹出於個人愛好，並無任何的功利追求——在這一份「赤誠」中，我也依稀讀出了徐志摩性情的某種傳承。讀著徐志摩的詩文，也讀著飛翔兄的文字，我不由得反躬自問，在這樣一個浮躁的時代中，徐志摩所鍾情的古典的靈魂意義還在嗎？我們還需要一種「古典的重構」麼？我想，這本厚實著作中所飽含的歷史深情，或許能帶給我們某種答案。

2022 年初春於成都長灘

目次

上冊

中　冊

例　言

1. 本書所引徐志摩原文，除注明其他出處外，均出自趙遐秋、曾慶瑞、潘百生編：《徐志摩全集》（5 卷本），廣西民族出版社，1991 年版。

2. 第三、四章所引老子、莊子原文，均出自《線裝經典》編委會編：《老子・莊子》，昆明：雲南教育出版社，2010 年版。

3. 第五章所引郭象原文，均出自〔晉〕郭象注；〔唐〕成玄英疏；曹礎基、黃蘭發點校：《莊子注疏》，北京：中華書局，2011 年版。

4. 本書所引魯迅原文，均出自《魯迅全集》（18 卷本），人民文學出版社，2005 年版。

5. 第十一章所引林徽因書信（包括林父長民代林致徐志摩函），均出自《情願：林徽因回憶徐志摩》，南昌：江西教育出版社，2017 年版。

6. 以上為避繁瑣，均在正文中採取括注方式，而不另加注出處及頁碼。

7. 書末「參考文獻」所列書目，一般僅限於徵引部分；「古籍」一欄，因參考時下通用版本，故略去出處說明。

緒論——「真生命只是個追憶不全的夢境」

正如一彎過早隱沒於黑暗中的新月懷抱的一個未來的圓滿，雖然徐志摩生命的遽然終止所留下的文學價值體系的巨大空白，至今仍在雲遮霧罩中掩蓋，但決不應再成為新時代繼續無視其在傳統文化巨鏡映照下若隱若現之輪廓的理由。其生平所遺留的只是其天才發端的大量作品，已留下了足夠豐富的材料和痕跡，缺乏的其實只是將其貫串起來的方法與範式——而方法與範式的建立，依賴的正是足夠的瞭解和尋繹的耐心——所謂冷靜的檢視和正本清源的研究態度。

——題記

一、問題與緣起

中國是一個詩的國度，中國文化是詩性文化，幾千年的滄桑變遷，依然頑強地綿延著以詩歌為其精神本體，以詩學為其精神方式，以《詩經》為其精神基因庫，以唐詩宋詞為其精神巔峰這樣一脈依稀可尋的脈絡。一個詩人的作品如果能夠在其中歷代相傳，引起讀者廣泛共鳴，其精神生命的血脈，必然是深深扎根於中國詩性文化那深沉博大的氤氳世界中，必然是體現了本民族特有的世界觀、人生觀、價值觀、藝術審美觀等等，從而在某種程度上吻合著讀者集體無意識中的種族記憶。在詩與歷史的會通中，歷史證實著詩的生成背景，詩則反襯著歷史演繹中的靈性，即使不能通過感性而具體的歷史時空的還原，凸顯民族文化生活的靈性和詩意的內在品格，筆者也希冀通過語義求索和形象解讀對其文學作品進行文化還原，也就是說，結合研究對象精神的真實結構特徵，將之嵌入中國傳統文化內部各階段的關聯、傳承、轉化、飛躍作細部解讀與具體考察，從而使之細微化、具體化。

儒家文化、老莊哲學、玄學內涵、禪宗境界、魏晉風度、六朝散文、「花間」餘韻、詩與音樂、性靈文學思潮、《紅樓夢》悲劇意蘊、書畫一體的藝術通感……當筆者斷斷續續地圍繞著這些論題而展開關於徐志摩（1897～1931）的一系列論述時，驀然回首，發現自己一路艱辛追尋而下意識裏孜孜不倦的，乃是還原徐志摩傳統文化血脈的一次嘗試性努力。

作為一個本體論意義上的詩人，閃耀於「五四」文壇的徐志摩實際上生活在一個傳統文化迴光返照的時代。一方面新文學的「革命」運動以前所未有的方式沖決著傳統的形式載體，一方面卻依然不得不承載著古典文學特有的抒情傳統；在社會動盪、中西思想融匯碰撞形成的類似春秋戰國時代百家爭鳴的繁榮文化格局中，文人墨客們在強烈的感時憂國中依然「頑固」地綿延了傳統文化的感性傳統，比以往任何時刻都更渴望在自然山水中尋求心靈的庇蔭——在這種種的衝突與牴牾中，「五四」文壇，宛如紛紜互爭的迷霧籠罩中一方短暫而又輝煌的劇幕。而徐志摩，就是這一短暫劇幕中一個意味深長的人物。

徐志摩在世時，已是公眾關注的熱點，其意外英年罹難後，更是非蜂起，讚美和攻訐的都有，莫衷一是。不必說在被政治意識形態主宰的極端年代裏，詩人曾因「政治法庭」的審判而遭受長期不公的攻訐和冷落，而且眾多的所謂文藝評論「每發議論」也必然牽涉到「私人的道德」，真正「就文論文，就藝術論藝術的和平判斷」（林徽因語）可謂寥寥無幾；可喜的是，隨著「文革」夢魘的結束，在撥亂反正的新時期，這位曾被「政治法庭」審判得千瘡百孔和遭受流放命運的「現代詩仙」（司馬長風語），在人們理性的觀照裏，重又煥發出琳琅滿目的精品氣質。或許，當戰爭年代的硝煙散去，重回到世俗生活的芸芸眾生，面對「最是那一低頭的溫柔，像一朵水蓮花不勝涼風的嬌羞」的婉約低吟，以及「滿載一船星輝，在星輝斑斕裏放歌」的清朗放歌，無論是有產者還是無產者，也無論是西服革履的假洋鬼子抑或蓑衣草笠的漁樵，大抵都會動容和喜歡的罷！新時期「徐志摩熱」現象由此而來。然而，大眾文化給他「黃袍加身」的同時，卻悄悄湧動著一種不及其餘式的遮蔽、誤解與低估：「20世紀90年代以降，大眾媒體所書寫的志摩形象，大抵是一位風度翩翩的貴族公子哥，是情聖、情癡的代表，故其所演繹的故事無不出於才子佳人、風月韻事的範圍。」〔註1〕即使在徐志摩的研究方興未艾的當今學界，對詩人思想藝術的梳理及概括日趨通觀審視而精微發覆，但在價值、意義的評估上，或囿於批評界約定俗成的成見與積習而罔顧其最深刻的洞見，或糾結於一些表面的繁縟而在其深邃豐富的內心世界面前淺嘗輒止，欲轉移方法範式而又重被因襲覆蓋的貌合神離，整體上尤帶著一種舊墟上站立起來的遲滯與茫然——筆者每每痛感於此。記得年少時無意中接觸其作品，私心鍾愛之餘，便開始有心搜羅，這樣長年累月，對於中國現代文學史上獨特的「這一個」，諸多體味，氤氳盤旋於心，遂在碌碌勞生之餘，不顧天性魯鈍與學識淺薄，常常在通宵達旦的奮筆揮戈中不顧東方之既白，拼將一腔心血，只為將其鏤刻於心的真實的品貌神韻，正本溯源，一一還原於世人眼前。

二、方法與展開

徐志摩停留於人世間的倥傯歲月，恰值近現代空前轉折的關口。從思想層面看，他「可以說是一個『焦點』式的人物：在他身上幾乎彙集了『五四』時期的幾乎所有的重要思想和觀念。這些不同乃至對立的思想與觀念卻奇妙地圍繞著他的人道主義思想而集合成了一個拼盤」，故他是「作為那個時代思想政治的複雜面貌的一面鏡子而存在的。」〔註2〕其實其特殊精神結構所折射出的傳統文化創造性轉換之圓融折光與內在傳承，同樣堪稱那個新舊文學錯雜互爭時代的一個典範。而後者，往往是被忽視的，或者說，是至今仍未能得到充分梳理的。由此出發，筆者旨在「回溯」傳統文化作為一種隱性但卻真實存在的心理結構在其文本中滲透與轉化的種種闡釋，想要達成的正是對其文學價值創造體系進行歷時性考察的嶄新嘗試。這無疑是一項頗為大膽也不無冒險的嘗試，因為首先，徐志摩的文化思想有沒有體系本身就是可疑的，正如其獨白：「我的思想——如其我有思想——永遠不是成系統的。我沒有那樣的天才。我的心靈的活動是衝動性的，簡直可以說痙攣性的」（徐志摩：《落葉》）；同時，要想將其匆遽一生中散落的文本片羽和思想碎片拾掇成一個連貫的整體，就像把破碎的殘片按其有跡可循的紋理重新拼接以恢復它最初的

〔註1〕李忠陽：《徐志摩散文的詩與思》，見張秀楓主編：《徐志摩散文精選》卷首，北京工業大學出版社，2012年。

〔註2〕毛迅：《徐志摩論稿》，四川大學出版社，1991年12月第1版，第216頁。

形態和面貌，並非易事，弄不好就可能導致強制闡釋或過度闡釋，以及無意識的偏離。應該說，這一過程毫無取巧可言，「它不但需要精密的工夫，而且需要很高的識見和悟力。研究者要有佛家所說的『心相應』，或者魯迅所謂的心中『自有詩人之詩』，才能『握撥一彈，心弦立應』。」〔註 3〕

有心栽花花不開，無心插柳柳成蔭。最先寫出的《詩性風月——徐志摩情愛悲劇意蘊的〈紅樓夢〉意蘊》一章，乃是出於對徐志摩與賈寶玉人生命運相似的一次無意中的發現。這種發現得益於文學評論家李劼先生的一段概括：所謂「金玉良緣」，是指「賈寶玉被拋入人世後而被強加的家族聯姻」；所謂「木石前盟」，則是指「賈寶玉命定的那場先行於自身而最終由色而空地實現自身的生死之戀」。賈寶玉在面對這種截然不同的選擇時，「開始時並不十分明瞭，並且還受到過薛寶釵之豐潤肌膚的誘惑」，但不管他在塵世沉淪得有多深，他最終還是省悟了這種「被強加於自身的世俗婚姻與那種導向生命自身的愛情之間的根本不同」。《紅樓夢》第 36 回中有一個意味深長的細節：「這裡寶釵只剛做了兩三個花瓣，忽見寶玉在夢中喊罵，說：『和尚道士的話如何信得？什麼金玉姻緣？我偏說木石姻緣！』」這個被安排在薛寶釵像妻子似的坐在寶玉身邊做活計出現的絕非偶然的細節表明，「即使賈寶玉在沉淪中接受誘惑，作為靈魂的頑石在夢中也絕不會答應」！賈寶玉的靈魂就在這種先行於自身的木石前盟和寓世沉淪的金玉良緣的矛盾之間輾轉反側，「這種狀態給整個故事提供了無限的戲劇性，而賈寶玉本身的混沌未開又好比一個喪失了記憶的孩子，來到一個他全然陌生的世界。紅樓夢的故事，就是這樣開始的。」〔註 4〕——一瞬間，這段精彩的論述猶如一道閃電，無意中從側面照亮了徐志摩生平撲朔迷離的愛情迷局和讓人紛紜難解的人性迷霧：因為同樣深具意味的是，小說中這樣的開場，恰恰是詩人徐志摩人生故事的開始。它促使我將徐志摩與賈寶玉相似的性情與人生命運相整合，找出其內在的邏輯關聯，從而繞開世間倫理審判的框架，讓一直以來紛紜難解的纏繞著徐志摩愛情悲劇所無限衍生的種種蜚短流長，在靈與肉相悖離的層面上有了一個切切實實的文化意義上的闡釋。當然這種整合併非「語不驚人誓不休」的牽強附會，而是得益於多年來對徐志摩人生愛情故事的耳熟能詳，在綜合了大

〔註 3〕張太原：《從思想發現歷史：重尋「五四」以後的中國》，北京：中華書局，2016 年，第 12 頁。

〔註 4〕李劼：《紅樓十五章》，北京：新星出版社，2010 年，第 152～154 頁。

量真實的一手資料（如詩人生平親友回憶錄與紀念文章以及詩人自己帶有自傳性質的日記書信等）後，才找出了堅實的內在依據。因為脈絡已明，人物命運和情愛故事細節的相似一一存活於心中，所以寫起來頗得心應手。文章在網上發布後引來諸多好評，譬如一位熱心讀者的溢美之言：「徐林的愛情故事因嵌入『紅樓』的『木石前盟』而具有鮮明的創新意義，兩條線索相互交織，自圓其說，可觀可感。而詩文的引用以及當事者的箴言，既是一種史料，又不自覺參與了作品感情基調的構建。文思斐然，有一定的時代精神，既是一種於先人情感的探索體驗，亦是當時一種此在的觀感的自由言表。相信作者在書寫此文的同時必定做了很多的相關研究工作——系統的理論思辨以及固有的數據與資料查詢，雖個人觀點，但旁徵博引，內容豐富，細節真實可感，有很強的說服力與可信度，也見證了作者嫻熟的文字駕馭能力以及相當的文學批評能力。」而遠在美國的李劼老師看到拙作後也在其博客中自謙地表示：「徐林之論，頗有新意，之前沒有想到過。」這愈發使筆者堅信：學術著述沒有捷徑可走，要想時時迎來「無心插柳柳成蔭」的出人意料的新轉機，唯有平素對研究對象充分關注的「有心栽花」。

釐清了徐志摩文化意義上的人生面相，一個如賈寶玉一般懷著對世間萬物特別是美好愛情的癡纏熱愛的典型意義上的情種形象，接下來，該追索這個情種在中國傳統文化母體中得以孕育的種種形而上的精神原型。徐志摩生平素有「詩哲」美譽，其精神的絲縷，看似只牽扯了浮世的色相光影，實則折射出中國傳統文化最精髓的一脈——老莊哲學深沉浩瀚的片羽吉光。雖然詩人天性童真，從來不屑於板著面孔說話的裝腔作勢，但其大量沉浸於大自然的優美詩文中，哪怕是一段無意的心靈獨白，都透露出一種「天人合一」的哲思。正是在這個意義上，追溯徐志摩性格中最顯著的天真特色和其詩文中頻頻閃現的一個「嬰兒」意象，筆者發現了其文化原型的終極來源：倡導「復歸於嬰兒」理念的道家始祖——老子。圍繞著徐志摩的單純信仰和老子復歸於嬰兒理念內涵之間的關聯和相似性，筆者寫下了《童真與自然——徐志摩的單純信仰與老子「復歸於嬰兒」理想的比較解讀》一章。此篇完成後才發現：上溯到先秦時代那一片山頂上的風景，對於理清徐志摩詩意人生最本真的哲學內涵，具有開宗明義、提綱挈領的意義。接下來思路豁然開朗：曾遊學英國而深受英國十九世紀浪漫主義影響的徐志摩，為詩為文無不滲透著濃厚的浪漫主義氣息，但在華麗唯美的異國情調的掩映下，實則折射出一派莊子灑脫飄逸的逍遙遊風範。這種逍遙遊式的人格理想，點染著空靈的山水，幻化出一派中國傳統詩人的典型風範，譬如李白式的浪漫。而且，莊子對徐志摩的潛深影響，在其詩文中同樣可以找到大量堅實有力的證據：無論是散文《想飛》，還是詩歌《再別康橋》、《雲遊》，皆可以看作是現代意義上的「逍遙遊」。沿著這一線脈絡演繹細述，則是《浪漫與逍遙——徐志摩與莊子》一章。此二章中貫通的「自然」與「自由」，在徐志摩的身上構成了一個古今互嵌、互相映照的感性而具體的歷史文化範疇（「道」）的還原。

粗略追溯了徐志摩與傳統「道」之關係，接下來順勢而為，以《才性與玄理——徐志摩與郭象個體主義哲學比較略論》一文切入他與魏晉玄學思想的關聯，以《性靈深處的妙悟——徐志摩的佛禪思想與文學實踐》一文闡釋其與佛禪的淵源及其詩文中的禪宗意識。當然，大道之行，不可偏廢，與道玄禪並舉的是儒，而徐氏身上的儒家色彩也相當明顯，與張君勱、梁實秋等人一樣，某種意義上是典型的「自由主義儒家」，於是又回過頭來悉心爬梳，寫了「徐志摩與儒家文化」（以上、下篇分為兩章），以與全書另一主要範疇（道、玄、禪）並舉互補，至此，通過對這些傳統文明價值底盤的全方位揭示，貫串起一個比較完整的闡釋系統，初步揭開了徐氏過去不為學界所充分重視的最具個人思想特質的一面：貫通儒道釋、穿透真善美、立法天地人。〔註 5〕

思想文化的「道」之範疇既已確立，「技」焉能廢？《魏晉風度開顯下的生命情調——徐志摩的「魏晉風度」與「六朝散文」》一章，試圖在精神氣質與文體影響兩個方面梳理魏晉駢賦對其詩化散文語言「技法」的深度濡染，以期揭開其散文語言對六朝文體隱秘而真實的傳承。《江南才子的性情本色——略論徐志摩與晚唐五代花間詞之淵源》一章，則試圖拂開籠罩在其詩歌文本肌體上顯而易見的「西化」面紗，闡釋其與晚唐五代花間詞一脈相承的婉約綺靡之遺韻。「道」、「技」闡明，儒道玄禪互補之餘兼具魏晉的風流與晚唐花間的餘韻——一個賈寶玉式的情種情癡形象的豐滿文化內涵漸次浮出水面。但如果說「道」曾給予其「藝」以深度和靈魂，那麼賦予其「道」以形象和生命（宗白華語）的「藝」也應得到相應的闡明。接下來的《性靈與審美——略論徐志摩性靈文學思想的傳統淵源》與《詩性生命的音聲律動——徐志摩詩歌音樂性探源》二章，是真正從文學本體範疇（所謂「藝」）來探討「徐志摩文學現象」得以存在的文化價值內涵之嘗試。所謂行百里路者半九

〔註 5〕張大為：《文明詩學》，天津社會科學院出版社，2019 年，第 172 頁。

十，這兩章所涉及的深度和難度似乎超過了其他章節，以至於撰寫過程每每陷入山重水複的迷失。最後一章《歷史遺落的藝術風韻——徐志摩的美術觀及其藝術實踐》，則帶有總結的意味。徐氏詩人、散文家的身份之外，兼具書法、戲劇多方面的才能，於美術繪畫方面亦具藝術通感與宏觀卓識，其與徐悲鴻就中西畫藝論戰一幕至今影響深遠，可惜這些往往被世人視為可有可無的「花絮」（相關的研究當然也有出現，譬如李徽昭的《徐志摩美術思想論》一文，〔註 6〕就是新時期學界的新成果，但整體上仍顯單薄）。本章的目的，正在於收攏這些「零散」的花絮，以初步勾勒出一個類似西方文藝復興時期「文藝全才」式的徐志摩——可歎其「文藝全才」式的天才尚未完全展露即告殞逝，最終只能是如「斷臂維納斯」一樣的「一個偉大的半成品」（劉海粟語），其悲劇命運之寓意也如那場過於短暫的新文化運動一樣，是一個未竟的「文藝復興」之夢——全書至此，遂告收束。

以上次第，依時代順序與思潮範疇，如繁星綴於日月（儒道）之側，雖有主次之分，實構成「道、技、藝」整體上的不可或缺。如此一路的「長途跋涉」，旨在「重構」與「還原」的文化詩學闡釋文本，隨著「精神考古」與「文化索隱」工作的告一段落，終於積跬步而初具規模。

當然，「考古」也好，「索隱」也罷，其意義並不在於如何滿足筆者「懷古」之嗜好，實為映照「當下」。就詩人生平涉及文化語境的「明爭暗鬥」而言，無論是對章士釗「玩」舊態度的凜然批駁（第一章第三節）、與郭沫若之間因「淚浪滔滔」評語而無意陷入的筆墨糾葛和詩學理念分歧（第二章第二節）、因發表「音樂」論調而遭遇魯迅嬉笑怒罵之強烈介入後陷入「玄學的沉默」的背後（相關論述專闢為第五章附錄篇），以及與徐悲鴻之間因西方後印象畫派接受態度上的公開論辯（第十二章第一節），若從其特殊的文化立場和「亦新亦舊」的情懷來看，均可在今天得到恰切的闡釋。以上四例，或隱或顯，均成為上述所謂「考古」與「索隱」的題中應有之義。諸如此類點染與景深，所在多有，這裡只是略為示例，文煩不錄，讀者如有心，自不難從中借鏡以映照詩人生平。

三、意義與限度

筆者始終堅信：正如一彎過早隱沒於黑暗中的新月懷抱的一個未來的圓

〔註 6〕見《淮陰師範學院學報（哲學社會科學版）》2019 年 04 期。

滿，雖然徐志摩生命的遽然終止所留下的文學價值體系的巨大空白至今仍在雲遮霧罩中掩蓋，但決不應再成為新時代繼續無視其在傳統文化巨鏡映照下若隱若現的理由。其生平所遺留的只是其天才發端的大量作品，已留下了足夠豐富的材料和痕跡，缺乏的其實只是將其貫串起來的方法與範式——而方法與範式的建立，依賴的正是足夠的瞭解和尋繹的耐心——所謂冷靜的檢視和正本清源的研究態度。論者指出：「歷史人物的思想有時是玄虛的，但是可以通過具體而詳實的材料證之，也就是以實證虛。『實』是零碎的、片斷的，『虛』則是綜合的、整體的。充分佔有史料以後，加以整理或排列，人物的心態、形象、得失及在歷史上的地位，往往不言自明。而在更多的情況下，需要像傅斯年說的那樣『比較不同的史料』，以獲得『近真』和『頭緒』。把有關歷史人物的各類史料比勘以後有機地組放在一起而產生的『近真』和『頭緒』，顯然超越於各種單純的史料，亦可謂『史料之外的歷史』，這也正如王汎森所主張探尋的『萬狀而無狀、萬形而無形』的歷史。」而要達成這樣的研究效果，「不但需要盡可能地窮盡史料，而且還要善於運用史料。『熟悉和技巧固不可少，而想像和推理的能力尤為重要。』研究者需要從看上去毫無聯繫的散亂文獻中尋覓出蛛絲馬蹟，進而依情理、事理和『道理』把它們勾連起來，以形成『合乎邏輯的證據鏈』。」在這方面，注重內心獨白與情感抒發的徐志摩的大量作品當然是第一手的資源，也是筆者歷年用力最勤處，但文本只是作者有意識裸露出來的「冰山」，底下幽深處，才是值得勘探而容易忽略的領域。以此視之，則在其文本之外的研究資料的參考研閱，包括那些「間接、不經意、旁涉、隱喻、口說之類的史料」的勾索檢視亦相當重要，「對這類史料顯然簡單的比較已不能發現問題，必須進行探曲索隱，『聚集許多似乎不相干的瑣碎材料、瑣小事例，加以整理、組織，使其系統化，講出一個大問題，大結論』。或者，『於人所常見之史料中，發覺其隱曲麵』，『從習見的材料中提出大家所不注意的問題』。達此，既要以新視角發現新材料，又要以新方法整合舊材料，然後，『分析入微，證成新解』。」〔註7〕——當然，以筆者有限的條件與學識而言，一者在材料的收集與檢索上遠未能齊備；二者在領悟和理解上也遠未能達至「化書卷見聞作吾性靈，與古今中外為無町畦」（錢鍾書語）的境地——所以，研究的「願景」與上述實踐之間必然是有差距的，這絕非筆者自謙的套詞，讀者明之。

〔註7〕張太原：《從思想發現歷史：重尋「五四」以後的中國》，第9～10頁。

筆者深知，任何企圖依憑封閉自足單一思想資源而離析出某種純粹本質或唯一起源與動因的文化認同的做法，對於置身於變化動盪紛繁駁雜的歷史真實進程中錯綜纏夾且同樣變化複雜的個體生命而言，都難免是一種閹割與簡化；那種相對淡化了「文學作品巨大的政治社會屬性與人文精神被顛覆、現代化追求被阻斷的歷史內涵，而只把文本當作一個脫離了社會時空的、僅僅只有自然意義的單細胞來進行所謂審美解剖」的「研究」〔註8〕，顯然有違背歷史主義客觀審美態度的主觀嫌疑；而由此帶來的「偏師冒進」的「內在理路」的追溯與過於迂遠的精神漫遊，相對避開最切近的思想源頭，無疑也有疏闊的危險。同樣，如果相對把徐志摩抽離了種種諸如「文藝復興」、「啟蒙與救亡」、「中西文化碰撞融合」、「現代性」等顯豁的歷史背景，還是我們所熟悉的那個徐志摩嗎？如果將其剝離了「反帝反封建」、「反叛傳統」、「融入世界」、「浪漫主義」等現代宏大語境，不是又變成一種「標新立異」了嗎？一個人的思想資源往往是極其豐富的，其所受的影響也是相當複雜的。如僅以儒道包括莊禪思想等作為邏輯起點，則徐志摩有淪為一個案例之嫌，會導致終點（結論）與起點高度疊合。准此，徐志摩也太不高明了。然而，「個體的精神氣質可以在特定的國家歷史形態中得到解釋，但所有來自環境的解釋並不能完全洞見個體創造的奧妙，因此，文學的解讀總是在超越個體又回到個體之間循環。當我們借助超越個體的國家歷史情態敘述文學之時，也應對這一視角的有限性保持足夠的警惕。」〔註9〕

毫無疑問，正是融匯中西的因緣附會與氤氳兩就，才使得現代文學史上引人注目的「徐志摩現象」得以確立。但正如一條秀麗的河水，欲巡視或尋繹其迥異之規模與獨特之風姿曾經歷了怎樣的流長之淵源與匯聚成流之過程，就並不能將其固定在受西方文化思潮影響的「現代文學史」框架內。這也正如徐氏生前所說：「文學史是很有危險性的東西。……本來以科學的方法來研究文學，是很殺風景的。其實一個人作文章，只是靈感的衝動，他作時決不存一種主義，或是要寫一篇浪漫派的文，或是自然派的小說，實在無所謂主義不主義。文學不比穿衣，要講時髦，文學是沒有新舊之分的。他是最高的精神之表現，不受任何時間的束縛，永遠常新，只有『個人』，無所謂派別。」（徐志摩：《近代英文文學》）——他可能沒有料到，他身後被按到「現

〔註8〕李怡：《作為方法的「民國」》，濟南：山東文藝出版社，2015年，第6頁。
〔註9〕李怡：《作為方法的「民國」》，第44頁。

代文學史」中不能動彈——不，更具體地說，是被按到「現代文學史」中的「一個流派」——「新月派」中不能動彈。作為中西文化的寧馨兒，時代對他的影響和孕育是繞不過去的顯豁事實，也應當充分地發掘與研究，然而，只把徐氏放在時代的聚光燈下，就會導致過於聚焦一點的「燈下黑」現象，導致盲視和不及其餘，導致大量堆砌材料的所謂「考據」之瑣碎羅列（這當然並不是沒有意義的），也導致隨著徐志摩研究領域日漸「興盛」但其真實人文風貌愈益模糊不清或即使依稀可辨也似是而非的現象。這就需要檢討徐志摩研究領域兩個長期存在的問題：方法論上的固化和西方視角的迷思。誠如當代學者指出：

> 事實證明，不從文化根源上探尋，不從中西不同的文化內涵，中西不同的人生觀、生命意識等方面作跨文化的比較研究，就無法深入探討中西美學的問題。某些學者將西方美學中一些特定時期和文學運動的術語，例如移情說、隱喻說、象徵主義等，把它們作為某種普遍適用的標簽，硬套在中國美學與文學上，進行一種比附，認為唐代的詩人李賀類同於一個巴洛克詩人，將唐代那樣一個具體文化背景硬套到十七世紀歐洲的文化背景上去。就美學理論看，中國具有數千年光輝的文學藝術史和美學理論史，已經形成了整套美學思想的基本範疇和核心概念，例如「言」「象」「意」「道」，又如「虛」「實」「氣」「韻」「神」等，它們作為中國人觀察、思考現實人生及文學藝術現象的有力工具，其中蘊含著豐富的中國藝術精神。離開了這些東西，僅僅用西方的那一套概念和範疇，我們是很難解讀中國傳統文學藝術和美學思想的，更難得其真精神。長期以來，我們用「現實主義」「浪漫主義」「內容」「形式」或者「張力」「結構」等概念去分析中國古代文學作品，總給人一種生拉活扯、生硬切割的感覺，當人們用這些外來的概念將詩經、楚辭、李白、杜甫切割完畢的時候，這些作品中的中國藝術精神也就喪失殆盡了。〔註 10〕

其實中國現代文學研究領域何嘗不是如此？面對西方「衝擊」下巨變的近現代中國，論者們用西方理論範疇來分割和剖析「中國現代文學」這一「學科」領域顯得步調一致、心照不宣，甚至在運用西方概念解釋中國文本陷入

〔註 10〕李天道：《老子美學思想的當代意義》緒論，北京：中國書籍出版社，2019 年。

格格不入時依然不知道反省操作方法和視野的侷限性，反而疑心中國傳統理論的模糊和不科學、不系統性。除了以西釋中的慣習，另一種痼疾是研究思維的固化。譬如作為現代文學中最重要價值評判尺度的「為人生」觀，就曾導致個體生命存在過程的藝術解釋被社會變革過程的科學解釋和宏大敘事所覆蓋，從而，在進入當代後的很長一段時間內，「文學摒棄了『以想像的表現方法詮釋世界的意義，尤其是展示那些從生存困境中產生的、人人都無法迴避的所謂「不可理喻性問題」』，不能真實地對現當代社會過程中人的『生命過程』進行富有人文情感性的解釋」〔註 11〕，也就造成了文學史上諸多重要存在人物曾以生命過程狀態為軸心而輻射時代和社會變遷方方面面的無限豐富性，彷彿被抽幹了血液般的乾癟空洞與嚴重遮蔽。徐志摩研究領域也不例外。

當然，也應該看到，隨著新時期思維的開放與主體認知思維的轉換，上述兩個方面都迎來了可喜的改觀，譬如毛迅的《徐志摩論稿》、黃立君的《一流清潤草青人遠——徐志摩論》與胡建軍的《徐志摩與中西文化》等著作，均在中西兩個範疇作出了有益的探索與闡釋。但相對而言，「西化」的一面被發掘、闡釋得較為充分，傳統的一面卻依然因研究視域的「窄化」與「淺化」而顯得比較單薄。還有諸多學位論文，在中西文化交匯的視野中注重發掘其思想的深層內涵，作了大量富有創見的論述，但又大多侷限於將其思想放置在某個文化思潮範疇內考察（這方面的學位論文如安穎的《浪漫到古典——徐志摩美學思想的嬗變》與孫碧飛的《從浪漫到古典——徐志摩的人文抉擇》等等；期刊論文則有程國君的《浪漫詩人的古典尋求——新月派審美觀念的主要形態及其古典尋求的詩學意義》與陳玉強的《浪漫主義的抉擇與嬗變——論徐志摩詩歌創作分期》等等），從而顯得為論立據而不無重複，零散割裂而又並不系統。凡此種種，均是不能讓人充分滿意的。

那麼，到底有沒有屬於徐志摩一以貫之的真實個體特質存在呢？其與傳統文化的淵源放在現代語境中又該怎樣辯證地看待呢？於此，筆者想不厭其煩地摘錄兩段當代學人的評述：1.「徐志摩是一個身處現代卻滿懷傳統文化趣味的詩人，不是他的理論有多麼古色生香，而是他一身瀟灑的西裝下，掩蓋著一個純粹的傳統文人式的靈魂，這就是徐志摩的奇特之處。徐志摩的精神

〔註 11〕參閱程金城：《中國現當代文學思潮重要問題研究》，北京：人民出版社，2020 年，第 159～160 頁。

結構是特殊的，可以說他是現代社會條件下幾乎唯一的還能夠保持中國傳統文人的生命觀的人。」〔註 12〕2.「回頭檢點徐志摩留下來的新詩遺產，就會發現，由於英國浪漫派詩人這一百年來整體上評價的低迷，徐志摩作品中受其影響的成分並不能使他收穫更多的讚美，反而是其中的古典因素，造成了他的詩在讀者接受方面上的成功。」〔註 13〕——以上一「內」一「外」，堪稱點睛，在澄清紛亂的同時，日益堅定了筆者內心為這位被縛的「伊卡洛斯」解縛從而回歸傳統文化母體的信念。——至於這一過程是否就能真正切近其曾被歷史塵埃掩埋的精神本源，借助傳統儒道釋的蓮花荷葉為其再造的文化真身是否就是其本真心靈面貌與精神肖像的「還原」，企圖對其「『生命過程』進行富有人文情感性的解釋」的文本建構是否就是作為其「生命過程特殊闡釋系統」之文學創造過程的「再現」，正有待於同好與方家的評判。

自從中國近代以歷史的落差遭遇西方的現代性而導致大規模的文化失落與價值潰敗以來，經過一個世紀傚仿和抗爭的「奮起直追」，至少現在表象上已達到與西方「和諧共振」的「共識」局面。然而，伴隨著人的超越性維度被技術性刪除的是一個「古典性中國」的被整體性置換。「靈魂被善吸引的生活方式」被刪除，對精神信仰的崇拜被置換為對人性自身的自我崇拜。由此，伴隨著「人實際上如何生活」的現代人性觀的登場，「人應當如何生活」的古典價值關懷被徹底棄置。古典世界中神性的「神聖基礎」和「人的秩序」被設想為對象化的「實體」，成為「懸浮在生活世界上空或陷落於個體心靈當中的抽象人性『觀念』」〔註 14〕。正是這種現代性迷失所造成的對「人性」自身自欺欺人式的膜拜，敞開了通向非人性的道路，成為現代與古典之間懸擱的「深淵」，也成為原子化個體充斥的現代社會最大的精神危機和看不見的深刻困境。也正是在這一背景下，以一種「恍兮惚兮」般的幽影搖曳於人們心靈深處的傳統詩性文化的身影並沒有完全消褪和剝落，而是以一種整體在場的若隱若現的姿態深嵌在現代性天網恢恢的鐵幕之中等待著被召喚。其巨大的價值磁場所深蘊的「詩性正當」機制所關涉的「價值決斷和政治思維的核心問

〔註 12〕李怡：《徐志摩的詩歌》，《中國新詩講稿》，北京：中國人民大學出版社，2014 年，第 79 頁。

〔註 13〕江弱水：《一種天教歌唱的鳥——徐志摩片論》，《文本的肉身》，北京：新星出版社，2013 年，第 100 頁。

〔註 14〕張大為：《東方傳統：文化思維與文明政治》，上海：上海三聯書店，2015 年，第 84 頁。

題，事關今天的東方文化和文明體系如何面對一個所謂全球化的世界，如何處身於其中的問題。」〔註 15〕——這樣的召喚理應是一個整體悟入的莊嚴的情感親歷過程，但並不等同於簡單的招魂。當筆者擇取「五四」轉型時期具有文化張力典範意義的獨特個體——徐志摩——來作為彌合「傳統」與「現代」之裂隙與間距的嘗試時，就並非純粹是關於詩人個體的單純研究。有心的讀者不難發現，其「精神現象學」所反襯的永恆文化價值，其實是超越於借助「傳統」元素進行當下性堆積這一方法論過程之上的，或者說，傳統文化那看似如夢幻泡影般變異和消逝的時空之流，正可以藉此一「重構」過程而得以如如呈現。

「真生命只是個追憶不全的夢境，真人格也只似昏夜池水裏的花草映影」——這是徐志摩自己的一句話。筆者時常懷疑自己的努力也只是類似打撈昏夜池水裏的花草映影般的徒勞，一如天資魯鈍的朝拜客，縱然是燃起一柱虔誠的心香，如果沒有相當的修煉與領悟，又如何參透此中的玄機？也許，在當今人類瘋狂追逐欲望日益遠離自然的向死路上，企圖為曾經「仰望星空」的高貴靈魂構築一方供其棲居的神龕，本身不過是在做一次可能最終會歸於徒勞的嘗試。然而，心中懷著聖潔願望的朝聖客，是不管最終能否涅槃成佛的，當他懷著聖潔的願望出發時，每前進一步，就會欣喜地發現心中的心象更清晰了一點。他不管最終能否成功地孵化出心中完整的心象。他的快樂與痛苦，都寓於這艱辛追尋的過程。

〔註 15〕張大為：《東方傳統：文化思維與文明政治》，第 84 頁。

第一章　離異與回歸——徐志摩與儒家文化（上）

在徐志摩的生命歷程裏呈現的是一種特殊的生存狀態與生命形式：他既是一個追求愛、自由和美的「單純信仰」的浪漫騎士，又是一個感時憂國、心憂天下的中國士大夫式的知識分子，既渴望著人世喧囂擾攘的塵世生活，又嚮往著沈寂幽靜的繆斯神殿的天堂之路；既是一個理想世界雄心勃勃的探險者，又是一個現實世界勇往直前的超越者。他將自剖精神與對嚴峻生活的抗爭和浪漫詩人的審美的生活方式結合在一起，也恰是這種互相融合卻又相互排斥的精神特質構築了他的別樣的人生。這樣一個理想主義者，一個信仰尼采式的超人哲學的浪漫主義詩人，對於古典主義的皈依，決不是他的妥協和軟弱，而是被困在現實當中積極的靈魂自救。在《迎上前去》這樣一個宣戰式的標題下，他赫然宣稱：「……真有志氣的病人，在不能自己豁脫苦痛的時候，寧可死休，不來忍受醫藥與慈善的侮辱。我又是這樣的一個，……我認識我自己力量的止境，但我卻不能制止我看了這時候國內思想界萎癟現象的憤懣與羞惡。」他堅信苦痛的現在就是為著一個充滿光明的未來，這種信念的堅定與儒家提倡的「天將降大任於是人也，必先苦其心志，勞其筋骨，餓其體膚，空乏其身，行拂亂其所為」，在艱苦的環境下教導人發揮意志的力量的訓導是一脈相承的。搭乘載滿這種堅定信念的「小艇」，徐志摩緩緩駛向了古典主義的港灣。在《無題》詩中，他描繪了自己心中的理想目的地：「更有那高峰，你那最理想的高峰，｜亦已湧現在當前，蓮苞似的玲瓏，｜在藍天裏，在月華中，穠豔，崇高，——｜朝山人，這異象便是你跋涉的酬勞！」 ——安穎：《浪漫到古典：徐志摩美學思想的嬗變》

一、從傳統到現代：徐志摩「援儒入西」的求學歷程

「自由主義儒家何以可能？」——不期然間成了時下學界一個頗為熱門的話題。然此類話題的滋生，本就源於「五四」時期曾將自由主義與儒家截然對立的現象，這就需要釐清歷史上兩者的交叉與異同。

「世界所有的高級文明，都具有雙重的性質：從歷史發生學來說，它們都與特定的社會文化傳統相聯繫，以此作為其自身產生與發展的歷史條件，因而所有的文明都是特殊的。而從文明比較的內涵來看，無論是基督教、伊斯蘭教、印度教，還是人文化的儒家文明，都不是從特殊的民族個性，而是從上帝、宇宙、自然和社會的普遍視野裏提出全人類的問題，因而高級文明總是具有內在的普世價值。自從軸心文明時代以來，萌生於特定文化背景中的各種高級文明都力圖突破特定的地域性，在世界上獲得超越本民族的普世性質。不同文明之間也因內含共同的普世關懷，得以進行深入對話，實現文明間的『視界交融』。」〔註1〕證之晚近歷史，在「西學東漸」潮流之前，啟蒙時代的歐洲思想界同樣掀起過一股強勁的「中國文化熱」。特別是 16～17 世紀羅馬天主教來華傳教士將儒家經典大量翻譯成拉丁文後，中國文化在 18 世紀時已開始深深影響西歐思想界。〔註2〕正是在這種跨文化的融通中，西方運用理性使自我擺脫不成熟狀態的「啟蒙」思想精髓，與中國傳統儒學思想中的孟學尤其是心學的「性善—率性—自作主宰」精神產生了共鳴。〔註3〕然

〔註1〕許紀霖：《啟蒙如何起死回生：現代中國知識分子的思想困境》，北京大學出版社，2011 年，第 386～387 頁。

〔註2〕譬如作為啟蒙哲學代表的康德哲學體系中的「自由（自主）意志的聯合體」概念，以及其從「人的自我完善」出發的「善人」概念，就「包含著對一度風行於近代歐洲思想界的中國儒家（孟子尤其是心學）的『性善—率性—自作主宰』精神的跨文化繼承和創造性轉化。」（謝文郁：《康德的「善人」與儒家的「君子」》，《雲南大學學報．社會科學版》2011 年第 3 期。）

〔註3〕譬如作為啟蒙哲學代表的康德哲學體系中的「自由（自主）意志的聯合體」概念，以及其從「人的自我完善」出發的「善人」概念，就「包含著對一度風行於近代歐洲思想界的中國儒家（孟子尤其是心學）的『性善—率性—自作主宰』精神的跨文化繼承和創造性轉化。」（謝文郁：《康德的「善人」與儒家的「君子」》，《雲南大學學報．社會科學版》2011 年第 3 期。）

而，這種不同文明之間交融互滲的應然狀態總是伴隨著各自價值標準取向的起伏消長。隨著近代西方理性主義的上升，中國文化的聲譽每況愈下，黑格爾和韋伯均先後認為中國尚是一片未被人類精神之光普照的缺乏理性和自由意識的大地，還沒有擺脫原始自然的愚昧狀態；而經過第一次世界大戰後，西方普遍意識到理性主義片面發展導致的嚴重弊端，又開始從東方文化尤其是老子的「無為」思想中尋求擺脫精神危機的出路，如此等等。近代西方「物競天擇、適者生存」的進化觀念所蘊含的以獎掖強權為特徵的征伐邏輯，從根本上鼓舞了西方帝國主義的殖民意識，這一方面給中國造成了深重的苦難，一方面也導致中國傳統文化在與西方文化的碰撞中喪失了自信。於是新舊世紀之交出現了謝冕所描述的那種歷史現象：「從清末以來，中國先進知識界不同程度地有了一種向著西方尋求救國救民道理的覺醒。由於長期的閉鎖狀態，中國知識分子接觸外來文化時一般總持著一種『拿來』實用的直接功利目的。更有甚者，他們急於把這一切『中國化』（有時則乾脆叫做『民族化』），即以中國的思維觀念模式急切地把外來文化予以『中國式』的改造。因此，一般的表現形態是『拿來就用』、『拿來就走』，很少能真正『溶入』這個交流，並獲得一個寬廣的文化視野，從而加入到世界文化的大系統中成為其中的一個有機組成部分。中國傳統文化性格的閉鎖性，限制了許多與西方文化有過直接接觸的人們的充分發展。」在作了這樣必要的鋪墊之後，謝冕筆鋒一轉，引出了本文的論述對象：

> 徐志摩在這個交流中的某些特點，也許是我們期待的。他的「布爾喬亞詩人」的名稱，也許與他的文化性格的「西方化」有關。這從另一側面看，卻正是徐志摩有異於他人的地方。在新文學歷史中，像徐志摩這樣全身心「溶入」世界文化海洋而攝取其精髓的人是不多的。不無遺憾的是，他的生命過於短暫，他還來不及充分地施展。但是，即使在有限的歲月中，他的交遊的廣泛和深入是相當引人注目的。〔註4〕

與歷史上那些向西方尋求真理的仁人志士相似，當徐志摩從傳統封閉世界一腳踏入西方世界，一種「由黑暗驟睹光明」的覺悟，同樣使他深深歎羨於西政民風之美。《志摩雜記》中他說：「可憐志摩失其性靈者二十年矣！天

〔註4〕謝冕：《雲遊》，韓石山、伍漁編：《徐志摩評說八十年》，北京：文化藝術出版社，2008年，第330頁。

不忍志摩以庸閒終其身也，幸得騰龍北遊，濕羽青雲，俯視下界，乃知所自從來者，其黑暗醜陋鄙塞齷齪，安足如是！……平日同在鮑魚肆中，故習於臭，今忽到芝蘭世界，始自慚形穢（以人性本善也）」。在「野者」不再「自安其陋」的思想自覺中，生性活潑且敏於交際的徐志摩很快融入諸如「布魯姆斯伯里」(Bloomsbury Set）等西方名士文化圈，如魚得水。但徐志摩之所以能全身心融入西方文化的氛圍，其中的一個關鍵，又正在於他能以儒家所本有的人文化成精神來吸納西方自由主義的理念。正是徐志摩無意中流露出來的傳統儒雅素養為他贏得了來自異域的欣賞與尊重，從而增添了彼此間平等對話和真誠交流的籌碼（後來西方名士諸如羅素和魏雷等人對徐志摩的深情追憶足資佐證)。

可以說，徐志摩的開放式心態，是他得以快速融入西方自由主義氛圍的一個重要內因。自幼家境的富裕平順，父輩縱橫商場的長袖善舞，以及良好的教育薰習，養成了他那活潑開朗、敏於交際和善於表現自己的性格。而其師梁啟超「合群」的思想則對其社交意識的形成具有重要的影響。作為維新志士的梁啟超曾說：「中國風氣，向來散漫，士夫戒於明世社會之禁，不敢相聚講求，故轉移極難。思開風氣，開知識，非合大群不可，且必合大群而後力厚也。」〔註 5〕秉承師志的徐志摩在「啟行赴美分致親友文」中所表達的抱負如出一轍：「人之生也，必有嚴師督飭之，而後能規劃於善。聖人憂民生之無度也，為之禮樂以範之，倫常以約之，方今滄海橫流之際，固非一二人之力可以排界而砥柱，必也集同志，嚴誓約，明氣節，革弊俗。積之深，而後發之大，眾志成城，而後可有為於天下。」(徐志摩：《民國七年八月十四日啟行赴美分致親友文》）所以在留美時期，他有了關於「合群」思想的進一步思考：

> 我一向信心，是在「合群」。按中國情形，我們留學生，都是將來的先鋒領袖。但是最後的成功，是在通力合作。不錯，這話誰也會說，誰也知道是對。不過這條理想的康莊大道上，起了無數的障礙，非但不能通行，而且風起砂揚，往往發生危害的結果。這是我們最大的仇敵。仇敵在哪裏呢？就在吾們自己心裏。這是一種破壞的、摧殘的、塞絕的一種大力。我說是有生俱來，涉世益深的自利心。自利心消極的表示，就是嫉妒心。這就是我們最大的仇敵，這

〔註 5〕中國史學會編：《中國近代史資料叢刊・第四冊・戊戌變法》，上海人民出版社，1957 年，第 133 頁。

就是將來國家發展的大障害，民國八年來分崩離析，就為了這股潛伏的勢力。我就借荀老夫子的「性惡」來叫他「惡性」〔註6〕。

接下來，從傳統儒家修身養性的觀念出發，徐志摩提出了針對「惡性」的解決方法：

惡性幸虧也有一個剋星，就是至誠。照我看來，只有誠心，趕得去惡性。所以我的大志，就在（一）廣大自己的誠心，克制惡性；（二）用我的誠心，感動人家的誠心來克制惡性；（三）然後可以合成大群。但是我近來的棘刺，告訴我這第二步不得容易，使我腦筋中隱隱發生了須微消極的思想。我所謂懷疑者此也。歸根的來說，我很明白這第二關的難過，就是因為第一關沒有過透。所以我必定在第一關上苦下工夫。到了純潔的時候，自然是從心所欲，不怕阻難了。〔註7〕

與現代啟蒙者用知識理性批判傳統的道德理性相似，徐志摩也曾表現出某種批判性姿態，但他同時卻肯定傳統道德理性的普遍意義，從而試圖剝離具體歷史性帶給它的消極特徵，重建一個中西融通的道德性主體。上述問題意識，著眼於「理」的普遍性與個體生命發展的具體融合，典型地體現了徐志摩思想中的傳統儒家色彩，為西方個人自由主義與傳統社群主義在他身上的融合提供了可能。值得注意的是，徐志摩這一思想的萌蘖既與近代以來開現代「新心學」乃至道德理想主義先聲的康有為、梁啟超等人復興心學的思想一脈相承，又與後來現代新儒家的思考如出一轍。譬如牟宗三後來就曾在其《道德的理想主義》中論及人們的私欲正是阻礙普遍性與個體性融通的「限制」與「障礙」：「這限制性與障隔是由私利的主觀性與特殊性而形成。這裡並沒有一個公共紐帶可以使人超越其自己之私利之主觀性與特殊性。如是，人陷溺於主觀私利之無厭足的追逐中，必見互相是障礙，互相是限制。……如是，人純落於現實中而無理想可言，這是有性情、有志趣的人所不能忍耐的。人不能安於純現實，不能安於純主觀私利之無厭足地追逐下去而流於癱瘓，故必有怵惕惻隱之仁心躍起，呈現一理想主義的普遍性。」在牟氏看來，道德的普遍性所維繫的公共紐帶正可以破除這種私利和私見的侷限：「普遍

〔註6〕虞坤林整理：《徐志摩未刊日記（外四種）》，北京圖書館出版社，2003年，第110～111頁。

〔註7〕虞坤林整理：《徐志摩未刊日記（外四種）》，第110～111頁。

性是表示自我之超拔。人在此普遍性之前，生命始能客觀化，始能從自己之軀殼私利中拖出來。普遍性就是理想性，人在此超拔中而呈現出普遍性就是自我之解放。」〔註 8〕——比照徐氏的上述日記，潛藏的問題意識和思考的方向可謂驚人一致。

上述內省與反思，也為徐志摩完成從傳統文人到現代文人的自我蛻變提供了契機。「對徐志摩而言，沒有對修身治國的追求，就不可能有對人格觀念的格外青睞，就不可能有對羅素哲學倫理部分的充分接受；應該說從傳統修身思想到西方人格思想和羅素哲學，甚至到整個啟蒙思想，對徐志摩並不是思想的跳躍，而只是自然的發展。」〔註 9〕留美期間，徐志摩不但注重養成良好的生活習慣，而且嚴於律己，在接人待物方面，時時警惕自己身上的弱點：「志摩待人無嫉妒，無爭鬥謾罵是修養堅實的結果，也是其朋友遍天下的內因。他曾引曾文公語『善莫大於恕，德莫凶於妒』告誡自己。他對修身有深刻的體會，『天分高者未嘗肯折節，性氣傲者未嘗肯下人，若其欠修養之功，其極必致滿懷荊棘，乖戾蹇詬，要之非大人之概也。』志摩立志做『大人』及真正君子，其內涵又有『君子以國家為先，以齊才為榮，拔下國於中庸，甄琨瑤於瓦石；其賢於我者，則從而習之；其才於我者，則親而敬之；一以成人，一以自成，此樂天知命之道也。』在做人方面，志摩從不嫉妒朋友和同仁，把虛心向學看作是自身成才關鍵。他認為嫉妒乃『忮忌小人之事也，伐性傷德何以得人？是故不自愛則已，如其有天下之心，則不忮其先已』。這裡，志摩是把不嫉妒作為自愛、要有為之人的第一修養。關於修養和求學，志摩還告誡自己『君子不重不威，學則不固』。要求自己要自重和自尊，否則，學問是不穩固的。因此必須建立起自己的人格，自己的信心和堅定的信念，不要『矯為矜莊』，而要主忠信，『內有所謹，則外有所重』。志摩在這種『責己宜嚴，責人宜寬』的思想指導下，交友也就成為他修養的磨練和人格魅力的最生動詮釋了。」〔註 10〕在家書中，徐志摩這樣向家長彙報自己在異域的收穫：「兒自倫敦以來，頓覺性靈益發開展，求學興味益深，庶幾有成，其在此乎？兒尤喜與英國名士交接。得益備蓰，真所謂學不完的聰明。」正是在英國求學

〔註 8〕牟宗三：《道德的理想主義》，長春：吉林出版集團有限公司，2010 年，第 92～93 頁。
〔註 9〕胡建軍：《徐志摩與中西文化》，上海交通大學出版社，2013 年，第 66 頁。
〔註 10〕胡建軍：《徐志摩與中西文化》，第 162～163 頁。

期間，「志摩領略到交友對人格成長與智慧發展的意義，也結交了一大批英國第一流的知識分子，在心靈上與他們達成了相通。可以毫不誇張地說，康橋不但使志摩理解了自然，也使他學會了真正地交友和做人，志摩從中所受教益很多，志摩真正的『學問』均來自這裡。」〔註 11〕誠如徐志摩自己後來所說：「我的眼是康橋教我睜的，我的求知欲是康橋給我撥動的，我的自我的意識是康橋給胚胎的。」（徐志摩：《吸煙與文化》）這充分說明了當時西方寬鬆自由的文化氛圍與順乎性靈的教育方式所給予詩人的影響之深。相對於美國側重技能訓練的現代教育方式，英國式教育遵從經典大學宗旨，注重培養對社會有益的全面發展的人，核心在於培養做人，這一點與中國傳統孔子的治學理念有相通之處，也與詩人自幼所受的傳統教育（私塾）異曲同工，所以更能吸引他。〔註 12〕這些，均為其後來融入「五四」新文化運動的潮流打下了堅實的基礎：無論是歸國後仿傚歐美風氣組織聚餐會與新月社，立志在文藝上「露棱角」，「進行藝術的創格」，還是在主編《晨報副刊》、創辦《新月雜誌》與《詩鐫》期間廣交同仁、提攜後進，從而為當時的新文化運動和新詩運動營造聲勢，無不得益於那段留學生活給他的深遠影響。徐志摩也由此廣結善緣，成為「五四」文壇交遊最廣闊的文人之一。即使是面對立場相異、惡言相向的左翼人士（如魯迅、成仿吾等），徐志摩也常是高掛免戰牌，儘量避免陷入門戶意氣之爭。但對於同人之間，又並非一味奉承，而是和而不同，「每於政治分歧或藝術分歧，如與好友胡適、徐悲鴻論戰，往往不留情面而又態度平和。這是紳士的正直和分寸，既堅持原則又不傷朋友情分。實際上志摩很喜歡這種朋友之間的互相切磋，一方面『琢和磨』，一方面在這過程中受滋養和啟發，這正是孔子論益友所重的『直諒多聞』。梁實秋、陳西瀅與魯迅兄弟的攻則只磨無養，因此非關友也。」〔註 13〕因此，徐志摩不幸遇難後，受到了朋友們的普遍緬懷。其中，陶孟和的評價具有代表性：「他的生命是不斷供給他的朋友們優美的印象與感覺。志摩的一生不是自我中心的取者，實是十二分利他的與者。他追求人生的美，追求快樂，但是他到處顯露他自己的美，造出快樂供識者的欣賞與採用。他的禮貌，舉止，態度，言語，無處不與人以快感，他是一切人的朋友，我們難以想像有人會做他的仇敵。不相洽的

〔註 11〕胡建軍：《徐志摩與中西文化》，第 157 頁。
〔註 12〕胡建軍：《徐志摩與中西文化》，第 157～158 頁。
〔註 13〕胡建軍：《徐志摩與中西文化》，第 163 頁。

性格或者不能認識志摩性格的真價值，但是他的春風的和煦，陽光的滿照，凡是遇見他的，沒有不覺得的。這便是他真正的魔力。」〔註 14〕應該說，這種高度的評價，與詩人生平之於自私自利「惡性」的自我根除，以及那種「到了純潔的時候，自然是從心所欲」的人格修養的自我完成是分不開的。

可見，徐志摩對「自我」的理解，並不完全等同於英美式「權利的個人」。他對個人天賦與個性自由發展的強調，多少滲透了傳統儒家「人格主義」的色彩（所謂「萬物並育而不相害，道並行而不相悖」、「唯天下至誠唯能盡其性」等等）。但其個性解放的內容已經不限於傳統儒家「人格主義」的道德性，而是深受西方文藝復興思想的感染，具有自然人性與道德人性的廣泛內涵；同時，源自希臘文化轉型時期質疑舊貴族權威地位的民主自由辯論風氣，以及德菲爾神廟那句源於抵制概念獨斷論的「認識你自己」的啟蒙思想，均使他極大地突破了諸如傳統《論語》中那種師生等級式的封閉話語模式和唯我獨尊的對象性思維。所以，儘管從後來的一系列表現來看，他始終脫離不開那種心懷天下、關心民瘼的傳統士大夫式的自我心理定位，但作為一個深受西方影響的以個人為本位的個人主義者，他重視的始終是不壓抑個體自主性的群體。〔註 15〕——由此出發，傳統士人「兼濟天下」的理想抱負與新時代「個體啟蒙」的思想他身上實現了隱秘而流暢的對接。

遺憾的是，徐志摩這種融合傳統君子與西方紳士的寶貴人格，在「階級鬥爭」敵我分明的年代一度受到了重重誤解。不但他那種在朋友間具有連索性的熱情性格被誣為「資產階級知識分子」得以聚合的聯絡劑，被視為需要肅清的「小資流毒」，而且其「中西文化交流大使」的身份也被斥為「崇洋媚外」和「殖民心態」。歷史的經驗告訴我們，維新者的盲目西化固有流弊，民族主義的盲目排外亦不可取。所謂「禮失求諸野」，「西化」痕跡明顯的徐志摩並非片面地追逐國外的各種主義，而是切合中國本土懷持了一份審慎。譬如他崇拜西方的科學文明，卻又對工業主義與工具理性持有強烈批判；他激賞西方的自由平等理念，卻又厭惡過度自由化後泛起的各種人性醜惡（徐志摩：《馬賽》）；他主動深入西方的文化氛圍，宗旨卻在於提供一種本土參照的

〔註 14〕陶孟和：《我們所愛的朋友》，舒玲娥編選：《雲遊：朋友心中的徐志摩》，武漢：長江文藝出版社，2005 年，第 77 頁。

〔註 15〕許紀霖：《家國天下——現代中國的個人、國家與世界認同》，上海人民出版社，2017 年，第 103 頁。

視角，時常在對比中批判中國當時的落後現實與國民劣根性：「沒有一件我們受人侮辱的事不可以追源到我們自己的昏庸」（徐志摩：《志摩日記》）；他豔羨日本對於往古風尚的保持，目的卻在於祈禱「古家邦的重光」（徐志摩：《留別日本》）；出於詩人風雅的天性，他曾一度沉醉於康河自然美景，卻又異常關注國內動盪，曾與金岳霖等人一起辦過專登國內時政的報紙；他橫移西方自由書寫的詩行，在白話文語境中進行他詩藝的「創格」，但抒發的並非一味是西方式的激進浪漫，時常浸染一份感時憂國的情懷……。可以說，「他對中國傳統文化和制度的批評不是一個西化論者的反傳統批評；同樣，他對西方現代性的批評也不是一個傳統主義者原教旨主義的批評。他是以他理解的人類常道來批判一切反人類的東西，或者以他理解的人類文明來批判一切反文明的野蠻」，「所以他能在對中西文化都持一定的批判態度的同時，對它們中的普遍性因素，即常道，持肯定的態度。」〔註 16〕——這也正是徐志摩求學英倫時有一次於友人書稿上鄭重寫下「中庸」二字的題中應有之義。〔註 17〕

不必諱言，徐志摩既有心繫民眾疾苦的一面，也有沉湎於個人情調的一面；從頗具傳統士大夫情調的個人主義出發，他更多地關注了自我品味和性情的提升；現實與理想之間的落差常常成為其詩文中所詠歎的憂傷與淒惻，也為他的人生埋下了悲劇。他有他的獨特之處，也有他的侷限。但「只要我們不把詩人當作超人」，那麼，以一兩種似乎表面易見的傾向「來否定一個詩人豐富的和複雜的存在的偏向，就會失去全部意義。顯然是結束上述狀態的時候了。因為新的時代召喚我們審視歷史留下的誤差，並提醒我們注意象徐志摩這樣長期受到另種看待的詩人重新喚起人們熱情的原因。」〔註 18〕

二、迸發與節制：儒家傳統調適下浪漫主義文學的生命軌跡

眾所周知，「五四」新文化運動的發生，是在「重新估定一切價值」和「打倒孔家店」的思想背景中開始的，但在實際的考察中，我們不難發現，新文化運動的展開在很大程度上與傳統儒家文化遠非是一種對立的關係，而恰恰是保持著一種合理化的緊張和膠著狀態：一種表面上抗拒，暗中吸納的雙向

〔註 16〕張汝倫：《近代中國危機的根本診斷——論嚴復與自由主義》，《我們需要什麼樣的文明》，北京，商務印書館，2017 年，第 268 頁。

〔註 17〕曾慶瑞編修：《新編徐志摩年譜》，趙遐秋、曾慶瑞、潘百生編：《徐志摩全集》（第 5 卷），廣西民族出版社，1991 年，第 450～451 頁。

〔註 18〕謝冕：《雲遊》，韓石山、伍漁編：《徐志摩評說八十年》，第 333 頁。

交流過程。清末民初的中國，代表中國傳統文化主體的儒家系統事實上已處於被懸置的狀態：「帝王將相隨著中國淪為半殖民地而退出了歷史舞臺；新的歷史主體，即類似於近代歐洲市民階級的中國中等階級還沒有浮出歷史地表；『大多數』農村貧民階級在被真正的革命因素帶入歷史世界之前，只是作為『文化』的被動產物複製著這種文化基因的全套編碼，作為文化的活化石或殉葬品而存在於歷史之外。」〔註 19〕這種歷史的真空造成的價值缺失，特別是儒家核心思想的解紐帶來的文化認同取向的失落與彷徨，很大程度上為當時洶湧而來的西方近代個性解放思潮所填補。但在對民族前途和動盪現實的關懷和拯救中，更為普泛的卻是一種真切的憂患意識以及對個體存在狀態的哀傷感喟，這就仍然為傳統儒家的部分價值諸如仁義禮智信等民族文化符號的原型提供了在人們心靈上扎根的土壤。由此體現在新文學創作的內涵上，便是儒家傳統中「怨而不怒」的「溫柔敦厚」、「以禮節情」的「哀而不傷」等抒情風格方式，在強烈的「感時憂國」與激情的「自我表現」之間不斷充當著內在的整合與調適，從而使得「五四」文人的心靈在走向過度自由放縱的高蹈中有了適度的理性羈絆，抑制了感性的狂熱泛濫。正是在「實用理性」與「浪漫抒情」這一對趨向相反的價值體系的彼此激蕩與盈虛消長中，當時風靡一時的新詩創作經由早期「文體解放」帶來的粗製濫造而迅速轉向了後期之於形式本體的美學建構，由此，新詩一度呈現了從「古典」到「現代」蛻變過程中返本與開新並存糅合的膠著狀態：「一方面，中國急劇動盪的社會現實逼迫著人們將眼光投向個人情感之外的廣闊天地，這是一種外在環境的刺激；另一方面，『言志』與『緣情』調和之下的中國傳統詩學，也催促著人們對現代浪漫主義抒情方式的擴張和浮躁進行冷靜的思考，這是一種內在觀念的刺激。」〔註 20〕

對於徐志摩來說，其詩風內在變遷的一個顯在原因固然是其曾受到新月派同仁（如梁實秋與聞一多）的理念倡導與藝術實踐的感昭，但其潛隱的一面，卻是古典理想之「源」與現代浪漫主義之「流」在他身上形成巨大的詩學張力時，所必然會引起的一種返本開新的內在狀態的變異。當「他已經過了

〔註 19〕張旭東：《中國現代主義起源的「名」「言」之辨：重讀〈阿 Q 正傳〉》，《批判的文學史：現代性與形式自覺》，上海：上海人民出版社，2020 年，第 72 頁。

〔註 20〕王孟圖：《中國現代浪漫文學的傳統情結》，《時間的轉角》，上海：上海三聯書店，2017 年，第 28 頁。

那熱烈的內心的激蕩的時期」〔註 21〕，其早期「跳著濺著不捨晝夜的一道生命水」（朱自清：《〈中國新文學大系·詩集〉導言》）便「漸漸在凝定，在擺脫誇張的辭藻，走進一種克臘西克的節制。這幾乎是每一個天才者必經的路程，從情感的過剩來到情感的約束。偉大的作品產生於靈魂的平靜，不是產生一時的激昂。後者是一種戟刺，不是一種持久的力量。」〔註 22〕這種內在的變異，某種程度上與當時的世界文學發展形勢又是同步暗合的——「就世界現代文學的發展本身來說，19 世紀中葉以後，自我表現、浪漫抒情傾向雖然仍在發展，但是，由主觀抒情向客觀描寫轉化的跡象相當明顯。西方文學從其誕生之日起，內部就包含著相互抗衡、相互否定的調節力量，各種矛盾因素推動著文學系統呈螺旋式上升的發展態勢。浪漫主義是對古典主義的否定，但浪漫主義發展到一定程度後又出現了控制情緒的潮流。法國 19 世紀下葉巴那斯派（又譯為高蹈派）以提倡不動聲色的客觀抒情來否定浪漫詩人的直抒胸臆而盛行一時；在英國，繼浪漫詩人雪萊、拜倫之後出現了要求情感節制和嚴謹音律的維多利亞詩風；進入 20 世紀之後，艾略特，葉芝，奧登等注重傳統、放逐抒情、講究克制的美學傾向，逐漸取代了前期波特萊爾新銳、狂放的姿態，而成為現代主義文學的主導。可以說，新月派以禮節情的文學觀與這種世界文學潮流的轉變相一致。」〔註 23〕當中國新詩衝破舊詩的禁錮而呈現自由泛濫的狀態時，中國詩家同樣意識到了「格律」的重要：「越有魄力的作家，越是要戴著鐐銬跳舞才跳得痛快，跳得好。只有不會跳舞的才怪鐐銬礙事，只有不會作詩的才感覺得格律的束縛。對於不會作詩的，格律是表現的障礙物；對於一個作家，格律變成了表現的利器。」〔註 24〕——這種觀念轉變的一致性，出現在詩體過於自由泛濫的時間節點上，正體現了一種內容與形式通過博弈後趨於平衡的普遍藝術規律。

在精神維度與思想主張上，「五四」新啟蒙知識分子則體現出另外一種經過博弈後趨於平衡的「普遍規律」。「中國現代作家面對現代科學導致的人類精神的世俗化和文學的世俗化，一般採取兩種應對和抵抗的策略：一種是

〔註 21〕李健吾：《〈魚目集〉——卞之琳先生作》，郭宏安編：《李健吾批評文集》，珠海：珠海出版社，1998 年，第 106 頁。

〔註 22〕李健吾：《〈魚目集〉——卞之琳先生作》，第 106 頁。

〔註 23〕劉增傑、關愛和主編：《中國近現代文學思潮史》（上卷），上海：上海文藝出版社，2008 年，第 635 頁。

〔註 24〕聞一多：《詩的格律》，《晨報·詩鐫》1926 年第 7 期。

審美的救贖，一種是道德的救贖。……但是，他們在文學的審美性與道德性之間，是充滿矛盾的充滿疑慮的。朱光潛曾在文學的道德性與審美性之間長期徘徊；林語堂在目睹二戰中人性之卑劣的程度之後，對審美救贖的功能頗多懷疑，並從美學的立場轉向人文主義的立場，最後又從人文主義的立場回到基督信仰；聞一多更是如此，他曾經受基督教洗禮，旋即走向了唯美主義，在認識到唯美主義的幻滅之後又投入古典文化的研究中，去探討靈魂的問題。」〔註 25〕——與上述作家相似，徐志摩同樣在文學的審美性與道德性之間徘徊往復，並逐漸由早期的審美救贖立場轉向了後期的人文主義立場。其從浪漫到古典的心路歷程也是複雜的，並不能以一兩首柔麗清爽的詩歌作為其風格嬗變前後的清晰界標。我們可以說他在康河邊牧歌般的田園詩意氛圍裏抒發性靈時是古典主義的，但他在追求愛情時為反抗世俗阻力而大聲宣布「跟著我來，我的愛」（徐志摩：《這是一個怯懦的世界》）時又是激情浪漫的；我們可以說他在黃昏等候戀人如癡如醉時是浪漫深情的，但其在逃避裹挾性靈生活的現實庸暗洪流一再回歸到繆斯寧靜的神殿尋求自我解脫時又是古典主義的。不過，從浪漫到古典嬗變的脈絡還是明顯存在：在其前期詩歌中，浪漫的個性作為主體最突出的風格得到張揚，但到了後期，浪漫因子卻慢慢被壓抑到了潛在的層面，偶有浪漫的火花，也是在古典主義的圖騰上閃爍。正如安穎在《浪漫到古典：徐志摩美學思想的嬗變》一文中的精彩詮解：「《無題》一詩中的披荊斬棘的『朝山人』形象恰是徐志摩本人的夫子自況。昂然豎起的一支標注著『愛、自由和美』的信仰旗幟在通向理想的山嶺中前行，尋找那精神深處的伊甸園的美夢被面前的天塹所阻，卻終於坐上了古典主義的救生『小艇』（『小艇』這一意象在徐志摩詩歌當中如《這是一個怯懦的世界》、《月下雷峰影片》及《石虎胡同七號》等篇章中屢次出現，足以表現其尋求精神就救度的迫切與誠摯），靜靜駛入鐫刻著古典主義圖騰的對岸山地，以期以文藝的和諧、標準與崇高喚起人生向上的力量，使人類的精神免於頹唐墮落，進而達到整個社會的進步與和諧。」〔註 26〕

一代有一代之文學。「『新詩』之在『五・四』時期勃然興起，呈『一呼百應』的沛然奔湧之勢，端賴於晚清以來知識界在世界觀、價值觀諸方面的

〔註 25〕武新軍：《現代性與古典傳統：論中國現代文學中的「古典傾向」》，開封：河南大學出版社，2005 年，第 221～222 頁。

〔註 26〕安穎：《浪漫到古典：徐志摩美學思想的嬗變》，揚州大學 2008 年碩士論文。

調整與革新，以及對於逐漸不能為傳統教養和規範所定義的『有情世界』『多情人生』擁有新的認同與體驗，包括李歐梵所說的『倦怠、騷亂與迷惑』。因應啟蒙要求，認同進化思想，成長工具意識，接納美學新知，擴張主體人格，知識者普遍的文化檢討與自我反思，為『新詩』理論發軔提供了重要的精神基礎。」〔註 27〕正是在這樣的前提下，我們可以看到：新詩起於胡適，成於郭沫若，而妙於徐志摩。新詩革命的發起者胡適博士，寫的詩雖然清新可喜，但如拿掉了裹腳布的小腳，依然有著舊體詩詞禁錮的痕跡；郭沫若的詩異軍突起，如天狗咆哮，無拘無束，帶著時代激進的鮮明痕跡，但過於放縱，如沒了籠頭的野馬，魯莽決裂，其藝術上的粗糙和不修邊幅，廣受詬病；徐志摩的出現，猶如空谷雅笛，帶著異域紳士的風情，奏響的卻是深得古典傳統精髓的洞簫，纏綿悱惻而又幽抑清沖，於精緻優雅中透出天然的清麗淡雅，由此在具有民族傳統情結的廣大讀者心中獲得了經久不息的傳唱。經歷了感情初潮洗禮（與林徽因在劍橋的相遇相戀）的徐志摩一出現於「五四」文壇，就已是一個成熟的歌手，中國傳統的古典詩情與西方人文主義理念薰染下的高雅紳士風度在他身上產生了美妙的匯合。其作品中滲透的傳統審美內涵，在莊屈的灑脫深情與禪宗的空靈頓悟之外，處處透顯出一派儒雅君子的溫柔敦厚與清沖幽抑。

在接受歐風美雨的洗禮之前，傳統文化已使徐志摩在內憂外患、動盪不安的文化古國中形成了自己的氣質底蘊。「人生歲月白駒過，應事牢騷記吟哦。書劍隨身聊復爾，英雄得志又如何。未能報國心空熱，許作平民福已多。竊歎我廬真自在，閒載花木醉高歌。」——在徐志摩早年的《府中日記》（1911）中，已可看出一個感時憂國的傳統士大夫的雛形。而稍後的《論小說與社會之關係》，則竭力提倡「有裨益於社會」的小說創作。「道德律令」常迴蕩在他純稚的心中：「昨晚有女子唱極蕩褻，心為一動，但立時正襟危坐，只覺得一點性靈，上與明月繁星相照應，這耳目前一派笙歌色相，頓作浮雲。那時候有兩種心理上的感動：第一是領悟到自負有作為的人，必定是莊敦立身，苦難生活，Take Life Serious！（認真對待生活）決計不可隨眾逐流，貶損威信；第二是想到心地光明，決計不可為外誘所籠罩，蓋瀆神明。」〔註 28〕在 1918

〔註 27〕孟澤：《何所從來——早期新詩的自我詮釋》，北京：九州出版社，2011 年，第 34 頁。

〔註 28〕見虞坤林整理：《徐志摩未刊日記（外四種）》。

年赴美留學時，風華正茂的徐志摩曾寫下激情洋溢的「分致親友文」，以慷慨縱橫的氣勢表達自己學以致用振拔中國積弱現狀的勃勃抱負：「國難方興，憂心如搗。室如懸磬，野無青草。嗟爾青年，維國之寶，慎爾所習，以駐我腦。誠哉，是摩之所以引惕而自勵也。詩曰：父母在，不遠遊。今棄祖國五萬里，違父母之養，入異俗之域，捨安樂而耽勞苦，固未嘗不痛心欲泣，而卒不得已者·將以忍小劇而克大緒也。恥德業之不立，惶恤斯須之辛苦，悼邦國之殄瘁，敢戀晨昏之小節，劉子舞劍，良有以也；祖生擊楫，豈徒然哉。……」其間更有紓難解患的強烈憂患意識：「國運以苟延也今日，作波韓之續也今日，而今日之事，吾屆青年實負其責，勿以地大物博，妄自誇誕，往者不可追，來者猶可諫。夫朝野之醉生夢死，固足自亡絕，而況他人之魚肉我耶？」——這實際上正是傳統儒家「修身、齊家、治國、平天下」等思想在他身上的體現。他初到美國時受到家族實業救國的影響，擇取的專業是金融和政治，最高「野心」是做一個「中國的 Hamilton」，但在「實用理性」的繼承中念茲在茲的依然是「聖人之教」：「君子以國家為先，以齊才為榮，拔下國於中庸，甄琨瑤於瓦石；其賢於我者，則從而習之；其才於我者，則親而敬之；一以成人，一以自成，此樂天知命之道也。」「論語曰：『君子不重則不威，學則不固。』非矯為矜莊之意也，故曰主忠信。非自外也，學者苟識天下之大，而後自視缺然，知缺而後能敬，敬生畏，畏大人，畏賢人之言。」（《志摩雜記》）——正是在「見賢思齊」、「學而自重」的思想指引下，他在崇尚自由民主的英國紳士文人圈中廣交名士，如魚得水。人生命運的轉折發生在他「個人意識」覺醒的時刻，英國浪漫主義詩人的反叛賦予了他反抗自身傳統包辦婚姻的莫大勇氣，一種全身心感情的投入，不僅需要衝破倫理情感的約束，而且要打破以「中庸」與「節制」為原則的傳統詩教之道，否則，如何接納拜倫的反叛與傳統的屈騷？於是，面對新時代不能拒斥和迴避的顛覆性的精神能量，作為現代審美主體的詩人再也不能偽裝成「無邪」：「生命受了一種偉大力量的震撼，什麼半成熟的未成熟的意念都在指顧間散作繽紛的花雨。」然而，當時過境遷，詩人回首自己「最早寫詩那半年」的情形時卻說：「我在短期內寫了很多，但幾乎全部都是見不得人面的。這是一個教訓。」（徐志摩：《〈猛虎集〉序文》）同時，逝去的情感得到沉澱，「初期的洶湧性」已「消滅」，他創作於此時的詩歌，諸如《月夜聽琴》、《月下待杜鵑不來》等等，大多在一種「此情可待成追憶」的氛圍中傳遞一份吐而不露的悱惻。由此可見，徐志摩對西方浪漫主義詩學的吸收，不可避免地受到傳統儒道審美思想的內在過濾，其詩學實踐實構成「五四」時期跨文化整合中「視界融合」的一個範例。〔註 29〕

「喜怒哀樂未發謂之中，發而皆中節謂之和」，原始儒家雖然主張以禮節情，強調以雅樂調節人的情緒，使民眾「發乎情而止乎禮」，但並不視情慾為罪惡，而是提倡一種純真而合乎規範的情慾，「情慾一面因順著樂的中和而外發，這在消極方面，便解消了情慾與道德良心的衝突性。同時，由心所發的樂，在其所自發的根源之地，已把道德與情慾，融合在一起；情慾因此而得到了安頓，道德也因此而得到了支持；此時情慾與道德，圓融不分，於是道德便以情緒的形態流出。」〔註 30〕——這正是孔子「興於詩，立於禮，成於樂」的題中應有之義。此種詩學實踐，在徐志摩浪漫的情感歷程中已然得到驗證。譬如當他歷盡曲折而與陸小曼「有情人終成眷屬」時，曾寫下這樣一首「琴瑟和鳴」的「性愛」詩：「不覺得腳下的鬆軟，｜耳鬢間的溫馴嗎？｜樹枝上浮著青，｜潭裏的水漾成無限的纏綿；｜再有你我肢體上胸膛間的異

〔註 29〕宋炳輝在《徐志摩接受西方文學錯位現象的辨析》一文中曾指出：「統觀徐志摩與西方文學思潮的關係，他在對影響源的接受過程中發生了兩次錯位：一是在他留學英倫，置身於第一次世界大戰後的歐洲，親身感受西方方興未艾的現代主義思潮的時候，他的詩歌創作實踐卻以已經成為歷史至少是走向衰退的浪漫主義為楷模；二是當他回到政治經濟上遠遠落後的祖國，遠離現代主義發生的國度時，卻又在有意無意之中日漸靠攏現代主義，儘管事實上在他意外地結束生命之前，其創作仍沒有逸出浪漫主義的範疇。這兩次錯位的交織，構成了徐志摩對西方文學思潮接受視閾中的複雜圖景。……對於後者，其原因也是多方面的，其中還包括了中國文化的古典與現代傳統在徐志摩身上所起的作用，如果說他與五四新文化運動的契合是相當明顯的話，那麼，中國傳統文化在這位最為西化的新詩人身上的作用則往往被人們所忽視。其實，在徐志摩開始接受西方現代主義的現象背後，還包含著中國文化和文學傳統中反叛性因素再生所起的作用……通過本文的以上分析可以看到，跨文化的文學接受在最具體的層面上，總帶有很大的偶然性，只有仔細區分具體接受個案的每一個環節和特殊情景，只有透過一系列具體個案，才有可能準確概括出真正帶有普遍性的特徵。徐志摩對西方文化和文學思潮接受中的這兩次錯位現象，都反映了跨文化接受中帶有普遍性的一個事實，那就是在接受主體與西方文化的『視界融合』中，除了西方文化和文學歷史的真實，還有接受主體理解的真實；在文化和文學影響和接受的常規邏輯之外，還有更為複雜具體的特殊邏輯；在具體接受個案的每一個接受環節上，都包含著主客觀多方面的因素的交互作用。」(《中國比較文學》1999 年第 3 期。）

〔註 30〕徐復觀：《中國藝術精神》，北京：商務印書館，2010 年，第 39 頁。

樣的跳動；‖桃花早已開上你的臉，｜我在更敏銳的消受你的媚，｜吞咽你的連珠的笑；｜你不覺得我的手臂｜更迫切的要求你的腰身，｜我的呼吸投射在你的身上，｜如同萬千的飛螢投向火焰？‖這些，還有別的許多說不盡的，｜和著鳥雀們的熱情迴蕩，｜都在手攜手的讚美著春的投生。」（徐志摩：《春的投生》）然而，詩人並沒有沉湎於這種耳鬢廝磨的世俗男女感官之樂，而是伺機將這種「美」與「善」相結合的和諧人生結局向「純淨而無絲毫人慾煩擾夾雜的人生境界上升起」〔註31〕：「可貴是她天邊的法力，｜常把我靈波向高裏提：｜我最愛那銀濤的洶湧，｜浪花裏有音樂的銀鐘：｜就那些馬尾似的白沫，｜也比得珠寶經過雕琢。｜一輪完美的明月，｜又況是永不殘缺！｜只要我閉上這一雙眼，｜她就婷婷的升上了天！」（徐志摩：《兩個月亮》）——這種愛情審美的想像，正符合儒家美學「雅正」的真義：「在道德（仁）與審理欲望的圓融中，仁對於一個人而言，不是作為一個標準規範去追求它，而是情緒中的享受。」〔註32〕

三、離異與回歸：個性解放的新道德與紳士風度背後的秩序理性

1. 古典主義的皈依

在「西學東漸」的大潮和「打倒孔家店」的歡呼聲中誕生的「五四」新文學浪漫主義，帶著明顯的西化痕跡，從一開始起就是一個先天不足的早產兒，注定不可能真正融入錯綜複雜的中國本土情境中。它在後天發展的過程中步履維艱，不但有來自「敵對陣營」諸如以吳宓、梅光迪、胡先驌等為代表的「文化保守主義」派的抵制批判，更有來自「同一陣營」諸如主張現實主義的「文學研究會」的強烈質疑；當然，不待外界的抵制與批判，「五四」浪漫人物的自我醒悟，也會同時促使他們從早期的放縱走向後期的節制。譬如「五四」時秉承白璧德衣缽的新月派批評家梁實秋就曾在其《關於白璧德先生及其思想》一文中說過：「從極端的浪漫主義，我轉到了多少近於古典主義的立場」，無獨有偶，徐志摩也曾經說過：「在文學上，最極端的浪漫派作家往往暗合古典派的模型」（徐志摩：《守舊與「玩」舊》）。——從這種理論的高度一致裏，不難看出他們內在的契合。

〔註31〕徐復觀：《中國藝術精神》，第41頁。
〔註32〕賀麟：《儒家思想的新開展》，《文化與人生》，北京：商務印書館，2015年，第10頁。

「五四」時期，許多作家身上都不約而同地出現了從前期「浪漫主義反抗」到後期「人文主義救贖」立場轉變的跡象。此種變化的出現，根源於「浪漫主義」與「人文主義」的異質互補性：「浪漫主義精神的根本在於以個體的自由意志來抵抗任何歷史的統攝傾向，試圖解構任何模式化的歷史文化結構，從而打破歷史進程中由於過度信賴某種固定模式而對人的健康存在與發展所形成的桎梏與損害」，而「人文主義作為人類歷史文化發展中具有永恆意義的價值體系，其功能卻是尋求歷史發展的平衡與補償」，於是，「當歷史急於打破堅冰艱難前進之時，浪漫主義往往以急先鋒的衝擊而引領時代的潮頭，但是，在激烈的歷史行為完成其使命之後，人文主義則以反思的角度勘察歷史的不足，救贖人性的缺失。」也因此，當「五四」後期「啟蒙主義與政治對峙所造成的傳統人文文化的斷層與民族精神空間的崩潰日益突顯，浪漫主義只顧一味破壞而不顧建設的弊端也展露無遺，再加之作家逐步成熟的中年心態，」許多人在「前期創作中以浪漫式反抗激情所構成的解構歷史向度，就逐漸轉入其後期帶有濃鬱中國傳統士大夫精神韻致的人文性救贖。」〔註 33〕——徐志摩與梁實秋對古典主義美學原則的潛意識裏的認同，正有著新古典主義在中國傳播發展的闊大背景。在他們看來，由白璧德發揚光大的古希臘人文主義，與中國傳統先秦儒家的理性、中庸無疑有相通之處，而「五四」時期引進的以科學為中心的機械主義和由盧梭發端的放縱情感的近代浪漫主義，則是西方文明的末流。正是因為受了白璧德人文理念的內在浸潤，1928年，由徐志摩執筆的《新月的態度》一文，一口氣列出了充斥當時文壇的十三種理論與流派：「一、感傷派，二、頹廢派，三、唯美派，四、功利派，五、訓世派，六、攻擊派，七、偏激派，八、纖巧派，九、淫穢派，十、狂熱派，十一、稗販派，十二、標語牌，十三、主義派。」——這種以「健康」與「尊嚴」為標準而把除古典主義之外的思潮流派一網打盡的論調，幾乎就是白璧德新人文主義中對以「培根為代表的征服自然的物質功利主義和盧梭為代表的放縱情感的浪漫主義」的雙向抨擊的複製，〔註 34〕也是受梁實秋批判「五四」文學的情感放縱而倡導以理制情等觀念影響後，將新人文主義基點上的

〔註 33〕王昉：《面對文明的失落：中國文學現代轉型中的人文主義傾向》，南京：南京大學出版社，2018 年，第 47、49、52 頁。

〔註 34〕俞兆平：《中國現代文學中古典主義思潮的歷史定位》，《南華文存——俞兆平學術論文精選》，福建人民出版社，2017 年，第 100 頁。

古典主義美學轉化為自身理論建構的具體表現。〔註 35〕譬如梁實秋曾指出：

〔註 35〕徐志摩上述思想轉變常常不可避免地被聯繫到其政治立場來進行分析。譬如新時期由范伯群、朱棟霖主編的《1898～1949 中外文學比較史》一書中就認為，由徐志摩執筆的《新月的態度》一文中對「尊嚴」與「健康」的提倡，以及對十三種「主義」和「派」的反對，「一方面顯示了徐志摩從梁實秋那裡間接受到了白璧德的『新人文主義』的影響，另一方面說明了徐志摩的政治立場對於文藝觀念的制約。與梁實秋因服膺白璧德的理論而幡然悔悟，放棄浪漫主義並進而用白璧德來批判中國新文學的『浪漫主義趨勢』不同，徐志摩是由政治立場的反對無產階級革命而反對浪漫主義的。一九二五年徐志摩遊歷蘇聯後，開始表明他反對無產階級革命的態度。即在同時，他引『盧梭不能不向後轉』的變化為同調（按：此處應為轉述有誤，查徐氏《歐遊漫錄十三．血》，此處原話為「羅素不能不向後轉」），說關鍵在於『捨不得』『個人的自由』。在主編《晨報副鐫》期間，徐志摩組織了關於蘇俄友仇的討論。論爭的發難者張奚若以為中國青年的宣傳、信仰共產主義，乃是因為『判斷力薄弱』、『知識寡淺』、『唯個人私利是圖』，徐志摩很讚賞張的觀點，後來在胡適討論『赤化』問題時，徐志摩徑直將政治立場上的『左或是右』，歸結為『非邏輯的感情作用』。在這種前提下，徐志摩將第一次世界大戰和『俄國革命』指為浪漫思潮的『潰發』。這一思想寫成詩便是《西窗》。」（范伯群、朱棟霖主編：《1898～1949 中外文學比較史》修訂本，南京：江蘇教育出版社，2007 年，第 343 頁。）——從政治因素的角度來觀察一個作家的思想轉變無疑是必要的，也為我們全面考察其思想演變的內部發展軌跡提供著有益的線索，但這種單從政治立場分析其文學思想轉變的方法論，正帶有過去「審美自主論的現代性必得在其反抗革命工具論的政治性壓制中加以理解」的批評慣性（余虹：《革命．審美．解構——20 世紀中國文學理論的現代性與後現代性》，《文學知識學——余虹文存》，北京：北京大學出版社，2009 年，第 177 頁），從而在先入為主、倒果為因而不及其餘的片面中滑入「政治決定論」的誤區：忽視或無視作家自身之於審美獨立性的追求，以及在此追求過程中與自身政治性因素博弈與糾纏的深刻微妙狀態：「深刻是因為後者構成了前者的『實踐理性』和歷史維度的內容，微妙則是因為前者唯有保持自身審美或哲學上的獨立性、自律性，也就說，通過把握好自身道德和歷史實質之間的距離，方能夠受益於它而不是受制於它。」（張旭東：《批判的文學史：現代性與形式自覺》，上海：上海人民出版社，2020 年，第 4 頁。）毋庸諱言，從徐志摩生平的文學活動來看，不可避免地流露自己的某種政治傾向性，但總體上依然保持了一個持人文批判態度的公共知識分子的形象（譬如上述他將「第一次世界大戰和『俄國革命』指為浪漫思潮的『潰發』」，實際上是基於道德倫理的批判），在自覺規避趟政治「污泥濁水」的同時，始終堅持於當時新詩藝術形式的探索和實踐。在新月派後期，當胡適、羅隆基、梁實秋等日趨議政時，徐志摩仍然不顧及商業利益出版純文學月刊《詩刊》，團結起一大批新月詩人從事新詩的藝術與理論實踐，並提攜了一大批文學新人，誠如周作人後來總結道：「中國新詩已有十五六年的歷史，可是大家都不大努力，更缺少鍥而不捨地繼續努力的人，在這中間志摩要算是唯一的忠實同志。」（周作人：《志摩紀念》，舒玲娥編：《雲遊：朋友心中的徐志摩》，第 8 頁。）

「情感不一定是該被詛咒的，偉大的文學者所該效力的是怎樣把情感放在理智的韁繩之下。文學的效用不在激發讀者的熱狂，而在引起讀者的情緒之後，予以和平的寧靜的沉思的一種舒適的感覺。」而徐志摩則同樣指出：「『狂風暴雨』有時是要來的，但狂風暴雨是不可終朝的。我們願意在更平靜的時刻中提防天時的詭變，不願意籍口風雨的猖狂放棄清風白日的希冀。我們當然不反對解放情感，但在這頭駿悍的野馬的背上我們不能不謹慎的安上理性的鞍索。」（徐志摩：《新月的態度》）又譬如，梁實秋 1928 年出版的《文學的紀律》中曾指出：「古典主義者所注意的是藝術的健康，健康是由於各個成分之合理的發展，不使任何成分呈畸形的現象，要做到這個地步，必須有一個制裁的總樞紐，那便是理性。所以我屢次的說，古典主義者要注重理性，不是說把理性做為文學的唯一的材料，而是說把理性做為最高的節制的機關。」而徐志摩則在 1929 年於上海暨南大學作題為《秋》的演講時這樣指出：「第一個顯明的症候是混亂。一個人群社會的存在與進行是有條件的，這條件是種種體力與智力的活動的和諧的合作，在這種種活動中的總線索，總指揮，是無形跡可尋的思想。……果然是這部分哲理的思想，統轄得住這人群社會全體的活動，這社會就上了正軌；反面說，這部分思想要是失去了它那總指揮的地位，那就壞了，種種體力和智力的活動，就隨時隨地有發生衝突的可能，這重心的抽去是種種不平衡現象主要的原因。」（徐志摩：《秋》）——兩相比照，可謂一目了然。只是，在梁實秋按古典主義美學原則把理性作為制裁的總樞紐來導引和規範文學藝術作品創作的基礎上，徐志摩更進一步，將之「提升到人的一切社會性活動的『總線索』、『總指揮』的高度。」〔註 36〕——這無形中增加了以審美自主主義反撥當時革命工具主義趨勢的力度，從而也遭到了部分左翼文人的批駁。

被稱為「文藝復興運動」的「五四」新文化運動，並不是一句簡單而熱切的「回歸」就可以涵蓋的，其內部演變的千轉百回，良莠交疊的複雜與矛盾，置身於異質文化與本源文化爭戰協商錯綜共存的局面下，極易產生一種深層的文化錯位：「對西方的知識、思想和意識形態的沉醉，往往壓倒了對中國文化原質根性異化生變的思索。」〔註 37〕——也許是意識到了這點，徐志

〔註 36〕俞兆平：《徐志摩後期美學思想中的古典主義傾向》，《廈門大學學報（哲學社會科學版）》2005 年 05 期。

〔註 37〕葉維廉：《文化錯位：中國現代詩的美學議程》，《中國詩學》，北京：人民出

摩在一篇演講中這樣反省到：「西方人根本看不起我們東方人，我們必得發揚我們自己生活的真實性，同時把本真的同外來的文化，普遍的把他混合起來，造成一個獨特的人格。」〔註 38〕這一潛在的傳統立場，使得身處新文化陣營的徐志摩在比較新舊文學的異同時曾意味深長地指出：

> 兩極端往往有碰頭的可能。在哲學上，最新的唯實主義與最老的唯心主義發現了彼此是緊鄰的密切；在文學上，最極端的浪漫派作家往往暗合古典派的模型；在一般思想上，最激進的也往往與最保守的有聯合防禦的時候。這不是偶然；這裡面有深刻的消息。「時代有不同」，詩人勃蘭克說，「但天才永遠站在時代的上面」。「運動有不同」，英國一個藝術批評家說，「但傳統精神是綿延的」。正因為所有思想最後的目的就在發見根本的評價標源，最浪漫（那就是最向個性裏來）的心靈的冒險往往只是發見真理的一個新式的方式，雖則它那本質與最舊的方式所包容的不能有可稱量的分別。一個時代的特徵，雖則有，畢竟是暫時的，浮面的；這只是大海裏波浪的動盪，它那淵深的本體是不受影響的；只要你有膽量與力量沒透這時代的掀湧的上層你就淹入了靜定的傳統的底質，要能探險得到這變的底裏的不變，那才是攫著了驪龍的頷下珠，那才是勇敢的思想者最後的榮耀，舊派人不離口的那個「道」字，依我淺見，應從這樣的講法，才說得通，說得懂。（徐志摩：《守舊與「玩」舊》）

——在徐志摩看來：無論一個時代表面的變動有多麼劇烈，傳統精神綿延的內在本體是不變的。此種認識與新文化運動在傳統道器觀解體後重建文化思想的趨勢多少是同奏合拍的，某種程度上體現了新文學陣營內部以循環史觀修正線性進化史觀的努力，從而與當時傳入中國的白璧德新人文主義強調將審美建立在民族傳統審美基礎上的觀念呈現了某種契合。也正是這種契合，使得「五四」後崇尚白璧德新人文主義而第一個強調「文學的連續性」的學衡派代表人物吳宓，在抵制文學進化論者對古典文學的倫理性和審美性造成衝擊和破壞的同時，將持有同種情懷的新派詩人徐志摩引為了同道，他說：「徐君以新詩體鳴當代，予則專作舊體詩。顧念徐君之作新詩，蓋取法英

版社，2006 年，第 259～260 頁。

〔註 38〕徐志摩：《徐志摩的漫談》，陳建軍、徐志東編：《遠山：徐志摩佚作集》，北京：商務印書館，2018 年，第 237 頁。

國浪漫詩人，而予常擬以新材料（感情思想事實典故）入舊格律，其所取與徐君實同。雖彼此途徑有殊，體裁各別，且予愧無所成就，然詩之根本精神及藝術原理，當無有二。」〔註 39〕——吳宓這裡所說的「詩之根本精神與藝術原理」，實質上是從情感「內質」與音律「外形」兩方面對詩歌本質的把握。吳宓曾指出：「形與質不可分離，相合而成其美，缺一則終歸消滅。未可以意為之高下輕重也。天下之美人美器，妙文妙詩，皆合其外形之美與內質之美而成。」進一步，他則強調「韻律格調」對詩歌詩性的決定性意義：「韻律格調，則外形之美也。如有高妙之思想感情，尚是混沌未成形之質，苟得以精美之韻律格調表而出之，則為極佳之詩，否則不能。故格律韻調，正所以輔成思想感情之美……若剷除一切韻律格調，使不留存，則所餘者已不能為詩矣，尚有何於美乎？」〔註 40〕在吳宓看來，徐志摩以新形式寫舊精神，化舊意境入新形式，其追求情感內質與音律外形的藝術實踐，與強調節制、和諧、平衡為特徵的人文主義思想在本質上正是契通的，故「雖彼此途徑有殊，體裁有別」，「然詩之根本精神與藝術原理，當無有二。」由此可見，曾被線性進化論意識形態戴上保守派魔咒的學衡派對新詩之於「詩歌形式」破壞的質疑其實是相當及時的，其對「詩之根本精神與藝術原理」（格調韻律）的堅持與強調，與後來出現於新詩壇的「格律詩派」（新月派）的詩學主張，其實不無暗通款曲。

中國現代文學的生成很大程度上源於西學東漸的時代風潮，其間傳統文化受到巨大的衝擊，但「許多時候，作者們在表面上是接受了外來的形式、題材、思想，但下意識中傳統的美感範疇仍然左右著他們對於外來『模子』的取捨。」受英美紳士文化和中國傳統思想的影響的新月派就是在這種情況下登場的：「新月派的意識形態立場和價值取向傾向於穩健、理性，在超脫與激進之間尋求平衡，在現存社會、文化秩序的基礎上謀求改進和完善。」〔註 41〕——這一總體追求使得「不惟不是浪漫主義，恰恰相反，反叛浪漫的古典主義」〔註 42〕成為新月派詩學理念的標誌，也正是這一總體追求，

〔註 39〕《論詩之創作》，《吳宓詩集》卷末附錄六《大公報·文學副刊論文選錄》，中華書局，1935 年，第 104～105 頁。

〔註 40〕吳宓：《詩學總論》，《吳宓詩話》，商務印書館，2005 年，第 63～64 頁。

〔註 41〕劉增傑、關愛和主編：《中國近現代文學思潮史》（上卷），第 637 頁。

〔註 42〕劉增傑、關愛和主編：《中國近現代文學思潮史》（上卷），第 628 頁。

使得新月派的審美風格在內容與形式調和得宜、理智與情感不偏不倚中契合了中庸的傳統審美觀。作為新月派的代表詩人，徐志摩從早期的浪漫詩風向後期的古典主義回歸的嬗變顯而易見，故論者曾歸納指出：「如果說徐志摩篤信浪漫主義是其生命的自覺，是天性使然，那麼後期皈依古典的精神投向則是其身為劇變、轉型時代的中國知識分子，對自身、對文學、對生命的思考與追索，以期給人生意義以圓融的解答。他的積極自救，他的擺脫現實藩籬的渴望，將突破口打開在詩歌這個他所熟識且頗有建樹的園地，並努力將這種轉化的心向外轉化為對各種體式、題材的嘗試。由揮灑不羈的散漫天地進入理性節制的典雅莊園，某種程度上就是將幻想、幼稚、感性和漫無目的這些不健全的人性，經過一系列的挫敗感和痛苦，趕出詩人心中的『理想國』，從而構建新的樂土和理想天地。這是徐志摩將自己的人生由處處實景到妙處留白的過程，也是一種人生境界的提升與昇華。」〔註 43〕

2. 個性解放的新道德

「五四」時期，個體對自由的追求與傳統倫理對個體道德的禁錮構成社會矛盾的主要焦點，這在徐志摩身上尤顯突出。當他以西方民主自由理念為參照價值而高唱戀愛自由以反抗強加於自身的傳統包辦婚姻時，即將一個自覺追求個體自由與人格獨立的大寫的自我形象如一面旗幟般插上了新時代人性解放的潮頭。如大多數「五四」新文化運動的倡導者一樣，歸國初期的徐志摩對傳統儒家文化的批判的火力是猛烈的：

> 如果不先描述我們整個不得不隨遇而安的現行社會狀況，便無從談論藝術和人生，而對現行社會狀況的指斥、抨擊，無論怎樣猛烈也不過分。我們今天習慣於把實利主義的西方看成沒有心臟的文明，那另一方面，我們自己的文明則是沒有靈魂的，或根本沒有意識到其靈魂的存在。倘若說西方人被自身的高效機械和鬧哄哄的景象拖向無人可知的去處，那我們所知的這個野蠻殘忍的社會，則是一潭肮髒腐臭的死水，四周爬滿了蠅營狗苟的蟲蛆，散發著腐爛和僵死的氣味。（徐志摩：《藝術與人生》）

在徐志摩看來，造成中國現實黑暗落後和國人精神卑污苟且的原因正是因為傳統儒教：

〔註 43〕安穎：《浪漫到古典：徐志摩美學思想的嬗變》，揚州大學 2008 年碩士論文。

> 我們的聖人……他們平衡、協調人與人之間所共有的明顯的欲望，諸如食物、性等。可是天哪，他們竟忘了人不僅是物質的，還是精神的，需要精神上的關心和食糧。因此，孔教雖令人歎服，但經後人歪曲更易之後付諸實踐，就產生了一種依賴於安閒的感傷基礎之上的文化。這種文化也許有其可愛之處，但它除了故作多情以外，別無其他，而且把人的精神視為不值一理的東西。
>
> 他們忘卻精神，壓制理性。孔子卓越地給人的感覺外延和享樂劃定了界限，教我們依賴於他從未界說過的準則，即禮。
>
> （這種）冷靜的生活態度，除了明顯否定生活，窒息感情的聖火外，還能有什麼呢？中庸之愛除了作為思想、行為怯懦，生活淺薄單調的漂亮藉口外，還能是什麼嗎？所謂受人奉承的理性主義和謙讓精神，產生的只是一種普遍的惰習和那個被我們稱作中華民國政府的荒唐怪物！（徐志摩：《藝術與人生》）

——「新文化運動首先是守舊派抗拒文化變遷的結果，其次才是新文化人格載體決斷的產物。」〔註 44〕不是守舊派的冥頑不化，就不會有新文化運動的剛烈決絕。這一判斷，可以在晚清政府仿傚西方的憲政改革最終以皇族內閣宣布權力獨享，以及新文化運動初期遭遇保守派頑強狙擊而呈現新舊文化鮮明對峙的局面中得到驗證。正是在此氛圍中，持有純真理想而熱烈倡導新文化運動啟蒙理念的徐志摩對傳統儒家思想進行了討伐，其批判鋒芒不但直指儒家體系維繫下「大共同體本位」的專制主義傳統王朝，而且也旗幟鮮明地指向了歷來倡導「怨而不怒」、「溫柔敦厚」、「思無邪」等觀念的儒家詩教的陳腐守舊：

> 這位聖人（指孔子，筆者注）為我們劃定的人生範圍幾乎是一系列枯燥乏味的倫理陳詞濫調，這一命定結果所產生的影響剝奪和抑制了我們的想像力，你只要翻翻我們的小說和詩歌就會相信，其中想像的作用是多麼狹窄。我們的詩人，可能除了李白以外，再沒一位被認為是世界性的。這不值得深思嗎？在我們的文學花名冊裏，找不到一位堪與歌德、雪萊、華滋華斯相比的，更不用說但丁

〔註 44〕高瑞泉：《新文化運動與中國哲學的現代開展》，葉祝弟主編：《現代化與化現代：新文化運動百年價值重估》（第 1 卷），上海：上海三聯書店，2019 年，第 90 頁。

> 和莎士比亞了，這不令人震驚嗎？說到其他藝術，又有誰堪與米開朗基羅、列奧那多·達·奇芬、特納、柯勒喬、威爾埃斯奎斯、瓦格納、貝多芬等等眾多天才相比呢？以此類推，是不是我們種族的本性決定了我們總是不同於世界其他地方？由於不相同是程度上的，而非類別上的，那麼我們的想像力是不是生來就營養不良，發育不全？我們所擁有的藝術遺產不能整個包含生活，那是不是表明我們在本質上遜於西方呢？因為一切偉大的藝術作品都要求包含生活。我們從很小就受到視覺和意志的訓練，以適應實用的細節，合於毫無生氣的生活禮儀，而不是揭示偉大生活的奧秘，喚起偉大生活的希望。這是中國教育的大失敗，它導致真正人格的死亡，沒有窮盡地造就著傑出的庸才。（徐志摩：《藝術與人生》）

顯然，受到西方人文主義的啟發，徐志摩倡導藝術、審美與人的自由發展、健康生活相契合，反對用狹隘的道德說教來規範藝術和美的性質，從而用一種具有啟蒙意蘊的話語，對以傳統儒家為代表的功利主義文藝觀進行了理論上的徹底清算。但在這些激烈言辭的背後，我們還是不難看出一種弦外之音：原來他並沒有將中國的現狀完全和直接歸罪於原始儒家，而是很大程度上指向了「經後人歪曲更易之後付諸實踐」的「儒家傳統」。具體地說，即是在中國漫長的君主專制社會中變異為統治工具而扭曲了孔孟原意的帝制式儒學。〔註 45〕

考歷史上孔子形象的變遷，恰如李澤厚先生所指出的：「後代人們，由其

〔註 45〕當代學人於此論之甚詳，茲錄一例：「暴秦之後，漢帝國建立起來，這時已經不再是『春秋大一統』的『王道理想』，而是『帝國大統一』的『帝皇專制』年代了。帝皇專制徹底地將孔老夫子的『聖王』思想，做了一個現實上的轉化，轉化成『王聖』。孔夫子的理想是『聖者當為王』這樣的『聖王』，而帝皇專制則成了『王者皆為聖』這樣的『王聖』。本來是『孝親』為上的『人格性道德聯結』，轉成了『忠君』為上的『宰制性政治聯結』。這麼一來，『五倫』轉成了『三綱』，原先強調的是『父子有親、君臣有義、夫婦有別、長幼有序、朋友有信』，帝制時強調的是『君為臣綱，父為子綱，夫為婦綱』。顯然，原先『五倫』強調的是『人』與『人』的『相對的真實的感通』，而後來的『三綱』強調的則是『絕對的、專制的服從』。原先重的是『我與你』真實的感通，帝制時重的是『他對我』實際的控制，儒家思想就在這兩千年間逐漸『他化』成『帝制式的儒學』。」（林安梧：《中國政治傳統之過去與未來——論「道的錯置」之消解及其創造之可能》，范瑞平、貝淡寧、洪秀平主編：《儒家憲政與中國未來》，上海：華東師範大學出版社，2012 年，第 212 頁。）

現實的利益和要求出發，各取所需，或誇揚其保守的方面，或強調其合理的因素，或重新解讀、建造和評價它們，以服務於當時階級的、時代的需要。於是，有董仲舒的孔子，有朱熹的孔子，也有康有為的孔子。有『黜周王魯』『素王改制』的漢儒公羊學的孔子，也有『人心惟危，道心惟微』的宋明理學的孔子。」〔註 46〕——徐志摩所反對的正是宋儒所塑造的那個「存天理滅人慾」的「聖人」，因為它「忘卻精神，壓制理性」，「否定生活，窒息感情」。這種切膚痛感最能從詩人對強加於自身的傳統包辦婚姻的憤懣中看出：「忠孝節義——咳，忠孝節義謝你維繫｜四千年史髏不絕，卻不過把人道靈魂磨成粉屑，｜黃海不潮，崑崙歎息，｜四萬萬生靈，心死神滅，中原鬼泣！｜咳，忠孝節義！」（徐志摩：《笑解煩惱結（送幼儀）》）但徐志摩同樣也說過：「中國倫理上有最寶貴的文化，——忠孝節義，我可以說無論時代變到什麼田地，他終有他不朽的精神」〔註 47〕。「孔子在過去的時代中，他的功績是不可磨滅的，然而現今的批評家，大肆攻擊。固然忠孝在當時某種情景之下，的確可以激發人們的精神，如今是不合潮流而失卻生命了，但反過來說，文化的真精神，要自己產生去，發揚去，創造去，要有一個鮮明的特質……改革是需要的，卻決不能全盤的放棄了而模仿。這裡可以借用西洋的一個故事來說明，『潑去浴盤裏的洗澡水，連一個在洗澡的孩子也摔了出去』，豈不是成了笑話？」〔註 48〕——種種看似前後矛盾的看法，實際上凸顯了徐志摩傳統觀的複調色彩，也印證了後來新儒家學者賀麟先生的一個論斷：

> 根據對於中國現代的文化動向和思想趨勢的觀察，我敢斷言，廣義的新儒家思想的發展或儒家思想的新開展，就是中國現代思潮的主潮。我確切看到，無論政治、社會、學術、文化各方面的努力，大家都在那裡爭取建設新儒家思想，爭取發揮新儒家思想。在生活方面，為人處世的態度，立身行己的準則，大家也莫不在那裡爭取完成一個新儒者的人格。大多數的人，具有儒家思想而不自知，不能自覺地發揮出來。有許多人，表面上好像在反對儒家思想，而骨子正代表了儒家思想，實際上反促進了儒家思想。自覺地、正式地

〔註 46〕李澤厚：《孔子再評價》，《中國古代思想史論》，北京：生活・讀書・新知三聯書店，2008 年，第 31 頁。

〔註 47〕徐志摩：《徐志摩的漫談》，陳建軍、徐志東編：《遠山：徐志摩佚作集》，第 234 頁。

〔註 48〕徐志摩：《關於印度》，同上書，第 242 頁。

發揮新儒家思想，蔚成新儒學運動，只是時間早遲、學力充分不充分的問題。〔註 49〕

說「廣義的新儒家思想的發展或儒家思想的新開展，就是中國現代思潮的主潮」，值得進一步討論，但說「大多數的人，具有儒家思想而不自知」，「表面上好像在反對儒家思想，而骨子正代表了儒家思想」，卻是所言非虛。「五四」啟蒙主義思潮所弘揚的自然人性論，實際上與西方霍布斯等人的道德觀念大不相同，仍然是延續了儒家的「性善論」。從徐志摩高舉「以情抗禮」旗幟而反對包辦婚姻的精神姿態背後，不難看到晚明陽明心學崇尚自然人性的影子。秉承心學衣缽的李贄曾直斥程朱理學倫理學說思想核心「忠孝節義」的虛偽性，說它們是「做出來的」，而非「本體」，而徐志摩在《笑解煩惱結（送幼儀）》一詩中指斥的同樣是傳統「忠孝節義」觀念對自由人性的戕害。由此可見，「五四」時期以情抗理的思潮看似受到西方浪漫主義思潮的影響與觸發，但近代中國歷史中一股從傳統儒學內部反叛理學的文化思潮，特別是相去未遠的晚明人文思潮代表人物李贄反正統的異端思想之潛在淵源卻不可忽視。說到底，名教出於自然，良知只是呈現，從王陽明、李贄到周作人、郁達夫、徐志摩，他們所共同反對的，「不過是以程朱理學為代表的近世的士大夫傳統，而他們所欲復歸的，乃是儒家最初所崇尚的人性之本然。」〔註 50〕這種以自然人性論為出發點而對「倫理異化」提出的抗議，正是中國從晚明以來誕生的「個性解放的新道德」〔註 51〕。

3. 儒家「日用而不知」生活態度的暗中吸納

可以認為，徐志摩抗拒的只是體現為儒家表層結構的政教體系、典章制度、倫理綱常、生活秩序、意識形態等方面，而暗中吸納的卻是體現為儒家

〔註 49〕賀麟：《儒家思想的新開展》，《文化與人生》，北京：商務印書館，2015 年，第 10 頁。

〔註 50〕何亦聰：《周作人與儒家思想的現代困境》，上海人民出版社，2018 年，第 223 頁。

〔註 51〕高瑞泉：《動力與秩序：中國哲學的現代追尋與轉向：1895～1995》，廣西師範大學出版社，2019 年，第 259 頁。新文化運動中另外一股比較激進的人文主義思潮，則濡染了近代唯意志論個性解放的強烈氣質，雖仍從個體出發，鋒芒指向的卻是倫理日趨固化後的社會整體結構，從而最終催生出「摧毀」這一整體結構的「革命」思想——從戴震的「以理殺人」到魯迅的「禮教吃人」；從龔自珍「眾人之宰，自名曰我」命題的提出到郭沫若的「我便是我呀，我的我要爆了！」無不昭彰顯明。

深層結構的日用而不知的生活態度、思想定式、情感取向，包括其內部蘊蓄的「早期啟蒙思想」。所以，一度激烈反抗儒家禮教的他，在聲援蔡元培抗議北洋政府時卻呼喚基於「仁智勇」的「正義的衝動」:「我們從前是儒教國，所以從前理想人格的標準是智仁勇。現在不知道變成什麼國了，但目前最普遍人格的通性，明明是愚暗殘忍懦怯，正得一個反面。但是真理正義是永生不滅的聖火；也許有時遭被蒙蓋掩翳罷了。大多數的人一天二十四點鐘的時間內，何嘗沒有一剎那清明之氣的回復？但是誰有膽量來想他自己的想，感覺他內動的感覺，表現他正義的衝動呢？」（徐志摩：《「就使打破了頭，也還要保持我靈魂的自由」》）從「人格的尊嚴」與「道德的標準」出發，他呼籲當時的「智識階級」響應蔡元培先生所提出的不合作主義宣言：「蔡元培不合作主義的宣言，是他全人格的一個肖像，是一聲充滿正義的警告，在這渾濁的政國裏，彷彿是個宏偉的霹靂……他這番仁勇的精神，如其再不能引起天良未昧者之同情的反應，如其再不能燃點人人心靈中原有的仁勇火焰，那便是華族人荒心死的一個鐵證」〔註 52〕，但仁人志士猛醒而國民普遍麻木的現象卻讓他痛心疾首：「照群眾行為看起來，中國人是最『殘忍』的民族。照個人行為看起來，中國人大多數是最『無恥』的個人。慈悲的真義是感覺人類應感覺的感覺，和有膽量來表現內動的同情。中國人只會在殺人場上聽小熱昏，決不會在法庭上賀喜判決無罪的刑犯；只想把潔白的人齊拉入混濁的水裏，不會原諒拿人格的頭顱去撞開地獄門的犧牲精神。只是『幸災樂禍』、『投井下石』，不會冒一點子險去分肩他人為正義而奮鬥的負擔。從前在歷史上，我們似乎聽見過有什麼義呀俠呀，什麼當仁不讓，見義勇為的榜樣呀，氣節呀，廉潔呀，等等。如今呢，只聽見神聖的職業者接受蜜甜的『冰炭敬』，磕拜壽祝福的響頭，到處只見拍賣人格『賤賣靈魂』的招貼。這是革命最彰明的成績，這是華族民國最動人的廣告！」（徐志摩：《「就使打破了頭，也還要保持我靈魂的自由」》）也正是這種痛心疾首，使他在泰戈爾訪華期間想往其人格的偉大而一再反思中國「現世人荒心死的現象」，念叨「孔陵前子貢手植的楷樹，聖廟中孔子手植的檜樹」，哀歎儒家真精神的「花果飄零」:「在人道惡濁的澗水裏流著，浮荇似的，五具殘缺的屍體：它們是仁義禮智信，向著時間無盡的海瀾裏流去……」（徐志摩：《毒藥》）

〔註 52〕徐志摩：《大家要實行不合作主義》，陳建軍、徐志東編：《遠山：徐志摩佚作集》，第 81～83 頁。

「中國現代化的困難之一即源於價值觀念的混亂；而把傳統文化和現代生活籠統地看作兩個不相關的對立體，尤其是亂源之所在。」這點在「五四」時期尤為明顯，「激進的西化論者在自覺的層面完全否定了中國文化，自然不可能再去認真地考慮它的價值系統的問題。另一方面，極端的保守論者則強調中國文化全面地高於西方，因此對雙方價值系統也不肯平心靜氣地辨別其異同。」〔註 53〕在這樣因價值觀念混亂導致的亂象中，難得有少數理智清澈而胸襟開闊之士。徐志摩正是這少數中的一個。面對「在思想上抱住古代直下來的幾根大柱子」的守舊者，他並沒有一味否定：「這手勢本身並不怎樣的可笑」，只要「他自己確鑿的信得過那幾條柱子是不會倒的」（徐志摩：《守舊與「玩」舊》）；面對在新舊文化論戰中倉皇落敗的舊文化派，置身於新文化陣營中的他反有幾分悵惘的感喟：「早年國內舊派的思想太沒有它的保護人了，太沒有戰鬥的準備，退讓得太荒謬了」（徐志摩：《守舊與「玩」舊》）；針對包辦婚姻扼殺人性的弊端，他斥責「忠孝節義」等名教綱常的維繫，卻又對現代人「浪漫的熱戀」有清醒的針砭：「劇烈的東西是不能長久的」，「情感不能不受理性的相當節制與調劑」（徐志摩：《白朗寧夫人的情詩》）；梁漱溟先生之父梁濟自殺殉道的遺書，引起了他充分的同情理解和尊敬：「他全體思想的背後還閃亮著一點不可錯誤的什麼——隨你叫他『天理』、『義』、信念、理想，或是康德的道德範疇——就是孟子所說的『甚於生』的那一點。」（徐志摩：《論自殺》）而從具有普遍意義的道德情感立場出發，徐志摩肯定普遍的常態人性，反對任何形式的衝動、變態、狂熱和偏激，提出用「積極的情感」來維繫「一個常態社會的天平。」（徐志摩：《新月的態度》）這種立足於培植個體健全人格的主張，不但使他在融入中國傳統親情血脈的「經緯中心」時，渴望從自己「天性裏抽出最柔糯亦最有力的幾縷絲線來加密或縫補這幅天倫的結構」（徐志摩：《我的祖母之死》），而且使他在面對急劇動盪的現實時多了一份理性從容，而少了些峻急激烈。這也左右了他的政治態度：遊歷莫斯科後，他一方面欣然於點燃改造社會火種的俄國十月革命對改變國人「怠惰，苟且，頑固，齷齪，與種種墮落的習慣」提供了「一些解放的動力」（徐志摩：《歐遊漫錄・莫斯科》），一方面卻又憂懼於激進暴力革命可能會造成的巨大破壞。

〔註 53〕余英時：《從價值系統看中國文化的現代意義》，何俊編：《余英時學術思想文選》，上海古籍出版社，2010 年，第 225 頁。

傳統的重壓，現實的苦難，民心的渙散，前途的渺茫，決定了這位浪漫主義者置身於中國現實環境時必然內在地裹挾著一種對於民族未來的文化焦慮，以及相應而來的對文化自救現實方案的渴求——正是在這種尋求自救的文化焦慮中，儒家文化曾在歷史上起過的「美教化」的一面似乎讓他看到了自由主義在中國實現所需要的精神秩序的曙光，而儒家的群體本位和中庸人倫之道，作為一種重塑現實秩序的可能性方案，重新納入了其一度反叛儒家名教綱常的思想視野中：「中國人生活之所以能樂天自然，氣概之所以宏大，不趨極端好和平的精神，完全還是孔子一家的思想。」（徐志摩：《羅素與中國——讀羅素著〈中國問題〉》）表面上看來西化尤甚的徐志摩，在對西方民主自由制度的欽慕與崇尚中，摻入的其實有傳統儒家的仁愛與民本，正如其崇尚在自然中尋求身心和諧，表面上看固然是受到英國浪漫派自然主義的影響，但未嘗沒有莊周的影子。由此他的詩文在釋道的「慈仁」與屈騷的「不平」之外，隨處可以嗅出一股濃烈的儒家「惻隱」氣息：「為了什麼｜我把每一個老年災民｜不問他是老人是老婦，｜當作生身父母一樣看，｜每一個兒女當作自身｜骨血，即使不能給他們｜救度，至少也要吹幾口｜同情的熱氣到他們的｜臉上，叫他們從我的手｜感到一個完全在愛的｜純淨中生活著的同類？」（徐志摩：《愛的靈感》）其同情心由此遍及「宇宙間一切無名的不幸」：「那在雪地裏掙扎的小草花，｜路旁冥盲中無告的孤寡，｜燒死在沙漠裏想歸去的雛燕，——｜給他們，給宇宙間一切無名的不幸，｜我拜獻，拜獻我胸肋間的熱，｜管裏的血，靈性裏的光明；｜……在嘹亮的歌聲裏消納了無窮的苦厄！」（徐志摩：《拜獻》）「國家興亡，匹夫有責」的責任使命感，則使他不時回望那沉淪於苦海中的人間世，從而一次次收斂起在精神天空作高遠飄逸翱翔時浪漫主義的雙翅，沿著現實生活的地面作沉重的滑翔。但即使是在少數「現實主義」的詩篇中（如《人變獸》、《大帥》、《太平景象》等），他固然淌著人道主義的熱淚，卻仍停留於一種與「怨以怒」相疏離的「諷喻」情調。溫和的秉性與自幼承受的詩書禮教所養成的謙謙君子操守，使他在政治路徑上依賴的是英國立憲式漸進的改良。

四、君子人格：調和的「中庸」姿態與道德的理想主義

1. 調和的中庸姿態

林毓生先生曾提出過一個值得注意的觀念：「五四」一代的知識分子由於

受到西方文化的衝擊和影響，思想內涵發生急劇變化，「反傳統」成為他們共同的特徵，但他們「隨著在不同時間衝激到中國的不同思潮而改變立場，卻從未放棄他們『借思想文化以解決問題的方法』」，他們這種共同的「思想模式（或分析範疇）」正是受「強調理知功能與思想力量的儒家文化」的根深蒂固的影響和「決定性的塑造而不自知」，而非受西方思想的影響。他舉出胡適為例：「胡適在研習杜威思想之前，『借思想、文化以解決問題的方法』已先入為主。所以先秦之後儒家思想模式對胡適思想模式的影響，遠超過杜威的影響。」〔註 54〕——林毓生先生的觀察視角對筆者富有啟迪，的確，「在歷史變革的緊要關頭，大歷史所積澱出來的最基本的『文化—心理結構』儘管會深受衝擊，但在批判所未及的生存意識的更深刻的層面，它們卻仍舊左右著當事人對時局的觀察、理解，以及對未來的抉擇。」〔註 55〕胡適並非一般人所認為的「全盤西化者」，他曾在《先秦名學史》導論中有言：「如果對新文化的接受不是有組織地接受的形式，而是採取突然替換的形式，因而引起文化的消亡，這確實是全人類的一個重大損失。因此，真正的問題可以這樣說：我們怎樣才能以最有效的方式吸收現代文化？使它能同我們的固有文化相一致、協調和繼續發展？」無獨有偶，徐志摩在受羅素思想影響之前也已「先入為主」，他在《羅素與中國——讀羅素著〈中國問題〉》一文中除了認同羅素對中國文化的分析之外，特意指出其「疏漏」：「但羅素雖則從遊俄國遊中國感覺到人類的命運，生活的消息，人道的範圍，他卻並莫有十分明瞭中國文化及生活何以會形成現在這個樣子……他不知道中國人之所以能樂天自然，氣概之所以宏大，不趨極端好和平的精神，完全還是孔子一家的思想，……在『中國人的品格』那一章裏，他又說起中國人的三大毛病，一貪，二忍，三懦。這三點剛巧是智仁勇的反面，卻是孔家理想生活不曾實現的一個證據。」〔註 56〕所以徐志摩後來一再呼喚偉大的人格：「人格是一個不可錯誤的實在，

〔註 54〕林毓生：《「五四」時代的激烈反傳統思想與中國自由主義的前途》，《中國傳統的創造性轉化》，北京：生活·讀書·新知三聯書店，2011 年，第 191～192、204 頁。

〔註 55〕鄒曉東：《性善與治教》，上海：華東師範大學出版社，2020 年，第 177 頁。

〔註 56〕徐志摩：《羅素與中國——讀羅素著〈中國問題〉》。徐氏此處可能存有誤解。羅素《中國問題》中曾明確論述到：孔子的「體系由他的追隨者發展以後，成為一種純道德而非教條的體系；這個體系沒有造成強大的僧侶隊伍，也沒有導致宗教迫害。它卻理所當然地成功地造就了一個言行得體、彬彬有禮的民族。」（羅素：《中國問題》，秦悅譯，上海學林出版社，1996 年，第 150

荒歉是一件大事，但我們是餓慣了的，只認鳩形與鵠面是人生本來的面目，永遠忘卻了真健康的顏色與彩澤。標準的低降是一種可恥的墮落：我們只是踞坐的井底青蛙，但我們更沒有懷疑的餘地。我們也許端詳東方的初白，卻不能非議中天的太陽。」（徐志摩：《泰戈爾》）他讚美泰戈爾說：「在這個荒慘的境地裏，難得有少數的丈夫，不怕阻難，不自餒怯，肩上扛著剷除誤解的大鋤，口袋裏滿裝著新鮮人道的種子，不問天時是陰是雨是晴，不問是早晨是黃昏是黑夜，他只是努力地工作，清理一方泥土，施殖一方生命，同時口唱著嘹亮的新歌，鼓舞在黑暗中將次透露的萌芽。泰戈爾先生就是這少數中的一個。」（徐志摩：《泰戈爾》）當泰戈爾在中國受到冷落時，他由衷感受到的卻是：「詩人老去，又遭了新時代的擯斥，他老人家的悲哀，正是孔子的悲哀。」〔註 57〕

由殉道者的祈願和仁人志士救世的呼聲交織而成的道德救世思潮，乃是中國近代社會思潮的重要組成部分。所謂「欲除中國之積患」，「先平人心之積患」；欲救亡圖存，先「肅綱紀而正人心」，其針對尖銳的民族矛盾和社會矛盾而來的強烈憂患意識和匡時救世責任，一方面超越了傳統狹隘的忠君愛民的道德思想範疇，融入了救亡和抵抗西方侵略的時代特徵，一方面也在對傳統道德合理資源的利用中揭開了近代塑造國民性、改造國民性的序幕，從而推動了改造中國、振興中華的時代主潮之深化。

作為革新鼎故時代一度以激進姿態受到矚目的徐志摩，處處透顯出傳統士大夫特有的救世情懷。痛感於「蒼涼，慘如鬼哭滿中原」的「『道喪』的人間」，他大聲疾呼：「這狂瀾，有誰能挽，｜問誰能挽精神之狂瀾？」（徐志摩：《青年雜詠》）面對中國混亂的現實，他一再強調「人心」的作用：「如其一時期的問題，可以綜合成一個現代的問題，就只是『怎樣做一個人』？」（徐志摩：《泰戈爾來華》）並強調每個人的躬身自省：「不要以為這樣混沌的現象是原因於經濟的不平等，或是政治的不安定，或是少數人的放肆的野心。……讓我們一致地來承認，在太陽普遍的光亮底下承認，我們各個人的罪惡，各個人的不潔淨，各個人的苟且與懦怯與卑鄙！我們是與最骯髒的一樣的骯髒，與最醜陋的一般醜陋，我們自身就是我們運命的原因。」（徐志摩：《落葉》）面對黑暗的現實，他一再發出道義的譴責：「紛爭的互殺的人間，陽光與雨露

頁。）但此種「誤解」也正反映了徐氏的傳統情懷。

〔註 57〕郁達夫：《志摩在回憶裏》，舒玲娥編：《雲遊：朋友心中的徐志摩》，第 11 頁。

的仁慈，不能感化他們兇惡的獸性」（徐志摩：《北戴河海邊的幻想》）；「這海是一個不安靜的海，波濤猖獗的翻著，在每個浪頭的小白帽上分明的寫著人慾與獸性；到處是姦淫的現象：貪心摟抱著正義，猜忌逼迫著同情，懦怯狎褻著勇敢，肉慾侮弄著戀愛，暴力侵凌著人道，黑暗踐踏著光明；聽呀，這一片淫猥的聲響，聽呀，這一片殘暴的聲響；虎狼在熱鬧的市街裏，強盜在你們妻子的床上，罪惡在你們深奧的靈魂裏……」（徐志摩：《毒藥》）而在散文《秋》中，他為現實的亂象把脈，將症狀的原因歸結為「統轄得住這人群社會全體的活動」的一種「哲理的思想」的失去：「沒了系統，沒有了目標，沒有了和諧，結果是現代的中國：一片混亂。」這種混亂引起了第二階段的「變態」：「什麼是人群社會的常態？人群是感情的結合。雖則盡有好奇的思想家告訴我們人是互殺互害的，或是人的團結是基本於怕懼的本能，雖則就在有秩序上軌道的社會裏，我們也看得見惡性的表現，我們還是相信社會的紀綱是靠著積極的感情來維繫的。這是說在一常態社會天平上，愛情的分量一定超過仇恨的分量，互助的精神一定超過互害互殺的現象。但在一個社會沒有了負有指導使命的思想的中心的情形之下，種種離奇的變態的現象，都是可能的產生了。」這兩種現象協同產生了第三種現象：「一切標準的顛倒。人類的生活的條件，不僅僅是衣食住：『人之異於禽獸者幾希』，我們一講到人道，就不能脫離相當的道德觀念。這比是無形的空氣，他的清鮮是我們健康生活的必要條件。我們不能沒有理想，沒有信念，我們真生命的寄託決不在單純的衣食間。我們崇拜英雄——廣義的英雄——因為在他們事業上表現的品性裏，我們可以感到精神的滿足與靈感，鼓舞我們更高尚的天性，勇敢的發揮人道的偉大。你崇拜你的愛人，因為她代表的是女性的美德。你崇拜當代的政治家，因為他們代表的是無私心的努力。你崇拜思想家，因為他們代表的是尋求真理的勇敢。這崇拜的涵義就是標準。時代的風尚儘管變遷，但道義的標準是永遠不動搖的。這些道義的準則，我們同時代要求的是隨時給我們這些道義準則一個具體的表現。彷彿是在渺茫的人生道上給懸著幾顆照路的明星。但現代給我們的是什麼？我們何嘗沒有熱烈的崇拜心？我們何嘗不在這一件那一件事上，或是這一個人物那一個人物的身上安放過我們迫切的期望？但是，但是，還用我說嗎！有哪一件事不使我們重大的迷惑，失望，悲傷？說到人的方面，哪有比普通的人格的破產更可悲悼的？在不知哪一種魔鬼主義的秋風裏，我們眼見我們心目中的偶像敗葉似的一個個全掉了下來！

眼見一個個道義的標準，都叫醜惡的人格給沾上了不可清洗的污穢！標準是沒有了的。這種種道德方面人格方面顛倒的現象，影響到我們青年，又是造成煩悶心理的原因的一個。」——在徐志摩看來，涵蓋自然宇宙和人類社會的道德精神，是超越一切歷史、民族和階級的永恆不變的「常道」。人心的墮落與世風的敗壞並非傳統道德價值本體使然，而是後世出於私利曲解傳統道德學說本體價值的必然結果，所以，「一切標準的顛倒」和時代的病象正在於「普通的人格的破產」。這種典型的道德救世思想，某種程度上與近代以來開現代新儒家乃至道德理想主義先聲的康梁等人復興「心學」的思想有相似處，也體現出其（包括大部分「五四」知識分子）啟蒙思維的悖論與內在困境。

儒學思想能夠在歷代更迭循環中成為統貫於其因革損益之典章制度中不變的共理，很大程度上正取決於傳統宗法社會一體化結構對其思想方法的依賴與需要。所謂的「內聖外王」，即建立在以個人德化自我之實現即是國家天下秩序之完成的基礎上，這種集體無意識，依然綿延於新文化運動的生成之中。然而，儒家的倫理本位主義與道德的和諧並不能消融當時尖銳的社會矛盾，道德救世思想也不是解決當時社會局勢瀕臨崩潰的靈丹妙藥。許多「五四」精英們在社會轉型的亂象中徒然懷著傳統士大夫式的憂患，卻意識不到眼前的「道德淪喪」現象在一個開放的時代裏已然與傳統王朝更迭時的「禮崩樂壞」有著不同的病理機制。徐志摩的上述思考邏輯也未能跳出這一框架。

但從人的精神層面出發，他所急切關懷、焦灼追問、認真思考的又是一個帶有根本性的大問題，一個重新昭明心性本體、重新闡釋並建構性命之理的現代人文問題。近代以來發生的一場「大脫嵌」式的辛亥革命導致的家國天下連續體的自我斷裂和解體，使得依附於宗法家族和王朝國家制度肉身的儒家倫理淪為了無所依傍的孤魂，由此帶來的心性秩序的失範導致了嚴重的社會危機。辛亥後，不光是作為「晚清遺老」的梁巨川與王國維先後以自沉作為人生了結，以示對天崩地解時代「學絕道喪」時勢危機的終極反抗，即使是信奉進化論的反傳統鬥士魯迅，也陷入空前的「彷徨」，他筆下魏連殳這類苦悶而死的孤獨者，毋寧真實記錄著包括他自身在內的「一代純真嚮往現代進步的青年的幻滅歷程……『人間太壞』，悲哀和寂寞成為先行者深入骨髓的症候。這些很容易被理解為新舊交替時代必然而暫時的負面價值，而且往往歸咎於舊文化傳統的遺患，光明仍在現代性所發展的未來。」〔註 58〕如是，文化決定論以及現代性進步主義價值立場，依然解構著後來的人們之於「五四」轉型期精神危機揭示的思想價值。但在今天，這種誤解，應該得到去蔽了。

由原始儒家倡導的言辭舉止優美文雅的君子人格，是中國禮樂文化的根本。子曰：「禮之用，和為貴」，「不學禮，無以立」，樂者和也，禮者敬也，美德成也。所謂「直而溫，寬而栗，剛而無虐，簡而無傲」，內修外美，謙恭儒雅，文質彬彬，張弛有度，是為君子。有教養的君子聚合而成的士紳階層，成為中國傳統社會治理的主導力量。君子們往往通過「道之以德，齊之以禮」的以身作則，浸潤倫理風俗，惠澤世道人心，令人人「有恥且格」。而每當舊體秩序崩潰而人民塗炭之際，他們往往挺身而出，力圖通過立德、立言、立功而力挽狂瀾，重整綱紀。而在「五四」，不僅「現實主義」與「文學為人生」在強烈的功利訴求背後「體現的恰恰是中國古典『詩教』傳統的文學精神」〔註 59〕，而且「五四」精英們的言行依然鮮明地體現出傳統儒家捨我其誰的「覺人」思想、「我以我血薦軒轅」的拯救情懷與「傳道宗經」的承載意識，「這些使得中國現代文學啟蒙話語與西方最具影響的康德強調每個人勇敢運用自我理性使自己擺脫不經別人引導就無法脫離不成熟狀態的『啟蒙』思想明顯不同，顯現出中國現代啟蒙話語的傳統本性。」〔註 60〕譬如作為「五四」新文化運動領袖的胡適就曾將自己親自導演的這場運動稱之為「中國的文藝復興」，並滿懷激情地將之詮釋為一個古老民族和古老文明的再生。顯然，胡適有意借鑒歐洲文藝復興的概念，初衷當在希望中國的新文化運動傚仿西方的文藝復興，回到本民族的文化源頭處探尋走向現代化的精神資源，從而引領民眾走向新生。然而，事與願違，伴隨著血與火的侵略和掠奪而強行闖入的西方文明，打破了中國歷史上實然與應然相統一的正常轉型邏輯，不但使得傳統文化的價值系統面對社會危機無法從容地進行自我檢討與重新調適，而且為民族的「救亡」猛烈批判和徹底清算自身的文化傳統提供了合法性。

〔註 58〕尤西林：《心體與時間——二十世紀中國美學與現代性》，北京：人民出版社，2009 年，第 38 頁。

〔註 59〕鄭煥釗：《「詩教」傳統的歷史中介——梁啟超與中國現代文學啟蒙話語的發生》，社會科學文獻出版社，2017 年，第 96～97 頁。

〔註 60〕鄭煥釗：《「詩教」傳統的歷史中介——梁啟超與中國現代文學啟蒙話語的發生》，第 96～97 頁。

這樣帶來的後果是，失去了傳統核心價值整合的現代轉型時期的中國，雖然得以從先前處於僵滯的「有序」中脫離出來，卻又很快陷入一種分崩離析的無序「發展」。這種價值真空帶來的信念「失重」與精神「無體」狀態，給人們的生活現狀帶來了空前的混亂與危機。類似歷史上仁人志士在道統崩潰關頭挺身而出的「鐵肩擔道義」和「捨我其誰」的拯救豪情，徐志摩的上述呼聲，正是其傳統教養在新時期危機局面下的條件反射，蘊含著一種對社會各階層結構作和諧安排的價值願景。但由於混淆了應然與實然，也就不免在一定程度上陷入到那種依附於封閉結構而因循保守的傳統儒生式思維方式中去。在王朝更迭的傳統封閉結構中，儒生往往將一切現實的動亂都歸咎於未實現道德理想：「皇帝昏庸、外籍宦官干政當然可以看作皇帝無視聖人教誨、沒有以身作則成為道德的典範；官僚機構腐敗無能也順理成章地和大小官吏的個人道德敗壞劃上等號。經濟問題同樣可以歸咎為沒有實行『仁政』和『德治』的結果。甚至連民變都可以用道德教化不力來解釋。總之，幾乎所有的社會問題特別是那些不可抗拒的社會變遷，在道德實踐透鏡的折射下，反映到思想文化層面，就都變成了是否達到道德理想的問題。於是，儒生在純化道德意志和修身模式主導下，面臨社會危機時反而會加深對原有意識形態的堅定信念。」也由此，「原有意識形態的制度設計功能非但不會因社會危機而失效，反而因道德實踐的力量得以加強。所以當嚴重的社會危機摧毀舊王朝時，儒家意識形態卻仍能堅如磐石地屹立著，成為設計修復新王朝的模板。只要大動亂以極其殘酷的方式有效消除了腐敗和土地兼併等這些使一體化結構三層次組織偏離良好整合狀態的因素，一個新王朝就可以建立，並逐步走向太平盛世。這導致中國傳統社會在相對與世隔絕條件下發生一種奇特的雙面現象，就是意識形態的長期延續與社會結構斷層的同時存在。換言之，一方面是週期性的改朝換代，另一方面是儒家意識形態則能夠通過一次次王朝更替而延續兩千年之久。」〔註61〕正是因為洞穿了中國傳統歷史「一治一亂」的結構性循環，「五四」「精神界戰士」魯迅作出了「想做奴隸而不得的時代」與「做穩了奴隸的時代」的著名二分定律，從而用「投槍」和「匕首」對包括徐志摩在內的新月派知識分子進行了「精準」的定位。

當「正人君子」一詞作為一種臉譜式的刻畫在魯迅的筆下誕生之際，那

〔註61〕金觀濤、劉青峰：《中國現代思想的起源——超穩定結構與中國政治文化的演變》（第一卷），法律出版社，2011年，第35頁。

種傳統「君僕」式的附庸人格標本就被重新賦予了特定的政治內涵，概括說來，就是指在專制體制中持有不自覺地做穩了奴才心態的「文人學士」（魯迅：《偽自由·言論自由的界限》）。這樣的「文人學士」，猶如賈府裏的焦大，不但在現實中常被執政當局非難，而且也常在論戰中被魯迅毫不留情地塞上一嘴馬糞，其在歷史中的處境，可謂雙重的尷尬。然而，在魯迅深刻的剖析中，卻湧動著一種不及其餘的遮蔽和擴大化的攻擊。「正人君子」們確實不是反抗現存秩序的高聲吶喊的戰士，「而是屬於那個在他身上文化已成為恰如其分的行為舉止的人」，在他們的身上，「自由、善行和美，皆成為精神的特質：即對所有人類創造物的理解，對任何時代之偉大成就的知識，對任何艱難和崇高之物的領悟，對所有使這些東西在其中皆成為實物之物的尊重。這種內在狀態，必定不會成為與既定秩序發生衝突的行為的源泉。」〔註62〕——須知，日常政治「公共性」之構建，需要的正是那種「形而上者謂之道，形而下者謂之器」所內含的「形而中者謂之人」的「中道思維」，以及通達平和、不偏不倚、無過無不及的「中庸」思想，誠如徐志摩在《新月的態度》中的宣稱：「我們要把人生看作一個整的。支離的，偏激的看法，不論怎樣的巧妙，怎樣的生動，不是我們的看法，我們要走大路。我們要走正路。我們要從根本上做工夫，我們只求平庸，不出奇」，而這恰恰是採取二元對立的鬥爭式思維的魯迅所深惡痛絕的。事實上，魯迅終生痛詆的所謂「奴性」的國民性，固然切中國人逆來順受性格背後的痼疾，但如果一味將之斥為奴性的沉默或淺薄的樂觀主義，難免是一種脫離開歷史具體生存處境後的苛責。「中國古人不是不知道『意識形態批判』，但既然都能給奸惡之人以改過自新的機會，為什麼就不能包容民眾生活乃至君主統治的『意見秩序』呢？所以，即使知道世間的濁惡，生存的卑微、理想的破碎，但也還是要肯定性地面對它，這不是一種淺薄的樂觀主義，而是一種真正將自身與世界看成一體同構的大慈悲心，一種沈寂平緩的『哀』心（『抗兵相加，哀者勝矣』的『哀』心），一種明知人類生存的脆弱與侷限，但仍然執著地堅守它的大『哀』之心。這樣的悲心、哀心，是凝結在東方古聖先賢的睿智哲思之下的真正的心靈底色。它讓人們變得理性和現實，而不是像（無論基督教的還是現代倫理意義上的）『寬容』、『愛心』那樣迷狂而空洞、狹隘又濫情。因此，東方文化思維的這種

〔註62〕馬爾庫塞：《現代文明與人的困境——馬爾庫塞文集》，上海三聯書店，1989年。

生存性結構，也是富於政治性智慧和政治現實意義的：政治的本意是生存方式，而政治問題根本上講，是對於不完美事物（人間的、屬『人』的事物）的不完美解決（協調、調和、中庸），這樣一種對待政治問題的現實態度，可以避免理性—制度神話和烏托邦式的狂熱對於『平庸』的現實生活的災難性影響。」〔註 63〕是以在現今的和平建設年代，「正人君子」們那被錯置在乖謬時代裏而被激進思潮作為批判對象的思想言行，正被越來越多的人所認同、所懷念。

2. 道德的理想主義

關於道德的理想主義，現代新儒家代表人物牟宗三先生曾有過專門的闡釋：

> 「理想」的原意根於「道德的心」。……道德的心，淺顯言之，就是一種「道德感」。經典地言之，就是一種生動活潑怵惕惻隱的仁心。〔註 64〕
>
> 「怵惕惻隱之心」是「道德的實踐」的先驗根據，是「道德的理想主義」所以必然極成之確乎其不可拔的基礎。離乎怵惕惻隱之心，不可說道德的實踐，甚至不可說實踐。「實踐」是人的分內事，不是物的分內事。人的任何實踐皆不能離開「怵惕惻隱之心」這個普遍條件的籠罩。若是離開這個普遍條件而尚可以為實踐，則那實踐必不是實踐，只是動物性的發作，在人間社會內必不能有任何價值或理想的意義。當然，在政治或社會的實踐中，必不只是這個普遍的條件，而且常亦不能很純地表現這個條件，則其中必有夾雜，但無論如何，總不能公然否定之或離棄之，總必自覺或不自覺地以此種普遍條件為一種超越的根據。這個就是「人」之所以為人處。……人禽之辨就在這個關頭上見。孟子曰：「人之所以異於禽獸者幾希。」這個「幾希」之差就在覺不覺。〔註 65〕

——兩相比較，徐志摩前述論調與之何其相似。顯然，他們都認為，人迥異於只有好惡而沒有仁義的禽獸的「類本質」，正在於這樣一種尊貴的「德性」：人能自覺地將一種本來就內在於天賦人性中的神聖莊嚴的使命，積極有

〔註 63〕張大為：《東方傳統：文化思維與文明政治》，第 145 頁。
〔註 64〕牟宗三：《理性的理想主義》，《道德的理想主義》，第 17 頁。
〔註 65〕牟宗三：《理性的理想主義》，《道德的理想主義》，第 29 頁。

為地轉化為一種率性修道的社會實踐活動。需要注意的是徐志摩在文中提到了「主義」:「在不知哪一種魔鬼主義的秋風裏，我們眼見我們心目中的偶像敗葉似的一個個全掉了下來！眼見一個個道義的標準，都叫醜惡的人格給沾上了不可清洗的污穢！標準是沒有了的。」過去，在政治強光籠罩的語境下，人們總是一致地諷其滿腦子「博愛自由平等」的西方理念不切合中國的實際，將其思想定性為從個性解放和人道主義出發的所謂「資產階級軟弱性」云云，而毫不分辨徐氏那一種從「怵惕惻隱之心」出發的初衷與「道德理想主義」的深意。與梁實秋一樣，徐志摩曾在政治意識形態的放大鏡中被變形為「反動的資產階級人性論者」，但他們共同持守的「資產階級啟蒙主義思想」的外衣下，包裹的其實是傳統儒家人本主義人性論的內核。「強調善惡問題取決於個體內部的自我調適，而不是人與人之間的鬥爭，這是一切新儒學文化派反對革命和階級鬥爭的重要原因。」〔註 66〕所以牟氏接下來的一段話，堪稱無意間構成對徐氏的深沉「辯護」:

> 馬克思說：共產主義並不宣揚道德，他們並不希望把「私的個人」變成一個專門「為博愛而犧牲」的動物。因為共產主義並不是用道德的宣傳就可以達到的。恩格斯認為用道德的論據來證明共產主義，不過是一首「社會的詩」。我們也認為一個社會的問題並不是靠講道德說仁義所能解決的，也不是靠勸人為善所能濟事的。但我們卻以為：道德不是講說的，而是實踐的。但我們知道一個社會問題並不是慈善家所能解決。孟子批評鄭子產「惠而不知為政」，也是此意。但孟子卻並不因此而否認善。所以道德家、慈善家並不同於作為一切實踐之基礎的「怵惕惻隱之心」。個人的實踐，如道德家、慈善家的，並不能解決社會問題，而你的社會實踐卻也不能離開那個怵惕惻之心而成其為實踐。我們正要本著這個「怵惕惻隱之心」來推動社會改造社會。道德的條目，若擺在外面，只是空文，道德的願望，若不去行，只是一首「詩」。但是「怵惕惻隱之心」卻不是空文，也不是一首詩。而是有客觀的實在作用的，它能成就一切實踐。任何驚天動地，神性莊嚴的事，都從這裡發，都必須以它為普遍的條件。〔註 67〕

〔註 66〕劉聰：《現代新儒學文化視野中的梁實秋》，濟南：齊魯書社，2010 年，第 51 頁。

〔註 67〕牟宗三：《道德的理想主義》，第 37～38 頁。

此番闡釋，近於雨果的名言——「在革命的絕對真理之上，存在著人道的絕對真理」（雨果：《九三年》）之展開，也近於韋伯的「責任倫理」之範疇。「主張根據『責任倫理』處世行事的人，特別注意到了世界之非理性與不完美的特質，並且曉得最善良不過的意圖可能帶來與原來目標正好相反的後果」；「先知式的政治人物，用為達成崇高的目的來解釋使用邪惡的手段的『合理性』，然而他們對可以預見的政治行為的後果，卻沒有切實的責任感。」〔註 68〕當然，在急劇動盪而需要采取切實行動的現代歷史語境中，這似乎也是頗為疏闊迂腐的「義利之辨」。如果要在歷史上尋找與之對應的現實政治實踐，似乎只能是上世紀 30 年代企圖運用傳統道德解決處於週期性震盪特殊轉型時期國民道德失範和心性失序問題的「新生活運動」。作為當時的執政黨主導的一場「精神革新」的政治性運動，「新生活運動」旨在「轉移風氣、發展德性，掃除社會腐敗的惡習，培養社會上活潑的生機，以禮、義、廉、恥的規律，行之於日常生活之中，一切行動，都合乎整齊、清潔、簡單、樸素、迅速、確實之標準」〔註 69〕。事實證明，這種重視倫理道德重建的努力，對於淨化當時的社會風氣，去除浮躁虛妄心態，校正萎靡不振的國民生活作風等方面，是卓有成效的，也為後來抗日戰爭爆發後在民族危亡關鍵時刻凝聚人心、提振官兵士氣做出了積極的貢獻。〔註 70〕然而，歷史的悖論在於，「道德」一方面可以凝聚人心，動員起追求理想實現的強大世俗力量，但另一方面，如果「緊緊絞固於政治秩序的實現，道德則不免淪為維護政治的手段，乃至常常以政治的方式來處理道德問題，其結果則導致對專制政治的

〔註 68〕林毓生：《魯迅思想的特質及其政治觀的困境》，許紀霖、宋宏編：《現代中國思想的核心觀念》，上海人民出版社，2011 年，第 665 頁。

〔註 69〕蔣介石：《建國運動》，張其昀主編：《先總統蔣公全集》（第一冊），臺北：臺灣中國文化大學出版社，1984 年，第 1066～1067 頁。

〔註 70〕對於民國時期的「新生活運動」，學界現今已不乏持平之論：抗日戰爭爆發後，「新生活運動促進總會在漢口期間開展了戰地服務、慰問傷兵、保育童嬰、難民救濟、空隙服務、獻金運動、徵募物品運動等工作。這一時期，新生活運動結合抗戰的實際，調整了工作重心，戰時新運各項工作服務於抗戰的需要。」「1939 年，武漢撤退後，新生活運動促進總會遷往重慶辦公，……成立新運服務站及新運服務所、創建新運模範區、發動大學暑期農村服務、舉辦新運幹部人員培訓班、創立新運協進社、舉辦抗戰建國展覽。」（李明建：《生活的「革命」：道德建設的範式和路向轉移——「新生活運動」的倫理研究》，上海三聯書店，2017 年，第 63～64 頁。）

強化，扼殺自由和政治批判的生長」〔註 71〕。——這　內卷化的民族危機，在內外交困的上世紀初，進一步催生了國內階級矛盾和國民精神生態的惡化，由此，國民整體道德的脫節和行為的失控，均被救亡的急迫情勢所裹挾、被激進革命的崇高口號所遮蓋並詭異地正當化了。正是在對「溫良恭儉讓」棄之如敝屣的慣性中，革命的暴戾氣（諸如對「階級鬥爭」的片面強調）得到了無限制的放任，傳統儒家「吾日三醒吾身」的誠心正意或是「知其不可為而為之」的剛毅，以及老莊式的逍遙散漫，均成為激烈批判的對象，而晚清至「五四」以來蔚為大觀的啟蒙氣質諸如「獨立之精神，自由之思想」，也就成為一種負面的遺產而被視為必須連根拔除的病根。由此，當革命賦予自身以巨大的倫理正當性並悖論式地讓道德倫理以暴力方式在 20 世紀展露自身、實踐自身時，不期然間迎來了一頭反噬其身的「利維坦」式的狂暴怪獸（「文革」）！在有幸泅渡過大動盪悲劇時代後的今天，當從細節上恢復儒家道德人格已經成為中華民族偉大復興的重要內涵，我們如何還能一再無視或曲解詩人當年於亂世中「問誰能挽精神之狂瀾」的一片赤誠之呼聲？其意義誠如當代學者對「知識人格」所作出的闡發：「在一個相對主義盛行的混沌世界裏，在一個沒有世界觀的世界裏，知識人格確實有必要、有責任重申普遍性，有必要為天地立心，知識人格應該是對於普遍性的本身的啟蒙。但知識人格本身應該是現實生存秩序之外的普遍性，是天地之心，而不僅僅是『特定社會』的『良心』。知識人格的特定道德舉措和道德實踐與作為『特定社會』的『斯世』有關，但那恰恰是因為其並非立足於『斯世』立場而負有的對於『斯世』的道德義務。」〔註 72〕

3. 紳士風度背後的秩序理性

不少論者認為，徐志摩的先天缺陷在於其胚胎連接著上層社會，從而與廣大的底層社會生活實際相脫節，但這種論調很大程度上是政治意識形態評價機制的產物。事實上，說其無視造成當時現實動亂的真正癥結所在是不公正的，其作於 1920 年的《社會主義之沿革及其影響》一文就曾指出：

俄之變也，非工之多，實民之窮。窮則離，離則變。今英美之

〔註 71〕東方朔：《差等秩序與公道世界——荀子思想研究》，上海人民出版社，2016 年，第 191 頁。

〔註 72〕張大為：《「成性存存，道義之門」——東方文化思維與肯定性價值情態》，《東方傳統：文化思維與文明政治》，第 175 頁。

未變，猶以其生厚也。顧吾民何似，天災至，兵禍頻仍。民生之窮，亦已甚矣。使其一旦搖亂，非細事也。故安排內治，計較生靈。毫釐之差將成巨祲，執政諸公，可不念哉？就使暫且無患，而實業日隆，勞工日眾。種種勞工問題，階級競爭，舉將復演於吾國。諺曰：「前車覆，後車鑒。」今覆轍夥矣，奈何不智者見幾，早做綢繆。吾不知將來之資本家，有仁慈如歐溫者乎？有寬宏如福利者乎？使其薄人以肥己，營近而貽遠，則衝動階級之爭，永遺無窮之患。擁資諸君，可不懼哉？〔註73〕

在對隱然存在的民變的深切憂慮中，他念茲在茲的乃是防患於未然，「安排內治，計較生靈」，那種希求「畢其功於一役」的激進革命之路被擯棄在他的思路之外。雖然後來「救亡壓倒啟蒙」（李澤厚語）的嬗變並不以詩人的意志為轉移，但值得深思的不正是詩人當年預言的「永遺無窮之患」的「衝動階級之爭」在革命後不幸得到兌現的歷史事實嗎？毋庸諱言，在上世紀二三十年代政治意識越來越濃烈的總體氛圍中，跌跌撞撞跋涉於「第三條道路」的「新月」派知識分子群體往往不自覺地充當了代表中國資產階級利益的執政黨集團代言人的角色，以至於與「左聯」呈現出日益嚴重的對立態勢，從而遭受了後來歷史上的諸多批判與詬病，然而，誠如當代學人指出：「人們可以從反『專制文化』的成功程度上去評價二者的得與失，『卻不應該忽略二者在營構消解統治者主體政治文化的「亞政治文化」氣氛，從而達到反「專制文化」的目的方面所具有的共同的積極作用。』」〔註74〕歷史評價的失衡，往往源於作為自由主義者的他們置身於新舊更迭過渡時期不得不履行其「歷史的『中間物』」使命的悲劇性處境。

「傳統道德體系的歷史性破壞產生了痛苦的後果，也挫敗了激進知識分子對中國現代化的不切實際的期望。在改造中國文化過程中，他們無情攻擊體制並主張全盤西化——無論是自由主義還是馬克思主義版本，卻忽視了文化傳統的連續性是建立社會秩序和保證基本和諧的先決條件。」〔註75〕從這

〔註73〕徐志摩：《社會主義之沿革及其影響》，陳建軍、徐志東編：《遠山：徐志摩佚作集》，第44頁。

〔註74〕轉引自劉群：《新月社的文化策略》，北京：人民出版社，2018年，第31～32頁。

〔註75〕張千帆：《為了人的尊嚴：中國古典政治哲學批判與重構》，北京：中國民主法制出版社，2012年，第146頁。

個意義上說，「救亡壓倒啟蒙」的宏觀概述，實不如「救世與救心的博弈」更能切中當時政治與文化交織互纏的複雜時代格局。「五四愛國運動的目標是『救世』，新文化運動則是重在『救心』。後者轉變為文化現象，則是人們對哲學的關切集中於人生觀或人生哲學，它們是新文化運動期間人們最熱衷討論的問題。」〔註 76〕無論是激進派陳獨秀的《人生真義》與李大釗的《青春》，還是保守派杜亞泉的《人生哲學》與梁漱溟的《東西方人生哲學》，都是在哲學與文化的層面上來探尋當時中國的出路，以期澄清纏繞在人們心靈上的思想迷霧。徐志摩的上述呼聲，實際上也是基於「五四」轉型時期儒家德性傳統缺失引起精神危機的心靈自覺。

可以說，在一度西化激進的表象下，徐志摩的諸多理念既與其師梁啟超歐遊後的思想一脈相承，〔註 77〕又與當時杜亞泉、吳宓等溫和的保守主義者如出一轍。譬如針對當時的社會困局和危機，他指出：

> 然不肖尤以吾儕學者，實負疏解調劑之巨責。夫惟學者，乃能明史乘之變遷，人心之運化，學說之源流，興衰之微旨。勞心者治

〔註 76〕高瑞泉：《新文化運動與中國哲學的現代開展》，葉祝弟主編：《現代化與化現代：新文化運動百年價值重估》（第 1 卷），上海三聯書店，2019 年，第 165 頁。

〔註 77〕高力克指出：「梁啟超《歐遊心影錄》的發表，標誌著 20 世紀中國文化保守主義的崛起。梁氏對於新文化運動中被奉為圭臬的『科學』及其所代表的現代西方文明，進行了價值重估的批判，並且公開為『五四』時代威信掃地的孔儒之精神價值進行辯護。梁的這種新的中西觀看似仍為其介紹西學事業的延展，但他對中西文化的重新評判，卻是晚清以降思想界前所未有的。梁氏的科學（現代化）批判和『西方物質文明，中國精神文明』的二分法，既是對激進的新文化運動的反撥，也與晚清的『中體西用』論貌合神離。梁氏保守主義的主旨，已不是『體用論』之以現代科技護衛傳統社會價值的『富強』，而是以傳統人文價值規約現代化的科技化過程，以確保人的身心協調的自由發展。」（高力克：《「五四」後的社會文化思潮》，許紀霖、陳達凱主編：《中國現代化史：第 1 卷 1800～1949》，上海三聯書店，1995 年，第 365 頁。）——但與其說是他受到老師的影響，不如說是因為他們共同持守的傳統文化價值立場在接觸西方種種弊端後所生發出來的看法相似，譬如，梁氏曾根據他的觀察以富有感染力的筆觸寫到西方人的幻滅心態：「當時謳歌科學萬能的人，滿望著科學成功，黃金世界便指日出現。如今總算成功了，一百年物質的進步，比從前三千年所得還加幾倍；我們人類不惟沒有得著幸福，倒反帶來許多災難」，「歐洲人做了一場科學萬能的大夢，到如今卻叫起科學破產來」（梁啟超：《歐遊心影錄》），而徐志摩 1922 年辭別歐洲時也如此寫道：「百年來野心迷夢，已教大戰血潮衝破；｜如今悽惶遍地，獸性橫行……」（徐志摩：《馬賽》）

> 人，治人猶言發縱指示也。今國內百廢待舉，待舉者，待綱舉也。綱舉而後目張，學者乃理綱之人也。約而言之，今日之學者，當悉心社會科學。務發明其旨趣，排匯其流別，參之以事物之常變，以示人以明白，而涵育培養新苞將放之思潮，解決社會棘手之難題。凡吾同志，盍興乎來！〔註 78〕

——「凡吾同志」中的「同志」，並不排除當時基於傳統文化本位主義的保守主義思潮。儒家人文主義與英國紳士文化在「中庸」理念上本有契通之處，他們既有基於西方現代性與工具理性弊端的共同反思，也有在本土傳統文化的參照下汲取西學之長（徐氏所謂「當悉心社會科學」）的共同主張。——這也是一種蘊含著古典的現代性。

4.「詩教」審美功能的重建

說到這樣一種「既可愛又可信」的蘊含著古典的現代性，不能不說到蔡元培先生「以美育代宗教」之審美啟蒙思想。在近現代重造國民精神的文化版圖上，梁啟超的「新民說」、魯迅的「改造國民性」與蔡元培的「以美育代宗教」，是三面醒目的人文旗幟。而師從梁啟超的徐志摩的審美啟蒙思想最接近蔡元培的「以美育代宗教」。胡建軍指出：「徐志摩並沒有像蔡元培那樣明確提倡『美育』，但他極力強調藝術與美的社會改造價值，把『美』納入他的健康人格的標準裏……他與蔡元培一樣，發現了美的超越性，美對心靈和道德的巨大影響，所以他的創作總是圍繞著人的精神解放和藝術美歌唱的。可以說，審美啟蒙最鮮明的首倡者是蔡元培，而徐志摩的社會倫理改造從美和藝術出發的思想表明了他與蔡元培有共同的審美啟蒙理想。」——這樣的解說有力地把徐志摩過去被遮蔽或被挖掘得不夠的一面給彰顯出來了。胡建軍還頗為精闢地指出徐志摩審美啟蒙思想中的傳統色彩：「儒家的修身養性、智仁勇的人格價值標準與西方人道主義、個性主義的思想自由、審美的藝術的人生觀完全契合，互為補充，形成了志摩的重藝術、重自然、重身體、重人格、重倫理的社會改造思想，具體表現在他的追求愛、真、善、自由和美的人生理想。其思想核心就是以藝術塑人格。」〔註 79〕但其論述還是相對忽略了蔡元培的「以美育代宗教」和徐志摩的審美啟蒙理想在現代中國語境中的最

〔註 78〕徐志摩：《社會主義之沿革及其影響》，陳建軍、徐志東編：《遠山：徐志摩佚作集》，第 40 頁。

〔註 79〕胡建軍：《徐志摩與中西文化》，第 141～143 頁。

大貢獻——那就是在深刻體認傳統文化精神的基礎上「試圖恢復傳統『詩教』的審美功能，重建道德與審美的關聯。」〔註 80〕蔡元培曾指出：「吾國古代禮、樂並重，當知樂與道德大有關係。蓋樂者，所謂美的教育也。古人每稱樂以和眾，當學校唱歌，全班學生和合，親愛合樂之意，油然而生。」〔註 81〕——這是對傳統藝術精神「審美功能」之於人性潛移默化陶養作用的重視。蔡元培還指出：「人類製造了機器，而自己反而變成了機器的奴隸，受了機器的指揮。這樣，人格便不完全了。吾人固不可不有一種普遍職業，以應利用厚生的需要，而於工作的餘暇，又不可不讀文學，聽音樂，參觀美術館，以謀求知識和情感的調和。」〔註 82〕顯然，蔡元培試圖通過對「『載道』傳統中『人』的『自由』、『感性』維度的彌補」，使之具有「新的現代性改良意義」〔註 83〕。而徐志摩與之是一致的。他強烈反對機械工業主義對人的審美本能的扼殺，從而把「感美感戀」當作人生的藝術境界加以追求。他一面身體力行，親近自然，一面將審美的感悟表現在清新雅逸的作品中。其詩文不僅是對傳統性靈詩學的繼承，也蘊蓄了傳統詩教雅正的理念，從而使得其創作實踐追求形式與內容的統一，達到通過節制流蕩的情緒以緩解偏激意氣、涵養健全人格的「美育」目的，這正是他和蔡元培審美啟蒙思想中的又一共同之處：以傳統藝術的審美功能來參與構建現代人格的涵養。顯然，在傳統禮樂法度業已崩解的現代中國，徐志摩和蔡元培都敏銳地看到了改造社會的最根本因素在倫理審美啟蒙，他們試圖以審美作為社會啟蒙的手段，重新塑造人們日常的審美化人生，重建藝術人生的信仰，以解救日益為狹隘功利主義所裹挾的情感迷信，在審美無利害的路徑上治理現代性迷信帶來的人性固化的痼疾。

當然，這樣的審美理想是超前的，文化層面的守成與本體建設儘管具有一定的合理性，但在歷史動盪與變革時期必然與歷史功利主義同奏不同調，必然要面臨被後者統合的命運，特別是在軍閥混戰而民不聊生的歷史背景下，所有的藝術審美與「心靈革命」注定要讓位給更迫切的救亡圖存與政治革命。只有在歷史的後續發展中——特別是在物質主義已經嚴重壓倒精神文明建設

〔註 80〕李聖傳：《情感啟蒙與「詩教」功能的審美建設——蔡元培「以美育代宗教說」新解》，馬奔騰主編：《詩教與詩學》，北京：人民出版社，2018 年，第 220 頁。

〔註 81〕蔡元培：《蔡元培全集》（第三卷），中華書局，1984 年，第 59 頁。

〔註 82〕蔡元培：《蔡元培美學文選》，北京大學出版社，1983 年，第 221 頁。

〔註 83〕李聖傳：《情感啟蒙與「詩教」功能的審美建設——蔡元培「以美育代宗教說」新解》，馬奔騰主編：《詩教與詩學》，第 222 頁。

而素質教育一再響起的今天，人們的耳畔才會再度迴蕩起差不多一個世紀前他們淹沒在歷史大潮中的振聾發聵的呼聲。

第二章　中庸與中和——徐志摩與儒家文化（下）

一、在「鄉土」與「革命」之間：略論徐志摩與現代新儒家

1. 在鄉土與革命之間：徐志摩與梁漱溟

當傳統儒家隨著滿清覆亡和張勳復辟、袁世凱稱帝失敗而成為一切反動腐朽的代名詞時，批判孔教在隨之而來的「五四」新文化運動中不期然間成了一場精英導演下的精神狂歡。但「制度的儒家」受內外的雙重衝擊而全面崩潰之時，「精神的儒家」卻依然存在。在以西方文化為鏡像對傳統文化所作的批判與反思中，許多學貫中西之士既充分意識到了中國與西方在器物、制度、學術等層面的差距，又看到了西方文明在發展過程中暴露出來的現代性弊端，於是，如何繼承和發揚傳統儒家，來調整、補充和改造西方思想文化以尋求中國政治、經濟、文化的現實出路，如何使之參與糾正「五四」轉型期的片面啟蒙心態和構建更健全的主體精神人格，從而避免反儒思潮和反傳統主義帶來的價值混亂和社會亂象，便成為部分啟蒙知識分子面對「五四」西化潮流中的題中應有之義。「現代新儒家」就是在這種背景下出現的。「雖然他們在文化上保持一種保守主義的立場，但他們對與傳統中國專制體制截然不同的英美的自由主義政治都表示出不同程度的認可。尤其是在馬克思主義文化派激進的社會革命主張面前，自由主義政治的漸進改良主義與新儒學文化派的文化保守主義有方式方法上的同構性。這就使得新儒學文化派在自由

主義的政治觀念上與自由主義西化派不謀而合。」〔註 1〕

徐志摩並不屬於所謂「現代新儒家」的圈子，相反，自幼深受儒家傳統濡染的他一旦置身於西方自由主義環境中，即搖身一變，披掛上一副以西式紳士為醒目標識的衣裝，但在自由與浪漫日益固化為其身份象徵的表象下，掩蓋的卻是一個深具儒家風範的傳統君子形象。而與他同時且不乏交往的現代新儒家諸君，則從側面構成了有意味的參證與比照。徐志摩雖從來不曾明確提倡儒家，詩人式的跳躍性思維從不曾使他高屋建瓴地提煉出具有理論性的策略綱領，但浸潤千年傳統文化後返觀「西化」潮流和現實亂象時之於傳統文化價值符號的重拾和心理安頓，正是兩者共同的文化心態，這無意中導引了他們共同的現實對應策略：在歷史上，徐志摩與梁漱溟一樣，都是新鄉村建設的熱心者。〔註 2〕

「無論是在《努力週報》時期，還是在新月社、平社時期，胡適為代表的自由主義西化派與梁啟超、張君勱、梁漱溟、馮友蘭等新儒學文化派在人際關係和政治主張上都表現出一種聚合的狀態」〔註 3〕，而徐志摩在梁啟超、張君勱與新月社千絲萬縷的關聯中起到了黏合的紐帶作用（張君勱和徐志摩

〔註 1〕劉聰：《現代新儒學文化視野中的梁實秋》，第 232 頁。

〔註 2〕與梁漱溟在山東鄒平縣發起的鄉村建設運動略有不同，徐志摩是在泰戈爾訪華期間結識的英國友人恩厚之（英文名 Leonard Elmhirst）的「達廷頓莊園」的鼓舞之下開始其國內實驗的。徐志摩一度陪同泰戈爾去山西閻錫山地盤考察試驗地，熱情很高。收到恩厚之寄來的 250 英鎊巨額款項後，徐志摩曾與張彭春、瞿菊農、金岳霖等人赴江、浙兩省實地考察，最後選定浙江為實驗地區。但其後因為政局激變而導致的戰亂，也就不了了之。徐志摩猝然離世後，恩厚之深切懷念之餘，希望在中國建設鄉村莊園的心結依然難解。後來他曾給宋美齡寫信，邀請蔣介石總統夫人到美麗的達廷頓來看一看，要探討在中國推行鄉村建設的可能性，但被宋美齡以「中國的當務之急是國家的工業化」為由婉拒。值得一提的是，恩厚之去世後，「達廷頓實驗」的精神遺產繼續發酵，1991 年，在英籍印度學者和社會行動者薩提斯·庫瑪（Satish Kumar）的倡議下，達廷頓堂信託基金又創辦了一所綠色大學舒馬赫學院，以可持續發展經濟學家 E.F.舒馬赫（Ernst Friedrich Schumacher）的姓來命名。而在中國，民國鄉村建設的精神遺產由溫鐵軍接續，在 2003 年開始衍為立足當代的新鄉村建設運動。自 2010 年起，庫瑪和溫鐵軍開始頻密的互訪，舒馬赫學院也與西南大學中國鄉村建設學院合作開發課程，陸續也有中國學生前往舒馬赫學院求學。恩厚之當年想要拓展與中國合作的夢想，在新一代環保行動者和鄉建人的努力下得以實現（參閱歐寧：《烏托邦田野：達廷頓實驗》，http://www.sohu.com/a/310919496_563941）。

〔註 3〕劉聰：《現代新儒學文化視野中的梁實秋》，第 232 頁。

都是梁啟超的弟子，張君勱還是徐志摩前妻張幼儀之兄），英美自由主義作為他們共同分享的政治思想資源，只是在借鑒和倚重的程度上有著不同：新儒家強調「援西入儒」，而自由主義派則傾向於「全盤西化」。但在「浪漫主義詩人」與「自由主義者」已經固化為其身份標簽的今天，回頭檢點其啟蒙內涵，卻會發現其文化身份越來越成為一個有待重新評定的問題——將其歸入「援西入儒」的新儒家？與他的「新詩人」身份並不吻合；將其歸入「全盤西化」的自由主義派？又正是過去一直忽視他思想中傳統本位主義的一面而導致的結論。很顯然，將徐志摩歸入任何一派一圈其實都會模糊其獨特而複調的個體內涵，導致一直以來的簡單分化。應該說，以自由為核心的西方現代文化正與中國傳統體制內以儒家中庸為核心的文化有著內在的關聯，在百家爭鳴的「五四」諸子中，徐志摩正是一個擁有傳統天下主義情懷的自由主義者。所謂君子和而不同，群而不黨，不必說徐志摩與新月派同仁之間在親密的表象下存有的分歧一直被有意無意地忽略，即使是他與「現代新儒家」開創者梁漱溟在歷史上曾有過的交集也一直失落在此前研究者們的視野之外。〔註4〕

自由主義政治的漸進改良主義與新儒學文化派的文化保守主義在方式方法上的同構性，使得徐志摩與梁漱溟在諸多方面都不謀而合。他們的不謀而合首先來自對西方現代性弊端的深切審察。徐志摩曾根據自身的近身觀察指出西方現代性之特徵：「（一）倍增了貨物的產品，促成了資本主義之集中；（二）製造殺人的利器，鼓勵同類自殘的劣性；（三）設備機械的娛樂，卻掩沒了美術的本能。」（徐志摩：《羅素又來說話了》）而梁漱溟也曾指出：「機械實在是近世界的惡魔」，「當機械發明，變動相逐以來，小工業一次一次的破壞，那些在小工業居主人地位的——小資本家——便一次一次都夷為隸屬的工人，到大工廠去做工乞活。這個結果除少數善於經營而有幸運的人作了資本家，其餘的便都變成了工人，社會上簡直劃分成兩階級，貧富懸殊的不合理還在其次。」「從前手工業時代有點藝術的樣子，於工作中可以含些興味。現在一概都是大機械的，殆非人用機械而成了機械用人。此其工作非常呆板無趣，最易疲倦，而仍勉強忍耐去作，真是苦極！」〔註5〕他們的第二個一致

〔註4〕徐志摩曾將梁氏介紹給當時到訪中國的泰戈爾，並促成他們之間關於孔子的一場交談。（參李淵庭、閻秉華編著：《梁漱溟年譜》，北京：商務印書館，2018年，第63頁。）

〔註5〕梁漱溟：《東西文化及其哲學》，北京：中華書局，2018年，第174～177頁。

來自對孔子之於中國樂天平和精神養成的崇仰與認同。梁漱溟曾指出：「孔子的東西不是一種思想，而是一種生活」，「孔家本是讚美生活的，所有飲食男女本能的情慾都出於自然流行，並不排斥；若能順理得中，生機活潑，更非常之好的。」〔註6〕並作出結論說：「學習西方應該建立在復活傳統『孔顏樂處』人生態度的基礎上，中國『文藝復興的真意義在其人生態度的復興』，『只有踏實的奠定一種人生，才可以真吸收融取了科學和德謨克拉西兩精神下的種種學術、種種思潮而有個結果；否則我敢說新文化是沒有結果的。』」〔註7〕而看似西化的徐志摩同樣認為：「中國倫理上有最寶貴的文化——忠孝節義，我可以說無論時代變到什麼田地，他終有他不朽的精神」，「西方人根本瞧不起我們東方人，我們必須發揚我們自己生活的真實性，同時把本真的同外來的文化，普遍地混合起來，造成一個獨特的人格。」〔註8〕很顯然，他們都反感於西方戡天役物式無止境地攫取，而神往於與自然融洽怡悅的傳統精神，認為以儒家為主體的中國文化的「人生態度」對比西方並不落後，相反，其精神文化意義上的普遍價值，正可以對治西方現代化過程中工具理性壓倒價值理性的格局。可以說，在他們認同西方「科學」與「民主」的共同立場中，凸顯了兩個相似的值得深究的觀念：「第一，經濟、政治層面的現代化固然帶來文化習俗、觀念的現代化，但這種變化並不一定是全盤的，並不必然蘊含文化價值層面上的全面反傳統，現代化終究是各民族的現代化；其二，科技理性的過分膨脹和工業文明對整合的人性的肢解，出現了人的真實存在性的喪失並化為抽象性的危機，因此，不能不重新審視人與自然的關係問題（環境污染和生態破壞）、人與社會的關係問題（社會異化），特別是人的生命存在、道德境界與精神價值的問題。前者是現代化的民族化問題，後者是現代化過程中的人的問題」〔註9〕。他們的第三個一致來自以儒家和諧模式為底色的政治主張。徐志摩往往用感性的語言來表達自己的政治觀念：「我不但不是籠統反對蘇俄的人，在理論上和對於人類的同情上，我竟許是個贊同共產主義的人；不過這是理論上的共產主義和俄國試行共產主義而言；要把共產主義生吞活剝的拿到今日的中國社會上去實行，那便是無條件的反對。說

〔註6〕梁漱溟：《東西文化及其哲學》，第136～137頁。
〔註7〕梁漱溟：《東西文化及其哲學》，第228～229頁。
〔註8〕《徐志摩的漫談》，陳建軍、徐志東編：《遠山：徐志摩佚作集》，第232頁。
〔註9〕郭齊勇：《現當代新儒學思潮研究》，北京：人民出版社，2017年，第3頁。

到聯俄，我自然是極力贊成，不過我與多數贊成聯俄者不同的地方，在我的贊同為有條件的贊成而已。什麼條件呢？並不大，只要蘇俄不在中國內政上搗亂就行了。」（徐志摩：《歐遊漫錄十三・血》）而梁漱溟同樣指出：「我始終同情共產黨改造社會的精神，但我又深深反對共產黨不瞭解中國社會，拿外國的辦法到中國來用。」可見，二者上述話語中潛伏的帶有儒家倫理色彩的「保守漸進」觀是一致的。徐志摩「自尋救度」的救國方案，在梁漱溟那裡發展為：「中國問題根本不是對誰革命，而是改造文化，民族自救」；相對於徐志摩將當時中國的混亂局面視為道德人格的破產，並抽象地歸結為「能夠統轄社會群體的一種統一哲理思想的失去」，梁漱溟則將之清晰地提煉為「治道」：「人非社會不能生活，而社會生活則非有一定秩序不能進行。任何一時一地之社會必有其所為組織構造者，形著於外，而成其一種法制禮俗，是及其社會秩序也。於此一時一地，循之由之則治，違之離之則亂，是在古人謂曰治道。」〔註 10〕此外，他們對中國社會結構構造的分析也高度一致。徐志摩在分析馬克思的階級鬥爭理論與中國的社會現實時曾認為：「至於中國，我想誰都不會否認，階級的絕對性更說不上了。我們只有職業的階級士農工商，並沒有固定性；工人的子弟有做官的，農家人有做商的，這中間是不但走得通，並且是從不曾間斷過。純粹經濟性的階級分野更看不見了——至少目前還沒有。」（徐志摩：《列寧忌日——談革命》）而梁漱溟則用「倫理本位、職業分立」來概括中國舊時社會的「特殊結構」：「中國社會有職業之分途，而缺乏階級之分野，乃是中國沒有革命的決定原因。階級對立的社會，造成一種逼人對外抗爭的形勢；職業分立的社會，則開出你自己求前途的機會。像是封建社會的農奴，資本社會的勞工，經濟上、政治上的機會均為另一個階級所壟斷；非推翻封建制度、打倒封建階級，推到資本制度、打倒資本階級，即無法開拓自己的命運。……然而中國制度其所形成的趨勢，恰好與此相反；他正是叫你向裏用力。在中國社會裏，一個人生下來其命運都無一定，為士、為農、為工、為商，盡可自擇，初無定制。而『行行出狀元』，讀書人固可以致身通顯；農、工、商業也都可以白手起家。富貴、貧賤，升沉不定，流轉相通」，「在這社會裏大體上人人機會均等，各有前途可求，故

〔註 10〕梁漱溟：《鄉村建設是什麼？》，《梁漱溟全集》（第五卷），山東人民出版社，1992 年，第 375 頁。

無革命。」〔註 11〕——正是由此種種相似的看法出發，徐志摩和梁漱溟最終都沒有投身革命，而是選擇了改良主義道路。

固然，中國革命的大勢是「三座大山」逼出來的，不是以任何個人或團體的改良意願為轉移的；不是馬列主義選擇了中國革命，而是中國革命選擇了馬列主義；「不是封建專制主義，而是全球資本主義發展的專制邏輯導致了震驚世界的『俄國革命』」〔註 12〕，馬列主義正是伴隨著中國轉型時期鄉土生活世界的崩潰而到來的。而中國革命之所以取得成功，正是因為共產黨準確地把握了中國的社會現實，從而以從根本上解決勞苦大眾生活處境的方式和宗旨調動了農民革命的積極性。但旨在「打碎一箇舊世界」的暴力革命也意味著對延續幾千年的中國宗法制度的徹底砸碎，由此導致的對傳統鄉村社會結構的摧毀，卻是令人無法漠視的客觀進程。因為在一箇舊世界轟然坍塌後，一個完美的新世界並不能如願在廢墟上拔地而起。〔註 13〕由此出發，徐梁二

〔註 11〕梁漱溟：《鄉村建設理論》，《梁漱溟全集》（第二卷），山東人民出版社，1990 年，第 175～176 頁。

〔註 12〕呂新雨：《農業資本主義與民族國家的現代化道路》，《鄉村與革命——中國新自由主義批判三書》，上海華東師範大學出版社，2013 年，第 29 頁。

〔註 13〕中國傳統「宗法制度」一直背負著維繫舊社會封建結構的惡名，從而被激進革命視為必須予以砸碎的對象。但梁漱溟以獨到深刻的眼光發現了它存在的合理性。當代學者於此分析指出：「與那些簡單地認為只有徹底改變『宗法制度』才能實現中國的現代化的人相比，梁漱溟無疑是深刻的。即使以今天的眼光，我們也可以依稀地看到中國鄉村傳統社會結構之中的合理性因素。拋開它更大的文化意義不談，單就其現實功效而言，它最起碼可以為多數人提供生活依託，守住社會的底線，即使是赤貧者，也不至於生活淒慘，無人理會。中國的『宗族』一方面具有政治功能，另一方面也具有經濟功能，它既是國家實現基層控制的一個手段，也是農民自我治理的一個方式。『宗族』不但可以讓農民『安身』，也可以讓農民『立命』。它既是農民生存的基礎，也是農民生活意義的來源。更為重要的是，『宗族』作為聯繫農民與國家的中介，可以在極大程度上降低社會的交易成本（交易過高的問題正是我們現在面臨的一大問題）。而中國傳統社會中的經濟形態也並不像許多學者所描述的那樣，只是封建的、落後的、低效的，從費孝通先生的相關研究來看，它完全可以與時俱進適應市場經濟。『江村』的例子和改革開放以後鄉鎮企業的異軍突起都很好地證明了這一點。從某種意義上講，正是這種『宗法』的社會形態的存在，使中國的漫長的古代保持了一種極強的連續性，版圖一直沒有太大的改變，並成為四大文明古國；也正是這種社會形態的存在，使農民在養活了自己的同時，也養活了寄生在他們之上的諸多階層。而中國晚清以來，無論『自由主義敘事』還是『階級敘事』，他們所導引的現代化改革都一直沒有停止對鄉村傳統社會結構的摧毀，對這種社會結構的摧毀，意味著對一種生活方式和價值觀念的摧毀。但在『舊世界』轟然坍塌

人的改良漸進性主張，在現代性敘事及激進革命可能對中國社會帶來災難性後果這一層面來看，無疑有著積極的建設性意義。當然，這些並不能遮蓋其鄉村建設活動在歷史具體實踐中的軟弱性和不徹底性：1. 其具體展開的地盤和籌措經費本身依賴於國民黨地方軍閥政府的扶持，一旦越過「權限」，隨時面臨被打壓和取締的危險；2. 其企圖使鄉間人磨礪變化成革命知識分子，以此重建社會組織構造從而解決當時文化失調的中國問題之癥結的願望，在當時的歷史條件下，明顯具有可欲而不可能的烏托邦性質，梁漱溟自己後來也承認：「知識分子還是知識分子，農民還是農民。雖亦曾要求組織成團體，卻全然一場空話。」〔註 14〕其不但不能解決「鄉紳」和大部分民眾在利益上明顯對抗的矛盾，進一步，還會導致階級利益受到侵犯的土豪劣紳的反撲；3. 其基於改良農村的良好願望出發的實踐，反而成為國民黨政府利用的政治工具。「表面上看是鄉建派利用了政權，但實質上毋寧說是政府利用了鄉建派。……如在鄂豫皖三省大規模推行保甲制之際，由於傳統之保甲完全赤裸裸地違背孫中山之『遺教』，所以不得不進行一些必要之修飾，便部分地通過鄉村建設運動，以推廣地方自治與『新生活』運動之名義，以『運動民眾』之方式，推行實質上之保甲制。因此，表面上是鄉建派利用政府強製辦民眾教育，而事實上卻是政府利用鄉建派借辦教育的名義來推行各項苛政。」〔註 15〕由此可見，即使新鄉村建設運動後來沒有因為抗日戰爭而胎死腹中，也注定不能行之久遠，與後來依靠「階級鬥爭」領導農民革命成功的共產黨相比，其背後實質乃是儒家和諧模式與馬克思主義鬥爭方式之間的本質區別。無論是梁漱溟，還是徐志摩，其道德救世情懷無疑是可敬的，然而，他們「把改造個人與改造社會分割開來，離開了啟蒙主義的那種『主體—客體』的思維方式，而更接近於孟軻的『窮則獨善其身』的思想和中國傳統知識分子如自食其力的陶淵明那樣的『山林隱逸的生活』」〔註 16〕的理想追求和實踐，在那個虎狼橫

之後，一個更完美的『新世界』並沒有在廢墟上拔地而起，『新世界』誕生的疼痛一直持續到今天。」（許志偉：《發現另一個「鄉土中國」——勾連中國現代文學史與思想史的一種考察》，北京：人民出版社，2019 年，第 153 頁。）

〔註 14〕梁漱溟：《兩年來我有了哪些變化》，《梁漱溟全集》（第六卷），山東人民出版社，2005 年，第 888 頁。

〔註 15〕張城：《社會與國家：梁漱溟的政治哲學》，北京人民出版社，2017 年，第 209～210 頁。

〔註 16〕汪暉：《世紀的誕生》，北京：生活・讀書・新知三聯書店，2020 年，第 340 頁。

行的倥偬亂世，卻是注定不能成功的。——斥其過度天真和軟弱對他們毫無背景的一介書生本色來說，可能是種苛責，但終究無法讓人心安理得地為其護短。

新鄉村建設運動儘管具有上述種種的軟弱性和不徹底性，但依然具有不可抹殺的後現代意義。自從梁漱溟的鄉村建設理論於上世紀八十年代成為學界研究的熱點以來，其改革農村的方案與具體實踐無疑為解決困擾當今社會的農村治理諸如「三農問題」等提供了重要的借鑒。如論者所言：「梁漱溟極力論證中國原有的宗族和地緣力量在中國民眾生活中的重要意義，他相信重建以『家庭』或『倫理』為特徵的中國的社會結構將引導中國走上一條既非資本主義又非社會主義的道路。這意味著梁漱溟已經把全球資本主義的歷史情境納入自己的思考中，並試圖在這個視野裏探索理論和制度的創新。他對『集體』『合作』『地緣』『禮俗』等概念的重新使用，明顯強調了社會生產和分配過程中的『公平』或『平等』問題。這些設想與實踐雖然看起來比較另類，但它所觸及的卻是亟需現代社會回應的難題：一、社會的重組是否只能由中央政府來推動？民眾是否可以成為社會革新的主體？二、工業生產是否必須依託城市？農民『離土不離鄉的工業生產模式是否可能？這些問題對於今天的中國尤其重要，可以說，今天的中國如何走出一條獨特的道路，正將取決於對這兩個問題的有效回答。』」〔註 17〕這也從反面證明，「『革命』解決了『改良』所不能解決的問題，『改良』卻在『價值理性』的執著上為革命者提供了一個可資借鑒的意義資源。」〔註 18〕作為「全盤解決」手段的暴力革命並不能一勞永逸地解決所有的問題，革命的成功也並不意味著鄉土問題的終結。徐志摩和梁漱溟對中國社會特殊結構的觀察，無疑有其深刻的一面，這種看法迥異於革命領袖毛澤東之於中國社會一般性的強調。一方面，在軍閥混戰、階級矛盾尖銳對立的舊社會，如果不強調鬥爭，無異於與虎謀皮；同時，在缺乏團體生活傳統的一盤散沙式的舊社會結構中，只是運用改良的方法，企圖依靠社會自治解決根本建設問題，也明顯緩不濟急，將宗族解體、士紳消亡後積弱積貧的舊中國改造成一個現代民族國家的關鍵，只能依靠一

〔註 17〕許志偉：《發現另一個「鄉土中國」——勾連中國現代文學史與思想史的一種考察》，第 152～153 頁。

〔註 18〕張寶明：《啟蒙與革命——五四激進派的兩難》，上海學林出版社，1998 年，第 294 頁。

個具有高度組織性紀律性的政黨由上而下的強大整合力量，這個任務，歷史性地落在了毛澤東領導的以「馬列」主義為思想旗幟的中共革命身上。這誠如梁漱溟晚年的幡然醒悟：「毛主席強調階級鬥爭，從階級鬥爭來解決複雜的中國問題，以武裝革命打敗了反革命武裝，建立起了無產階級專政的國家。此其成功就在抓住中國社會的一般性那一面。」〔註 19〕但另一方面，世局無不變之理，在 1956 年國內完成對農業、手工業和資本主義工商業的社會主義改造，階級對立之勢基本肅清的情況下，本應發展生產力和開展社會主義建設，毛澤東卻依然片面強調階級鬥爭，以慣性思維製造階級鬥爭，這就釀成了「文革」十年動亂。「文革」的形成固然是多方面的因素，但究其思想根源，與其發動者毛澤東早年對中國社會結構特殊面的認識不足無疑有著隱秘卻極關鍵的關聯（梁漱溟與毛澤東在延安窯洞中關於中國社會結構「特殊性」與「一般性」的爭論，包括建國後兩人在會議上的著名爭論均提供了旁證）。——在革命巨人毛澤東失誤的地方，歷史的鏡子照亮了梁漱溟那執拗而銳利的眼光，也透顯出徐志摩那超越於風花雪月之上的理性見解。

徐志摩英年早逝，其頗具儒家色彩的道德救世思想的萌蘖，當然不能與後來成為「全方位實踐儒家內聖外王理想的第一人」〔註 20〕的梁漱溟在現代思想史上所產生的重大影響力相提並論，但這並不妨礙我們將梁氏後來關於「鄉土中國」的現代構想與具體實踐看作其觀念的未發之覆與深度展開。同時還應看到，從西方盜取浪漫「火種」而一度激進的徐志摩的上述姿態與精神觀念，並非意味著要完全重新歸向儒家傳統，接納一個由集體無意識構成的非歷史的空間，從而變成一個如梁漱溟式的「文化民族主義者」〔註 21〕；

〔註 19〕梁漱溟：《我治理與鄉村運動的回憶和反省》，《梁漱溟全集》（第七卷），山東人民出版社，2005 年，第 426 頁。

〔註 20〕許紀霖：《誰是最後一個儒家》，http://www.aisixiang.com/data/119883.html。

〔註 21〕這種「文化民族主義」在歷史上具有一定的保守性，誠如當代學者分析指出：「新儒家堅定地修正西方理性觀念，就是希望從根源上消除現代性問題。然而，他們並沒有看到，理性是在西方天人相分的思維模式下，適用於人類生產和工作領域。也正是在這一領域，西方現代取得了前所未有的成就，走到了其他民族的前面，而只有將其應用到人生和社會生活領域，才出現了現代性問題，因而，只要將其限制在實用領域，是完全沒有問題的。但是，新儒家沒有從現實出發，僅僅看到了儒家道德對於人生和社會關係的優點，就一味強調道德倫理的重要性，對於當時的中國社會不僅起不到推進作用，反而有保守固步之嫌。可以說，新儒家的這種理路依然是傳統儒家重視人的思路，認為人培養好了，一切就好了，忽視了實踐和社會的相對獨立性。」（徐建勇：

在對傳統文化的兼容和揚棄中，西方羅素的倫理哲學和改造社會思想、柏格森強調主體能動性的生命哲學、泰戈爾式的人道主義博愛思想在他的身上往往和傳統儒家的道德救世思想融為一體，所以，「徐志摩並未像梁漱溟那樣認為西式民主不能適用於中國，在徐志摩的身上反而表現出中國士紳與西方自由主義的親和性。」〔註 22〕他早年曾在《青年運動》一文中明確表示過：「我們也不是想來試驗新村或新社會，預備感化或是替舊社會做改良標本，那是十九世紀的迂儒的夢想，我們也不打算進去空費時間的」，他後來的上述觀念和反應，可以說正是在「借思想文化以解決問題」的啟蒙過程中，重新發現了傳統，從而一方面以西方「個人本位主義」為參照來反思傳統儒家未能由民本開出民主之痼疾，一方面也自覺地從傳統儒家內部尋找合理性資源來對治現實惡化之症狀。〔註 23〕

《現代性與新儒家》，人民出版社，2019 年，第 406 頁。）

〔註 22〕王東東：《重評徐志摩：民主詩學的可能與限度》，《中國現代文學研究叢刊》2017 年第 5 期。

〔註 23〕關於傳統儒家「民本」能否與時俱進轉換成現代社會「民主」，學界多有討論。比較樂觀而持肯定意見的如湯一介先生：「儒家的『民本』雖不即是『民主』，但它從本質上並不是反民主的，其根據就在於『民為邦本』。『民為邦本』雖仍是由『治人者』的角度出發的，但它卻知道『民』作為國家根基的重要性，因此從理論上說『民主』進入中國社會應不太困難。又，儒學有著對其他文化較為寬容的精神，如它主張『道並行而不悖』，因此『自由』應比較容易被容納。在中國許多儒者都有著『居安思危』、『先天下之憂而憂，後天下之樂而樂』的社會責任感，這種特殊的批判精神和責任倫理引入『民主』、『人權』等現代意識應是有意義的。在歷史上，中國接受印度佛教文化就是一例。如果我們能把儒學的『民本』思想、『寬容』、『責任』意識等精神融合在『自由』、『民主』、『人權』之中，那麼是不是可以走出一條新的進入『自由為體』、『民主為用』的現代社會呢？我想，它也許是一條使中國較快而且較穩妥實現現代化的路子。」（湯一介：《第二次啟蒙．序》，王治河、樊美鈞：《第二次啟蒙》，北京大學出版社，2011 年，第 7 頁。）與之相比，張灝先生的分析則謹慎「悲觀」得多，他首先認可了二者的相通性：「儒家傳統的內容不僅是禮俗規範，它也有企求至美和永恆的一套精神價值，環繞著心性的觀念和天人合一的宇宙觀而展開，因此而產生個人內在的道德自主感和超越意識。這些精神和道德意識，一方面造成了儒家思想中『天民』、『天爵』等『以德抗位』的觀念，肯定了個人人格的尊嚴和獨立；同時也孕育了對現實政治和社會的批判意識和抗議精神。凡此種種，毫無疑問地與西方近代的自由主義在理論上有銜接的可能性。」但又著重指出必須「正視傳統的複雜性，反省傳統的侷限性」，強調不能因為上述相通性而「輕易地把儒家的道德和社會觀與民主思想等同起來。因為從自由主義的角度看，儒家傳統也有著一些不可忽視的缺陷。」「首先，儒家的所謂『超越意識』，並不是很徹底的。產生超越意識

2. 精神自由何以可能？——徐志摩與張君勱

作為廣義上的現代新儒家的張君勱與徐志摩生前的關係是密切的，但少有人注意到他們思想內涵上的高度一致性。留學歐洲的共同經歷，均使他們較早地認識到了西方現代性的弊端。在當時的張君勱看來，人們「但表示其欣羨歐西今日之優長，而於此優點之所由來，未加深考焉」，結果是「凡外國之軒然大波，吾之老輩與青年無不心中怦然欲動，欲移植東方，直如病危之際，醫藥亂投，而病尤不可救矣。」對此，張君勱不斷強調：「文化之建立，猶之種樹，不先考慮本國之地宜，則樹無由滋長，且國民習性與制度相表裏，習性不改，則新制無從運用，此己之不可離者一。日日瞪眼以靜待世界之變，因他人之變而效顰，抑知己之不能自立，即失其所以為己，雖學而得其似，此己之不可離者二。」進一步他則認為：「『中國之病在根本，在心臟。』『凡圖今後之新文化之確立者，宜對此總病根施以療治。』為此，他提出以精神自由為中國文化的基礎和總綱領。這是他畢生堅持的原則，也是他一切思想立場的基礎與核心，他的主要思想、主張和傾向都可由這一原則得以解釋。」〔註 24〕——張君勱這一文化立場與總體思想原則，與徐志摩很

的幾個基本觀念如天道、天理、性命等，在仔細檢查下，往往並未脫離所謂『綱常名教』的夾纏，因此超越意識所產生的批判精神也必然有其侷限性。它可以衝擊現實政治和社會中一些不合理的現象，但它不能撼動皇權和家族制度的理論基礎。相形之下，西方傳統中的超越意識，不論源自古希臘思想或基督教思想，確是比較徹底的。基本上，它擺脫了現存政治制度的夾纏，因此它能造成一種完全孤立於現存『社會秩序』的『心靈秩序』，來作為民主制度的義理基礎。」其次，儒家對人性的陰暗面雖然也有警覺，譬如荀子的性惡論，以及貫穿始終的修身養性，宋明理學對人慾隨時浸沒天理的警惕等等，但「它所強調的畢竟還是人性向上提升的可能性。與基督教的原罪理念以及印度宗教的『無明』思想相比較之下，儒家對人性幽暗面的感受和警覺都是不夠的，尤其重要的是，它對人性的認識決定了它在政治意識上發展的方向。因為儘管儒家對於道德實踐的艱難性有其認識，它最後還是認為，少數的人可以克服困難，成聖成賢；而聖賢一旦出現，權力便應交給他，讓他做統治者。這就是聖王的觀念，這就是儒家解決政治的基本途徑。這個途徑，原本含有很濃厚的道德理想主義，但卻沒有考慮到一個根本問題：即使有人能成聖成賢，但誰又能保證他在享有權力之後，不受權力的薰迷和腐化？未能考慮到這一層，便顯示出儒家思想對人性的陰暗面的感受和反省還是不夠深切。」（張灝：《幽暗意識與民主傳統》，北京新星出版社，2010 年，第 122～124 頁。）

〔註 24〕張汝倫：《中國現代思想史上的張君勱》，《現代中國思想研究》，上海人民出版社，2014 年，第 667～668 頁。

接近。留學英美的徐志摩對西方工業機械主義的流弊的批判不但相當深入（上節已略有論述），而且同樣說過：「中國人現在追趕西方的輪軸，正在發動，不過同時處處都看到嘗試和膚淺，只知屈從好奇心盲目跟在別人背後喘喘的追，從不曾停一停步，認認前面是康莊還是窮途」，「西方人根本看不起我們東方人，我們必得發揚我們自己生活的真實性，同時把本真的同外來的文化，普遍地把他混合起來，造成一個獨特的人格」〔註 25〕；與張君勱提出的「精神自由」相似，徐志摩只是換了一個說法：「性靈自由」。

他們這一精神姿態的共同價值預設，均建立在對近代西方物質主義的不滿和批判上，但並非簡單地在新的歷史語境中重複回到傳統儒家的「義利之辨」或天理人慾的對立。面對西方科學與人文嚴重悖立的局面，張君勱鄭重地指出：「在這個世界裏，不只是一個真理，而是有許多真理。為了生命的存在，我們認為具有知識並不是使人類幸福的唯一途徑，而是知識必須合乎道德的標準。……為使人類不因科學之故而犧牲，而要使知識服務於人類，則知識必須合乎道德的標準」〔註 26〕。由此可見，「他的『心性之學』已經脫離了理學的語境，針對的是作為普遍的世界問題的現代性危機」〔註 27〕。與之相似，徐志摩針對當時的唯科學論思潮態度鮮明地指出：「精神性的行為，它的起源與所能發生的效果，決不是我們常識所能測量，更不是什麼社會的或科學的評價標準所能批判的。在我們一班信仰（你可以說迷信）精神生命的癡人，在我們還有寸土可守的日子，決不能讓實利主義的重量完全壓倒人的性靈的表現，更不能容忍某時代迷信（在中世是宗教，現代是科學）的黑影完全淹沒了宇宙間不變的價值」（徐志摩：《論自殺》）。他曾相當準確地概括出以「科學技術」為主導的西方現代性給人類帶來的嚴重弊端，並認為「私利的動機與無奈的貪心是污損現代文明科學的主體」，從而倡導「用道德的『聖水』來洗淨真理顏面上沾染的斑點」（徐志摩：《泰戈爾「科學的位置」贅語》），以人文之手來握住科學這柄雙刃劍——在這一企圖超越現代科學機械決定論而傾向於強化人文精神的文化態度中，無疑隱含著對精神自由的強烈嚮往。正是基於這一立場，徐志摩關注到了 1923 年初由張君勱發起的中國

〔註 25〕《徐志摩的漫談》，陳建軍、徐志東編：《遠山：徐志摩佚作集》，第 232 頁。

〔註 26〕張君勱：《中西印哲學文集》，程文熙編，臺灣：學生書局，1981 年，第 596 頁。

〔註 27〕汪暉：《現代中國思想的興起》（下卷第二部），北京：生活．讀書．新知三聯書店，2008 年，第 1331 頁。

思想界著名的「科學與人生觀」大論戰，並實際上站在張君勱一邊（儘管他並沒有公開參戰），並對論戰中「科學派」一方混淆「純粹的科學」與「運用的科學」的界限提出批評：「我們中國近來很討論科學是否人生的福音，一般人竟有誤科學為實際的工商業，以為我們若然反抗工業主義，即是反對科學本體，這是錯誤的。科學無非是有系統的學術與思想，這如何可以排斥；至於反抗機械主義與提高精神生活，卻又是一件事了。」（徐志摩：《羅素又來說話了》）

可見，徐志摩與張君勱的人生觀是相似的。他有他精神自由的信仰：「真思想家的準備，除了特強的理智，還得有一種原動的信仰；信仰或尋求信仰，是一切的思想的出發點：極端的懷疑派思想也只是期望重新改變信仰的一種努力。從古來沒有一個思想家不是宗教性的。在他們，各按各的傾向，一切人生的和理智的問題是實在有的；神的有無，善與惡，本體問題，認識問題，意志自由問題，在他們看來都是含逼迫性的現象，要求合理的解答——比山嶺的崇高，水的流動，愛的甜蜜更真，更實在，更聳動。他們的一點心靈，就永遠在他們設想的一種或多種問題的周圍飛舞、旋繞，正如燈蛾之於火焰：犧牲自身來貫徹火焰中心的秘密，是他們共有的決心。」（徐志摩：《自剖》）——誠然，徐志摩與張君勱所共同提出的「自由意志」與「精神自由」原則，「在今天看來仍屬老式唯心主義的範疇，未能注意精神和意志的制約因素，即其有條件性，不免失之於抽象與空洞；但只要那種科學主義獨斷論的必然性邏輯還支配著人們的頭腦，從而存在著以科學的名義最終否定人的自由的可能」，那麼，其「精神自由的原則就仍有一定的意義。」有了這樣相似的思想前提，徐志摩與張君勱「既反對全盤西化，也與主張民族文化本位或東方文化特點的文化保守主義有別。」〔註28〕他們共同倡導的「精神自由」，實際上隱含著行使公民個體政治權利參與構建現代自由憲政制度的共同價值預設。與張君勱強調通過「人人能盡自我之責任」以重構一個「既符合全球化普世目標、又具有中國特殊文化精神的民族國家共同體」相似，〔註29〕徐志摩也希望在一個自由民主的國度裏「每一朵花實現它可能的色香」，「各個人實現他可能的色香」（徐志摩：《列寧忌日・談革命》）。從某種意義上說，張君勱帶有德國辯證法色彩的新民主理論與徐志摩帶有英國古典自由主義色

〔註28〕張汝倫：《中國現代思想史上的張君勱》，《現代中國思想研究》，第673～674、678頁。

〔註29〕許紀霖：《現代中國的自由民主主義思潮》，《社會科學》2005年第1期。

彩的民主政治理想，均追求「『自由』與『公道』相結合的社會民主主義之『第三條道路』」，一定程度上均濡染了濃厚的傳統儒家「中庸」色彩。然而，此種價值觀念的先驗預設，必然存在著「個人本位」與「國家民族本位」的內在緊張，這也是他們置身於由傳統王朝轉型到現代民族國家這一空前劇烈現代歷史過程中的共同困境。儘管如此，「在 30 年代的左翼化語境中，張君勱對自由市場經濟與社會主義計劃經濟之公允而頗具洞見的評判」，依然頗為難能可貴，其「超越五四激進主義之新舊二元對立的進化論範式以及『全盤西化』與『本位文化』的對立，主張輸入西方自由精神與理性精神，弘揚中國儒家傳統，中西取長補短，新舊並行不悖」的文化價值立場，雖然「不敵意識形態的強大社會動員能量，但卻可以具有穿透歷史的深刻性。」〔註 30〕——這也理應是徐志摩身上向來容易為人們所忽略的上述文化立場所凸顯的精神價值。

二、「詩教」傳統燭照下的詩學嬗變

作為一種獨特的民族性格和穩定的文化心理結構，儒家傳統思想以它超強的親和力，已然作為一種集體無意識深深植根於中國人尤其是中國知識分子的精神深處。在禮樂傳統和「達則兼濟天下，窮則獨善其身」的儒家教義的濡染下，歷代文人大都外儒內道，既在現實中積極進取，又適時出入佛老。儒家心憂天下而剛健進取、濟世安邦而熱忱有為的人生理想，使得沖靜自然、超然物外的道家只能處在一種補充和附屬的地位，而一大批活躍於盛唐文壇與政壇的文辭典雅、通曉儒學的「文儒」，更是奠定了以曠遠明麗、樂觀昂揚為總體基調的「盛唐氣象」。由此反觀中國傳統文學，從「關關雎鳩」表「后妃之德」到「美人芳草」以喻君臣，再到歷代的寄情山水、唱酬應答、閨怨悼亡、諷喻怨刺、干謁求仕、扶危濟困乃至歌功頌德等等，大多籠罩在「厚人倫，美教化，移風俗」的儒家色彩中。而在「五四」，儒家的「實用理性」與「感時憂國」的憂患意識，依然成了現代作家們尋求文化自救過程中靈魂底裏潛伏的現實主義底色。——從這個角度來看徐志摩詩歌風格從「浪漫到古典的嬗變」是饒有意味的。很長時間以來，新詩研究受西方詩歌理論「文學觀念轉型在先」的影響，一度將目光專注於詩歌演變規律的外部，而忽略了

〔註 30〕高力克：《自由與權力：張君勱的「立國之道」》，《自由與國家：現代中國政治思想史論》，浙江大學出版社，2016 年，第 287、293、298 頁。

其表達系統內部古今「形變神不變」的實質。有鑑於此，有必要回到微觀的層面，將中國新詩的發展歷程及其有代表性的人物的創作實踐納入傳統詩歌理論的主要範疇體系，按照一定框架勾勒其中的古今演變軌跡，從而將研究從微觀提升至更宏觀的層面。當撥開籠罩在徐志摩身上的浪漫主義神幔，驀然回首，我們會發現，徐志摩的詩學理念與儒家文化的文質中和、溫柔敦厚等範疇，其實有著內在的本質的關聯。〔註 31〕

在中國歷史上，漢儒曾片面強調詩的「教化」功能而導致詩的雅化日趨僵化，歷朝歷代的道德預設和強調「文以載道」而讓文藝為政治倫理服務也曾一再導致藝術本體的失落與人文精神的嚴重萎縮，但只要我們不持偏見，放寬視野，便當承認，原始儒家的「中庸」平和乃是一種人類普遍經驗性質的可貴情感。在中國文化史上，儒、道、釋儘管各具姿態、內涵迥異，但它們在共同參與建構傳統文藝與美學的根本心理特徵和情理機制的合流交匯中，往往是難以截然區分的。一種廣大和諧的生命精神，正是儒、道、釋三家的共同基點。方東美先生說得好：「中國人是有史以來所有民族中，最能生活在盎然趣機之中的，所以最能放曠慧眼，流眄萬物，而與大化流行融鎔合一。又因深悟廣大和諧之道，所以絕不以惡性二分法來看自然；我們與自然一向是水乳交融，毫無仇隙的，所以精神才能自由飽滿，既無沾滯，更無牽拘，如此盎然生機點化一切，自感內心充實歡暢無比，所謂『超以象外』，『得其環

〔註 31〕古典文學傳統在五四新文化運動中的沉潛與回歸，在新時期的學界中已是一個熱門的研究課題。以筆者有限的目力所及，這方面的專著就有俞兆平的《中國現代三大文學思潮新論》、武新軍的《現代性與古典傳統——論中國現代文學中的「古典傾向」》與白超春的《再生與流變——中國現代文學中的古典主義》等等；而關於徐志摩與古典傳統的淵源也有細化深耕的趨勢，光是以「從浪漫到古典的嬗變」為相同中心主題的碩士論文，就有安穎的《浪漫到古典——徐志摩美學思想的嬗變》與孫碧飛的《從浪漫到古典——徐志摩的人文抉擇》等等；期刊論文也有程國君的《浪漫詩人的古典尋求——新月派審美觀念的主要形態及其古典尋求的詩學意義》與陳玉強的《浪漫主義的抉擇與嬗變——論徐志摩詩歌創作分期》等等。這些論著均注重在中西文化雙向交流的廣闊視野中發掘徐志摩風格變異的內因，其細緻的梳理不乏精闢的創見，但很大程度上卻因過於執於其風格嬗變前後的分期而缺乏整體性的把握，彷彿其嬗變前後是截然不同的兩期，這無疑陷入了當今學術論文「為論立據」的痼疾，從而在理論外延的漫漬中反而模糊了其風格嬗變背後的真實因素。本節擬在前人已涉及的基礎上「以據立論」，深入尋繹徐志摩的詩學理念與儒家文化最本質的內在關聯，試圖勾索出其詩學理念內在價值根基漂移的真實脈絡與軌跡。

中』，自能冥同萬物，以愛悅之情玄覽一切。」〔註 32〕這種精神上的交攝互融，反映到文藝創作上來，便使得「文以載道」的「道」之內涵隨著時代語境而處於一種靈活變通的狀態，既可以在禮崩樂壞時代強調君子人格修養而承載人倫大義，又可以在封建禮教束縛嚴酷時「取達性情為上」，向「緣情說」靠攏，「若政遇醇和，則歡娛被於朝野；時當慘黷，亦怨刺形於詠歌」（孔穎達：《毛詩正義序》）。可以說，「文以載道」的源遠流長與廣博內涵，正涵蓋一種「人同此心，心同此理」的共感，從而使得一種含蓄蘊藉的情感表達方式，成為中國幾千年來文學抒情的主流，「各體文學傳心靈之香，寫神明之媚，音韻必協、聲調務諧、勁氣內轉、秀勢外舒，旋律輕重孚萬籟，脈絡往復走元龍，文心開朗如滿月，意趣飄揚若天風，一一深回宛轉、潛通密貫，妙合中庸和諧之道本」〔註 33〕。

當魏晉詩歌從早期《詩經》的質樸中脫穎而出，不再滿足於「厚人倫，美教化」，聲律追求便日漸提上了日程，沿著南朝永明年間沈約等人提出的「四聲八病」說，詩人們終於找到了通往古典詩歌藝術高峰的通途。在唐詩中，隨物婉轉的起興被限定在精緻工巧的語言模式中，一種不慍不怒的細膩感興被傳達得恰到好處，天人合一的意境被打磨得日臻晶瑩，詩人們似乎找到了表現中國文化精神的最佳形式。然而，「文體通行既久，染指遂多，自成陳套。豪傑之士，亦難於其中自出新意，故遁而作他體，以自解脫。一切文體所以始盛終衰者，皆由於此。」（王國維：《人間詞話・54》）——「詩教」一弊再弊，不知不覺形成了一種與真實經驗相脫節的「精神韻律操」，是以「新詩」的精神醞釀與理論準備，在晚清「詩界革命」中已現初潮。隨著整個近代社會在西方文明衝擊下的轉型，「五四」新詩以譯介因素中的外來詞彙及歐化句法的大量摻入為外來契機，以自然音節突破了古典詩歌程式化的固定音節，引領一時風氣之先。但詩體形式的倉促轉換同時也造成了大量不堪卒讀的雜蕪局面，許多人開始覺悟到：詩終究是語言的藝術。——新月派正是在這種背景下誕生的：「從新月派、象徵派到現代派，中國現代新詩較好地再現了極盛期古典詩歌的理想（唐詩宋詞）的種種韻致和格調，同時也重新調整了西方現代詩藝的作用，使之較好地為我所用，這便從根本上改變了五四詩

〔註 32〕方東美：《生生之美》，北京大學出版社，2009 年，第 307 頁。

〔註 33〕方東美：《哲學三慧》，侯敏編：《現代新儒家文論點評》，廣州：暨南大學出版社，2016 年，第 95 頁。

歌多重文化混雜不清的局面，通過『融合』順利地完成了向古典詩歌境界的折返。」〔註 34〕

對於從小「被泡在詩書禮教當中」的徐志摩來說，那千百年來在「洛邑月色、長安陽光」中奏響的「蜀道啼猿、巫峽濤響、潯陽琵琶」（徐志摩：《留別日本》）的盛唐仙音，既迴蕩在其魂牽夢繞的詩心深處，也蘊蓄著其理想上之於傳統詩歌「雅正」美學的終極追求。即使在以「自由」和「解放」為宗旨的白話語境裏，他也自覺追求語言與期待的藝術效果間的平衡。具體就其個人的創作歷程來說，可謂奇妙地契合了新詩詩體從無序到自覺構建的過程。

當舊的秩序已經崩潰而新的規範尚待建立，詩人年輕而易騷動的情緒不得不呈現為一種盲目傾泄的狀態：「一個時期我的詩情真有些像是山洪暴發，不分方向的亂沖。……救命似的迫切，那還顧得了什麼美醜！我在短期內寫了很多，但幾乎全部都是見不得人面的。這是一個教訓。」（徐志摩：《〈猛虎集〉序文》）但既然憬悟到「自己的野性」與「素性的落拓」，詩人便開始覺悟到詩歌「作品成功的秘密就在能夠滿足他那特定形式本體所要求滿足的條件」（徐志摩：《湯麥司哈代的詩》）。到他出版個人的第一部詩集《志摩的詩》時，「初期的洶湧性」已「消滅」。正是在這種審美意識的反省和自覺中，詩人在與新月派同仁的共同探討中向現代格律靠攏，追求帶著鐐銬跳舞的優雅舞姿，萌發出要為新詩「創格」的理想與決心（徐志摩：《詩刊弁言》）；——從早期「山洪暴發，不分方向的亂沖」到後期追求「完美的形體」與「完美精神」的統一，可以清楚地看到：徐志摩在藝術追求上經歷了一個由泛濫到節制、由不自覺到自覺的「以理節情」的過程。在此，傳統格律詩對新詩的影響在徐志摩身上體現為顯性和隱性兩種機制：顯性機制從文化和文學心理意識的層面上表現為對傳統詩學諸如「溫柔敦厚」、「哀而不傷」等價值觀的肯定，隱性機制則從詩人的意識深處體現為對傳統詩歌審美觀念諸如「形神兼備」「外秀內中」等藝術訴求的認同。正是憑藉這一潛意識裏的認同，他開始覺悟到「詩是極高尚極純粹的東西，不要太容易去作，更不要為發表而作。我們得到一種詩的實質，先要熔化在心裏；直到忍無可忍，覺得幾乎要迸出我心腔的時候，才把他寫出，那才能算一首真的詩」（徐志摩：《詩刊放假》）；開始自覺地培養詩意的含蓄：「我們還要有藝術的自覺心。寫我們有價值的經驗，

〔註 34〕李怡：《中國現代新詩與古典詩歌傳統》（增訂版），北京大學出版社，2008 年，第 10 頁。

不是關於各個人的價值，應該把它客觀化，——就是由我寫出來，別人看了也要有同情的感動。」〔註 35〕

雖然儒家詩教觀念對徐志摩產生影響尚缺乏直接證據，但遊學歐美時期，他曾將一部家藏的經典唐詩選本《唐詩別裁集》帶在身邊則提供了旁證。〔註 36〕由沈德潛編撰的《唐詩別裁集》，於「唐詩全帙中網羅佳什」，宗旨正在「去淫濫以歸雅正」，以重振「詩教之衰」（沈德潛：《唐詩別裁集．原序》）。與《說詩晬語》中對某些誇張失實現象的譏諷相似，徐志摩後來同樣「揶揄」了新詩中情感表達過於泛濫的現象：「無病呻吟的陋習，現在的新詩犯得比舊詩更深。還有 Mannerism of peck and Sentiments（意為「情感的習性」，筆者注），看了真使人肉麻。痛苦，煩惱，血，淚，悲哀等等的字樣不必說，現在新文學裏最刺目的是一種 Mannerism of description（意為「摹狀行為」，筆者注），例如說心，不是心湖就是心琴，不是浪濤洶湧，就是韻調淒慘；說下雨就是天在哭泣，比夕陽總是說血，說女人總不離曲線的美，說印象總說是網膜上的……」（徐志摩：《壞詩，假詩，形似詩》）——就此意義而言，徐志摩後來在聞一多倡導新詩格律時「憧悟到自己素性的落拓」，在梁實秋倡導白璧德新人文古典主義時應聲附和，與其說是受到感召，毋寧說是源自他心目中含蓄蘊藉的詩美標準。

在上述批評文中，徐志摩興之所至，舉出一句新詩作為「典型」批判了那種「過於泛濫而作偽的情感」：

> 我記得有一首新詩，題目好像是重訪他數月前的故居，那位詩人摩按他從前的臥榻書房，看看窗外的雲光水色，不覺大大的動了感傷，他就禁不住——
>
> 「……淚浪滔滔」
>
> ——固然做詩的人，多少不免感情作用，詩人的眼淚比女人的眼淚更不值錢些，但每次流淚至少總得有個相當的緣由。踹死了一

〔註 35〕徐志摩：《詩人與詩》，梁仁編：《徐志摩詩全編（編年體）》，浙江文藝出版社，1990 年，第 553 頁。

〔註 36〕徐志摩後來將這部詩集贈送給劍橋大學狄更生教授，並在扉頁上題詞：「書雖凋蠹，實我家藏，客居無以為贐幸，先生莞爾納此，榮寵深矣！徐志摩敬奉。十年十一月劍橋。」（徐完白：《徐志摩與狄更生》，韓石山，伍漁編：《徐志摩評說八十年》，第 136 頁。）

> 個螞蟻，也不失為一個傷心地理由。現在我們這位詩人回到他三月前的故寓，這三月內也並不曾經過重大變遷，他就使感情強烈，就使眼淚「富餘」，也何至於像海浪一樣的滔滔而來！我們固然不能斷定他當時究竟出了眼淚沒有，但我們敢說他即使流淚也不至於成浪而且滔滔——除非他的淚腺的組織是特異的。總之形容失實便是一種作偽，形容哭淚的字類盡有，比之泉湧比之雨驟，都還在情理之中，但誰還能想像個淚浪滔滔呢？

——以上就詩論詩的文字，不期然間引來了一場「全在侮辱沫若的人格」和「不得以一句詩來說人是假人」（成仿吾語）的凌厲反擊而詩人不得不予以「自我辯白」和「澄清」的「筆墨官司」（見徐志摩：《天下本無事》）。透過表面無關主旨的意氣紛爭的硝煙，徐郭之爭實乃傳統詩學史上「情志離合」之主軸在新時期的重現。考察詩歌史我們會發現，「無論中外，詩的內容總是在『情性』與『理性』兩極之間滑動與跳躍，或偏於情，或重於情，或以情達理，或以理節情。新詩的直接先驅是晚清的詩界革命。雖然那場革命怯於打破舊詩體格，『最終止步於宋詩派的模仿風氣之中』，但它在維護舊詩體格的同時，又通過創作古風與樂府，尤其是對宋詩的模仿與改造，再次開啟了詩歌散文化的方向。於是，在內容上自然地傾向於理趣化，從而背離了在中國詩歌史上占主導地位、具有恆常特徵的抒情傳統。持續晚清詩界革命的新詩，其開端也顯得理過於情，但當創造社的浪漫主義詩歌逐步走上感傷、濫情之路而被斥為『偽浪漫主義』之時，新月派就針對性地提出了『理性節制情感』『抒情客觀化』等詩學主張。」〔註37〕——徐志摩與郭沫若之間因「淚浪滔滔」引發一場「假詩」與「假人」爭論風波的深層原因正源於此。

孫紹振曾指出：「在新詩草創時期郭沫若片面地理解了華茲華斯在《抒情歌謠集．序言》中所說的『一切的好詩都是強烈的感情的自然流露』（『Powerful emotions spontaneously overflow』）。這是一種浪漫主義的詩歌美學綱領。受到這種詩風影響的郭沫若早期的詩歌往往以『暴躁凌厲』著稱。但是，華茲華斯又強調說，這種感情是要經過沉思（contemplation）的提純的。郭沫若還只能比較自如地表現詩人的激情，而到徐志摩則進了一步，不

〔註37〕向天淵：《新詩之「變」與「常」的若干闡釋維度》，《中國新詩：現象與反思》，北京：人民出版社，2016年，第146～147頁。

但可以表現激情，而且可以表現瀟灑的溫情了。這在中國新詩上是一個巨大的歷史飛躍。」〔註 38〕——從西方浪漫主義詩歌理念的美學內涵來闡釋徐志摩對郭沫若的超越自然是不錯的，但卻忽略了傳統詩歌理念的潛移默化的影響。在「淚浪滔滔」事件引發反詰的「答辯」中，徐志摩曾說：「我說以血比日以琴比心的可厭，是證明就是新文學也有趨濫調的危險，並不斷定凡是曾經以血比日以琴的作者都是作偽的」（徐志摩：《天下本無事》）；而在稍後，他也依然這樣認為：「我決不相信理智的發達，會妨礙天然的情感。如其教育真有效力，我以為效力就在剝削了不合理性的『感情作用』，但決不會有損真純的感情；他眼淚也許比一般人流得少些，但他等到流淚的時候他的淚才是應流的淚。」（徐志摩：《我的祖母之死》）——從中隱約可嗅出宋儒曾就性情體用乃「未發」與「已發」關係之論調的氣息（《朱子語類》卷九十八）。可以說，「淚浪滔滔」風波的「洗禮」，不但使得徐志摩已成型的藝術理念變得更為清晰，而且無意中充當了他稍後創辦《詩鐫》的前哨。而《詩鐫》的創辦，是新詩史上一件標誌性的事件，劃下了自由與格律的分界點。

當然，規律的尋找不應模糊複雜歷史樣態下詩史本質的真實性。徐志摩當時並非主張重回到歷史上「文以載道」的傳統老路上去，恰恰相反，其從詩歌本體意識出發對包括自身在內的種種「不理性」現象作出必要矯正的努力，正體現了新詩史上從個體意識覺醒到詩歌本體意識覺醒的重大轉變。這種藝術本體獨立意識的覺醒，從某種程度上是對當時新「文以載道」功利趨勢的自覺抗拒。由於濡染了西方浪漫主義思潮，徐志摩早期的詩學實踐並沒能脫離那種以審美意識反撥倫理道德的傳統激變模式；但相去未遠的晚明性靈思潮的影響，又使得其後期詩學實踐不再侷限於對藝術形式獨立價值的片面追求。當他從諸如性靈、意境等傳統美學範疇中汲取「神韻」、「意趣」、「人格」等審美特質時，其詩歌審美內涵就不只是再固守傳統「道」（文以載道）之超驗內涵（關於徐志摩與傳統性靈文學思潮的淵源，詳參本書第十章：《審美與性靈——略論徐志摩性靈文學思想的傳統淵源》），而是作為個性覺醒與自由的情感體驗方式獲得了現代獨立性。

然而，理有固然，勢無必至，新詩發展的道路注定不會一帆風順。一方

〔註 38〕孫紹振：《〈再別康橋〉：無聲獨享的記憶是最美好的音樂》，《審美閱讀十五講》，北京大學出版社，2013 年，第 177 頁。

面新詩理論先行的工具性提前預設了詩人們無從規避的「崇高使命」，外在訓誡著詩人們沉潛於藝術象牙塔中的優游與餘裕；一方面新詩自身尚置於草萊初闢的摸索過程，內在制約著詩人們才能的發揮。對於其時的徐志摩來說，「豆腐乾」式的自我嘲諷與詩歌韻腳「救不活半條人命」的自責（徐志摩：《〈猛虎集〉序文》），始終嚴重地困擾著他，使得他「無論是對於獨立的審美動機和審美精神的認同，還是拷問自我、探索幽暗的自我世界，都沒有表現出足夠強大、足夠持久的動力與熱情」〔註 39〕，由此導致他一方面難以抵制外部世界對自身易騷動感性氣質的誘引，一方面又在這種激情的釋放中受到時代浪漫潮流的裹挾。終其一生，依違於情感與理性、浪漫與古典之間，他並沒有找到安身立命之所——本欲兼顧，實則兩傷。——「這一切，都說明了時代的浪漫思潮力量之強大，在現代社會堅守圓融無間的古典人性理想之艱難。」〔註 40〕

三、「溫柔敦厚」的「中和」之美：古典審美觀下的節奏重構

從徐志摩詩歌嫻雅婉媚、輕盈飄逸的整體風格來看，既有別於清峻遒勁的陽剛之氣，也迥異於金戈鐵馬的關河之狀。其行文風格中秉承水鄉氣韻的楊柳杏花式的綿密濃麗和沾染江南湖山煙雲的疏淡靈秀，與莊重肅穆、雄勁豪放的儒家風範是有明顯區別的。——這些，與儒家文化雄深雅健的主導審美層面是否構成了矛盾呢？綜觀徐志摩徘徊於「抒情緒」與「敘事實」之間的新詩實踐歷程，詩騷合流，玄禪會同，乃「中和」與「非中和」的統一體，概非「中和」一語所能盡括。但其文心放蕩所寄寓的暢情意味，實可從傳統「審美」與「倫理」的分袂這一理論中得到恰切的分疏。譬如作為「宮體詩人」的蕭綱就曾提出傳統審美觀念史上影響深遠的「兩心分裂說」：「立身先須慎重，文章且須放蕩」，「蕭氏將作家之『心』切割成兩塊：一塊管『立身』，一塊管『文章』。這種兩心分割的理論在審美中的意義在於，暢情任性在『文心』中自由而健康地展現於世；率性恣情，婉媚多姿，鄙棄『為文而造情』，任性『為情而造文』。」〔註 41〕——文學史曾由「魏晉風骨」轉入「齊梁綺靡」

〔註 39〕孟澤：《何所從來：早期新詩的自我詮釋》，北京：九州出版社，2011 年，第 283 頁。

〔註 40〕武新軍：《現代性與古典傳統：論中國現代文學中的「古典傾向」》，河南大學出版社，2005 年，第 75～76 頁。

〔註 41〕鄧嗣明：《中國詞美學》，深圳：海天出版社，2011 年，第 17 頁。

的思潮嬗變，以及歷史上許多豪傑之士筆底竟流露出嫻雅婉媚之態的文學現象，均可見出上述端倪。

天地萬物皆由陰陽摩蕩交感而成的「一陰一陽謂之道」的宇宙觀，以及自然生命韻律同奏合拍的「虛靜觀」，乃是傳統儒道的共同源頭。以莊子一脈思想所成就的藝術精神為例，儘管與儒家詩教大異其趣，但其「妙悟」、「直觀」而尚自然的思路，卻與儒家「溫柔敦厚」而主人倫的詩教觀念一同對國人審美心性的涵濡形成了互補。由此反觀徐志摩，其沾染江南湖山草木煙雲之氣而自然顯現的「以樂逸性」的軟媚柔雅的才調氣質，在情感範疇上與儒家「以樂節情」的「中和」審美內涵無疑有著內在的契通。觀其早期風格，往往是在辭采纏綿的溫潤中有羯鼓鐃鈸之野性，在隱蓄含孕的蘊藉中有嫵媚撩人之濃豔，在出水芙蓉的淡雅中又有錯彩鏤金之誇飾，帶有西方浪漫唯美風情的深刻烙印，但後期卻漸由跳蕩趨於凝定，由急管繁絃的人生實景轉入欲說還休的妙處留白，由揮灑不羈的散漫天地進入理性節制的典雅莊園，在一種「哀而不傷，樂而不淫」的基調中建立起一個和諧中庸的理想王國。故其整體風格，實可歸為傳統文學史上一直被視為正統格局的「婉約蘊藉」一派（關於徐志摩與婉約詞的淵源，詳見本書第八章：《江南才子的性情本色——略論徐志摩與晚唐五代花間詞》）。

其詩中「物化的和諧」觀經常來自於對大自然的細微體驗：「仰望雲彩叢簇，猶如谷內的青光反映一般。我心中覺得軟綿綿的沖和純潔，容著造物的精神，來往動盪。」〔註 42〕此種審美情態所引領的文藝創作，往往使得他在對大自然韻律的揣摩中「調整自身的生命步伐」，「在一種不太整齊的參差錯落中構織著內在的和諧」〔註 43〕。體現在其創作方法上，「就是在抒情性審美對象的觀照中，避免直抒胸臆、不加控制地縱情宣洩，注意詩情與詩境的融合，以具有比喻、象徵意義的意象、景觀作為詩境的主要元素」〔註 44〕，從而形成具有古典意境美的詩體特徵。傳統詩教「比興」的手法從政治說教中鬆綁後，依然在其詩中得到了繼承，譬如《再別康橋》中的「雲彩、金柳、青荇、豔影、清泉、浮藻、星輝」等自然意象，以其本然的優美風致起興，與作

〔註 42〕徐志摩：《留美日記（1919 年）》，虞坤林整理：《徐志摩未刊日記（外四種）》，第 103 頁。

〔註 43〕李怡：《中國現代新詩與古典詩歌傳統》（增訂版），第 305 頁。

〔註 44〕呂周聚等：《中國現代詩歌文體多維透視》，濟南：山東人民出版社，2009 年，第 287～288 頁。

者自我於物我澄明無染的精神境界中相遇，可謂不著一字而寫盡離情之悠悠；又譬如《滬杭車中》一詩，一連用了「煙、山、雲影、水、橋、櫓聲、松、竹、紅葉」九個意象連類引譬，來組合和營構一幅絕妙的秋景圖，在紛繁的變換中令人感悟光陰之流逝；再如《山中》一首，詩人將「庭院、松影、月色、清風」和這些意象妥帖地調停在一起，託物興寄，共同營構出一個圓融寧謐的詩意氛圍，從而反襯出一種輕柔恬和的思念之情。其他諸如「風、雲、月、星、雪、蓮、花」等古典文學意象，在其詩中出現了很高頻率，從而在「情」與「物」的和諧共存與交融中，表現出一種含蓄內斂、怨而不怒、哀而不傷的美學品格。

儒家詩教所規定的「音樂之和」，主要包括「心境」和「表達」兩個方面：創作前，心境「澹然虛靜，心無所慮而當於理」；創作時，「雖復動發，皆中節限，猶如鹽梅相得，性行和諧」（孔穎達：《禮記正義》）。表達的形態要達成「音樂之和」，須遵循對立統一與平衡互濟的原則。這種「奏中聲為中節」的古典和諧觀對後世的文藝創作產生了深遠影響。古典文學功底深厚的徐志摩，從傳統聲律「同聲相應」的「韻」裏，似乎深諳了聲調參差變化的諧美更在於「異音相從」的「和」，也就是詩詞中的調平仄，從而，他最終掌握了漢語單純「字的音樂」實現的秘密途徑。仔細體會他的代表作《再別康橋》，不難琢磨出韻腳安排上的獨具匠心，例如「來、娘、搖、虹、歌、簫、來」為平聲韻，而與之相應的「彩、漾、草、夢、溯、橋、彩」則為仄聲韻，這樣平仄互押所造成的效果，既有音樂美，又富有情緒變化，把作者惜別康橋時感情的潮起潮落表現得惟妙惟肖。看來，寫這首傳世之作時的徐志摩，已避免了早期詩作音韻方面的缺陷，開始注重詩歌中四聲調質的功用，將音律與表義努力結合起來使情與景諧，意與景會，從而奠定了其風格總體上「既出乎性情之正，而復得於聲氣之和，故其言微婉而敦厚，優柔而不迫」的古典和諧美（許學夷：《詩源辯體》卷一）。

不妨仍以膾炙人口的《再別康橋》為例展開其「聲情結構」上的分析：

輕輕的我走了，
正如我輕輕的來；
我輕輕的招手，
作別西天的雲彩。

那河畔的金柳，

是夕陽中的新娘；
波光裏的豔影，
在我的心頭蕩漾。

軟泥上的青荇，
油油的在水底招搖；
在康河的柔波裏，
我甘心做一條水草！

那榆蔭下的一潭，
不是清泉，是天上虹；
揉碎在浮藻間，
沉澱著彩虹似的夢。

尋夢？撐一支長篙，
向青草更青處漫溯；
滿載一船星輝，
在星輝斑斕裏放歌。

但我不能放歌，
悄悄是別離的笙簫；
夏蟲也為我沉默，
沉默是今晚的康橋！

悄悄的我走了，
正如我悄悄的來；
我揮一揮衣袖，
不帶走一片雲彩。

全詩七節，每節四句，詩句並不完全一樣整齊，一三句排在前面，二四句低格排列，組成兩個平行臺階，建築勻稱而不呆滯，於嚴謹中見靈動活潑，使流暢的韻律在錯落有致中徐徐鋪展，恰如一位「長袍白面、郊寒島瘦」的詩人在其中緩步吟哦。這樣的排列方式也無形中契合了詩人情感體驗與生命頓悟的變化規律：第一節寫詩人作別康橋時的淡淡的感傷與哀愁，音節相對固定；第二節之後詩人陷入追憶與遐想狀態，在順著河流洄游的過程中，時而陷入對夢境追縈的狂喜，時而又回歸到夢境破滅時的落寞與惆悵，作者這種情感上變化的軌跡，使句式與音節也發生了相應的變化，如「不是清泉，是天上虹」、「尋夢？撐一支長篙」等句；詩歌最後又重回現實，離情別緒再度籠罩心頭，音節上也再度現出相對的規整。這首詩突出地體現了詩人那以「真純詩感」作為其詩歌節奏內動力的詩學追求，真正實踐了「量體裁衣」的詩學理念。——這種以情緒的自然漲歇參與詩歌自身節奏建構的方式，同樣見於他的《沙揚娜拉》一首：

最是那一低頭的溫柔，
像一朵水蓮花不勝涼風的嬌羞，
道一聲珍重，道一聲珍重，
那一聲珍重裏有蜜甜的憂愁——
沙揚娜拉！

關於這首詩的旋律節奏之美，當代學人曾有過精彩的分析：「這是個完整的情緒發展過程（或曰音節的旋律過程）。第一行雖是短行，但安排一個意頓，是次揚，第二行有兩個意頓，詩行長，是抑，兩行合成詩情的旋律段落，輕微起伏的緩慢節奏，有著細緻變化的柔和旋律，使我們彷彿見到深情的嬌羞的日本女郎那優美姿態。第三行兩個並列短句的重疊，屬揚，但由此延伸的第四行又是長行（兩個意頓）又是抑，再加上行末的破折號，是這種抑的情調延續，這兩行也構成旋律段落，情緒的起伏比前一段大，情緒抒發達到高潮。第五行是女郎道別時語言的記錄，是揚，餘音迴蕩。全詩類似的詩節連續反覆就形成了一種流動抑揚而又勻整的旋律節奏。」〔註 45〕類似富有音樂美的如《雪花的快樂》：「『假如我是一朵雪花｜翩翩的在半空裏瀟灑，｜我一定認清我的方向——｜飛颺，飛颺，飛颺，｜——這地面上有我的方向。』在這一節詩裏，一、二行每行三頓，每頓二至四字，形成一種比較舒緩的節奏，並採用了『花』、『灑』這樣開放而又柔和的韻腳，與『雪花』翩翩瀟灑的神韻相適應；到第三行就開始換韻，採用了『向』、『颺』這樣更為響亮、上揚的韻腳；第四行又突然轉換為跳躍式的節奏：『飛颺，飛颺，飛颺』，與飛躍向上的內在精神與內心節奏相適應。徐志摩總是抓住每一首詩特有的『詩感』、『原動的詩意』，尋找相應的詩律，陳西瀅說《志摩的詩》『幾乎全是體制的輸入和實驗』，（陳西瀅：《西瀅閒話》）徐志摩總是在不拘一格地不斷試驗、創造

〔註 45〕許霆：《聞一多新詩藝術》，上海：上海社會科學院出版社，2010 年，第 168 頁。

中追求美的內容與美的形式的統一」〔註46〕。——正是在此一藝術追求過程中，物我同一的感受方法和傳神寫意的表現方法所帶來的志與情、神與形、意與象等諸種範疇的相統一，從整體上構成了徐志摩詩歌「情理相洽」、「形神兼備」、「文質中和」的美學風格。傳統「樂教規範化的性情與『詩歌聲律』這樣一個顯然傳承久遠的樂詩舞詠整體之間的對應」〔註47〕，包括古典詩詞以節奏（頓）為根基所營構的感發人心的「音樂」結構，在徐志摩的部分新詩實踐中得到了較為成功的「復現」。

結語：「只有深厚的文化才能產生偉大的詩人」

對於曾在西學東漸時代大潮中深受西方文化濡染的徐志摩來說，片面強調中國儒家文化對其詩學實踐的潛在規範，難免是種一偏之得和一管之見——譬如古希臘追求人性和諧的古典傳統對他的影響同樣不容忽視。但作為一個中國詩人，他的民族的文化遺產起著決定性的作用。主導他審美世界的不是西方與衝突並存的對立式和諧，而是中國古典美學中音與人心，人與社會、自然的和諧。從陰陽、和同到氣勢、韻味，從有無、虛實到形神、韻律，他的詩著眼更多的是「對立面之間的滲透與協調，而不是對立面的排斥與衝突。作為反映，強調得更多的是內在生命意興的表達，而不在模擬的忠實、再現的可信。作為效果，強調得更多的是情理結合、情理中潛藏著智慧以得到現實人生的和諧與滿足，而不是非理性的迷狂或超世間的信念。作為形象，強調得更多的是情感性的優美（『陰柔』）和壯美（『陽剛』），而不是宿命的恐懼或悲劇性的崇高。」〔註48〕在今天，當作為思想集群的現代新儒家已經與文化激進主義派、文化自由主義派形成鼎足而三的局面，再來重新探尋傳統儒家文化這一「質量極高之礦藏」之於一位偉大詩人的「自我品質」之構建，或許正是不無意義的吧？

當然，這種帶有濃鬱傳統特色的美學風格所帶來的溫柔敦厚的人格導向、調和折衷的思維方式以及空靈淡遠的生命情趣，並不盡合於現代社會生活的

〔註46〕《文學史上的徐志摩》，韓石山、伍漁編：《徐志摩評說八十年》，第297頁。

〔註47〕韓經太：《中國審美文化焦點問題研究》，北京：人民文學出版社，2015年，第368頁。

〔註48〕李澤厚：《華夏美學．美學四講》，北京：生活．讀書．新知三聯出版社，2008年，第227頁。

心理活動與生存狀態，而需要在實際運用中下一番分解、剝離、轉換與重組的改造出新工夫，但「其蘊含的生命論的精髓，特別是那種將各種對立因素融會貫通地合為生命活動整體的基本思路，仍值得我們建構當代詩學形態時用為參考。」〔註 49〕這也促使筆者堅信：偉大的古典時代並不只是少數詩人作品中殘留的輝光，它並沒有一去不復返，當中華民族文藝復興的潮汐升起時，它依然是閃耀在東方天邊的一脈理想主義之光！

〔註 49〕陳伯海：《中國詩學之現代觀》，上海古籍出版社，2019 年，第 18 頁。

第三章　童真與自然——徐志摩的單純信仰與老子「復歸於嬰兒」理想的比較解讀

縱觀中外人類歷史，凡屬不朽的詩人、作家，總是與他所在的民族的某些內在的、核心的精神遺存融為一體。總能集中地體現這個民族的生存大智慧，從而成為這個民族靈魂的詩意化身。

——魯樞元：《陶淵明的幽靈》

徐志摩的自然觀，不是理念，它來自於真真切切的自我感受和經歷，來自於自然對他的真正的拯救。在這個拯救生命與靈魂的過程中，徐志摩體會到的「自然」真義是不可替代的。就這一點而言，徐志摩在現代文學史上幾乎就是唯一。

——李怡：《徐志摩的詩歌》

我是個自然的嬰兒，光明知否，但求回復自然的生活優游。

——徐志摩：《我是個無依無伴的小孩》

小草花，小孩童，道不在遠，但我們有力量回復本真不？

——徐志摩：《新年漫想》

引論：詩意的信仰與童真的復歸

「詩者，天地之心」。在中國歷史中，那些努力捍衛人性和生命自由、反抗物質文明異化和種種奴役的詩人，從某種本質意義上來說乃是一種「超常的兒童」，是如西哲尼采所概括形容的「停留在少年及兒童時代的遊戲中」的一種「停滯的生靈」〔註1〕。他們一般都具備泛愛、泛靈、泛美的審美特質，在與萬物本質的溝通中輕視現實與功利，同時用唯美和慈悲的情懷對待大自然的一草一木。在中國現代文學史上，徐志摩就是這樣一個奇異的孩子般的詩人。

「我感到驚奇的是，在那被魯迅形容為『處處是非人間的黑暗』的二三十年代的中國，怎麼會有這樣一個『單純』信仰的詩人？我始終覺得他不像一個純粹的中國人。因為中國人很少像他那樣快快樂樂、認認真真地做夢。中國人都是世故的，鄉愿的，滑頭的。而在徐志摩的眼裏，生命如同一注清泉，處處有飛沫，處處有閃光；生命也像一段山路，處處有鮮花，處處有芳草。」〔註2〕——這樣的評述來自當代的余杰，相信也是熟悉徐志摩作品的廣大讀者的共識。更真實的描述則來自詩人生前的友人。林徽因曾說：「志摩認真的詩情，絕不含有任何矯偽，他那種癡，那種孩子似的天真實能令人驚訝」；「志摩的最動人的特點，是他那不可信的純淨的天真，對他的理想的愚誠，對藝術欣賞的認真，體會情感的切實，全是難能可貴到極點。」〔註3〕溫源寧曾說：「他有個聰明靈活的孩子的氣質和心靈，因為志摩是不失赤子之心的人。只是一腔淳樸的天真，對於環境，非常好奇；真偽不辨，醒夢不別，永不恨人，也永想不到人會恨他。人世的閱歷使他受到磨磋，卻永不能改變他的本性。他玩賞人生的一切，像小孩子玩弄玩具一樣」〔註4〕；曾感歎「世上太多的大人雖然都親自做過小孩子，卻早失了『赤子之心』，好像『毛毛蟲』的變了蝴蝶，前後完全是兩種情狀」〔註5〕的周作人，在徐志摩成年後依然擁有的孩子般的個性氣質上，驚奇地發現了此種「赤子之心」的近乎完整的綿延：「這個年頭兒，別的什麼都有，只是誠實卻早已找不到，便是爪哇國裏恐怕

〔註1〕〔德〕尼采：《悲劇的誕生——尼采美學文選》，周國平譯，三聯書店，1986年，第159頁。

〔註2〕余杰：《向死而生——幾位天才文人傳奇之死》，《火與冰》，北京：經濟日報出版社，1998年。

〔註3〕林徽因：《悼志摩》，王任編：《哭摩》，北京：金城出版社，2012年，第111頁。

〔註4〕溫源寧：《徐志摩——一個孩子》，張自疑譯自英文《中國評論週報》，舒玲娥編：《雲遊：朋友心中的徐志摩》，第92頁。

〔註5〕周作人：《我的雜學》，《苦口甘口》，河北教育出版社，2003年，第67頁。

也不會有了罷，志摩卻還保守著他天真爛漫的誠實，可以說是世所稀有的奇人了。」〔註6〕與詩人交往深厚的胡適也說：「他的人生觀裏真是有一種『單純的信仰』，這裡面有三個大字：一個是愛，一個是自由，一個是美。他夢想這三個理想條件能夠會合在一個人生裏。這是他的『單純信仰』。他一生的歷史，只是追求這個單純信仰的實現的歷史。」〔註7〕——知心友人的知人論世，對後世理解這位始終保持童心稚趣的自然之子的單純詩意信仰不無裨益。當代學者嘗有言：「審視『五四』文化姿態，必須考察它是如何處理固有文化血脈的揚棄與復興，它在『別求新聲於異域』之時是否只是採取顛覆的姿態達到文明的再造。一句話：分析『五四』，離不開分析先秦，唯此才能進入文化血脈的認同、超越和重造的深處。」〔註8〕——有鑑於此，本文將在追溯徐志摩單純詩意信仰之旨歸的同時，試圖展開對其生命本真形態與先秦哲人「復歸於嬰兒」理想人格範疇的比較解讀。

「五四」時期湧動著「兒童熱」的啟蒙精神背後，無疑包蘊著從兒童身上汲取類似「原人」的「真誠」和「本真」來構建國民健全人格的企圖。然而從本質上說，「詩心」和「童心」是不同的，「『童心』作為兒童的『赤子之心』是其天性的自然流露，是無須作出特別的努力就可以自然而然達到的。但已進入社會並已扮演了社會角色的作家，他們的真誠之心，則是被世俗的塵土污染，經過困難的洗刷後，向自然天性的回歸。一個是出發，一個是返回。從世俗的泥淖中抽身返回的路途必然是荊棘叢生、險阻重重的。」〔註9〕在這方面，梁遇春有一句話，或許正有助於我們理解「自然天性的回歸」在徐志摩身上產生的根源：「建立在理智上面的天真絕非無知的天真所可比擬的，從無知的天真走到這個超然物外的天真，就全靠著個人的生活藝術了。」〔註10〕——這也正如徐志摩成年後的認識：「年紀—經驗—世道的聰明—童真的湮滅」正構成世間人性沉淪的一個可怕的循環，只有「『真』是最無敵的力；最

〔註6〕周作人：《志摩紀念》，舒玲娥編：《雲遊：朋友心中的徐志摩》，第9頁。

〔註7〕胡適：《追悼志摩》，同上書，第3頁。

〔註8〕楊義：《魯迅諸子觀的複合形態還原》，《魯迅文化血脈還原》，合肥：安徽大學出版社，2013年，第209頁。

〔註9〕童慶炳：《作家的童年經驗及其對創作的影響》，《審美及其生成機制新探》，福州：福建人民出版社，2015年，第149頁。

〔註10〕梁遇春：《天真與經驗》，《淚與笑》，三辰影庫音像出版有限公司，2017年，第8頁。

後的勝利是它的。假如我們沒有這個信念，一切的奮鬥都失去了意義」（徐志摩：《關於蘇俄仇友問題討論的前言》），而要保持生命成長過程中那種性靈的純真，關鍵又在於童年期，「童年是播種與栽培期，壯年是開花成蔭期，童年期的重要，正在它是一個偉大的未來工作的預備」（徐志摩：《羅素與幼稚教育》）。所謂「預備」，借用豐子愷的話來說，就是「要培養孩子的純潔無疵，天真爛漫的真心。使成人之後，能動地拿這心來觀察世間，矯正世間，不致受動地盲從這世間的已成的習慣，而被世間所結成的羅網所羈絆。」〔註 11〕可以說，來自童年詩性經驗天啟般的暗示，導引了詩人全部心理能量的內傾走向。詩人成年後依然擁有的孩子般的個性氣質，正是其超越成長歲月中主客認識模式後在更高層面上之於童年自然天性的「復歸」。在現代，這種永葆性靈之真的本真存在越來越處於被湮滅的狀態，「被『文—化』了的現實的日常生活，往往喪失了它在體驗形式上的原始性，呈現為異化的、被拋的、沉淪的特徵，而且，積澱在其中的，往往是過渡的人文性要素，此一人文與天文相脫離後，在『人道主義』的要求中，或在『諸神之爭』與『價值的僭政』中彰顯自身的那種總是『文明』自身的『人性的，太人性』的基本要素，而這一要素佔據並塑造著日常生活。」然而，「無論『人性的，太人性』的那種現代意義上的文化多麼強大，在日常生活中，總是存在著一個為過渡的人文所不能穿透的剩餘，在這剩餘中，深深埋藏著天然裸露的人性，那種原始的體驗方式不可遏止地開展自身，生生不息。」〔註 12〕——它既可以說是盧梭主張的「回歸自然」和荷爾德林所說的「詩人返鄉」，也可以說是尼采界定的「尋找兒時遊戲的嚴肅」，以及海德格爾闡釋的「澄明存在」和馬斯洛所說的「第二次天真」，以及弗洛伊德所說的「被壓抑著的回歸」。從中國傳統文化的本土淵源來看，它更是老莊自然心性本體論中一再闡發的「法天貴真」、「自然天放」等生命本真存在狀態。

一、中西文化交孕的「自然之子」

在中國思想史上，老子最早從「道」出發，演繹出一套天地萬物在陰陽二氣循環往復下次第衍生、無為而為的和諧有序的自然生態圖景，所謂「道

〔註 11〕豐子愷：《告母性》，豐陳寶、豐一吟、豐元草編：《豐子愷文集》（第 1 卷），浙江文藝出版社、浙江教育出版社，1990 年，第 79 頁。

〔註 12〕陳贇：《中庸的思想》，浙江大學出版社，2017 年，第 242～243 頁。

生一，一生二，二生三，三生萬物。萬物負陰而抱陽，沖氣以為和」(《老子·道經·第25章》)；而「天下有始，以為天下母。既得其母，以知其子，既知其子，復守其母，沒身不殆」(《老子·德經·第52章》)，闡述的又正是自然和人之間猶如母子般親切的關係。所謂「沒身不殆」，即沒身於物，連從萬物中分離出的主體意識都要取消。這種主客不分、物我互滲的觀照方式，誕生在人類對客觀世界尚未充分認識的童年時代，在去古未遠的老子身上正體現出一種原始的混沌思維模式，與近代西方隨著科學的發展而被高揚的自我主體意識之間，很顯然存在著文化意蘊及思維方式上的古今之別。〔註13〕但老子站在歷史的源頭提出「歸根返始」的終極命題，把「復歸於嬰兒」視為最高的人格理想，把人與自然的和諧相處作為最高的處世哲學，把善其所為的「自然無為」視為「禮壞樂崩」的春秋亂世回歸穩定的施政理念，卻開創了人類走出文明困境的一條重要途徑，對後世影響極為深巨。其「復歸於嬰兒」、「夫物芸芸，各復歸其根」的理念，不但積澱為華夏民族千百年來「回歸自然、返歸田園」的集體無意識，成為中國傳統文學藝術作品中永恆的母題，而且在近代西方文化思潮中得到了潛在的回應。

雖然與老子「歸根返始」的混沌觀念相比，西方浪漫主義詩人的回歸自然更帶有文明危機感下自我拯救的近現代意識，但同樣的都是基於「自然與人」的思考，基於人類文明過程中生態失衡以及人性異化現象的反思，其文學活動乃是「作為超越現實的『自由的精神生產』開始反抗早期現代性的壓迫」〔註14〕。這也意味著人類在新的歷史困境面前，又一次轉向了「歸根返始」的精神出路。譬如德國浪漫主義先驅荷爾德林的「歸鄉」主題和「人如何詩意地棲息於大地」的叩問主題，以及華茲華斯詩歌中的「復歸童年」主題，都是那個時代人們心靈困境的表徵。特別是華茲華斯的「復歸童年」主題，與老子「復歸於嬰兒」的理想人格具有極大的相似性。

中西文化對宇宙萬物感應方式的差異，導致了中西語言在表達藝術意境時「以物觀物」與「以我觀物」審美方式的殊異。但「有限生命對無限自然的敬畏」，卻又是中國「道家和西方浪漫派視自然為宇宙萬物最高法則」的共同

〔註13〕參閱陳冰：《老子「復歸於嬰兒」觀念與華茲華斯「童年主題」比較》，《淮陰師專學報》1996年第4期。

〔註14〕楊春時主編：《中國現代文學思潮史》(上)，南京：南京大學出版社，2011年，第26頁。

起點：「在人類肉身與心靈所構成的有限與無限之間，心靈的理想狀態，就是合於自然的自由純樸的狀態。」〔註 15〕譬如華茲華斯對大自然中舒展自由的個體身心的吟詠有時也體現出一種東方式物我兩忘的境界，試讀他的《致雛菊》：「時常，在你盛開的草地上｜我坐著，對著你，悠然遐想｜打各種不大貼切的比方｜以此為樂事。」〔註 16〕——此種逸情雅致，與陶淵明的「採菊東籬下，悠然見南山」有異曲同工之妙。凡此種種，無不體現出西方近代浪漫主義思潮與以老莊為代表的中國道家美學在某種原初體驗上的匯通。彼此雖色澤各異，卻又殊途同歸。

意味深長的是，西方哲學家海德格爾晚年在中國老莊思想的影響下，也主張拋棄統治西方兩千多年的形而上理性思辨體系，「試圖『在對過去歷史時代田園生活的觀照中，呼喚一種新的在世存在的勞作與棲居樣式』」〔註 17〕。「詩比哲學更能表達『存在』的真意」——應該說，這種「在世存在的勞作與棲居樣式」，很早就在回歸田園的中國詩人那裡得到了踐行：「開荒南野際，守拙歸園田」，「晨興理荒穢，帶月荷鋤歸」；當中國古典詩哲用「詩意的『心遠』」來表達一種超出富貴，超出虛名，超出生死等一切『寓形宇內』的灑脫『空無』之情」時，〔註 18〕即在海德格爾那裡滋生了一種久違的親切。以海德格爾為代表的西方存在論現象學美學，既是對荷爾德林詩意棲居命題的呼應，也是對以老莊為代表的中國古典審美感應方式的回歸。〔註 19〕此種回歸，誠如陳伯海先生所指出：「過去我們認為『天人合一』與『主客二分』分屬兩種

〔註 15〕楊聯芬：《「歸隱派」與名士風度——廢名、沈從文、汪曾祺論》，《邊緣與前沿》，北京新星出版社，2018 年，第 84 頁。

〔註 16〕轉引自魯樞元：《陶淵明的幽靈》，上海：上海文藝出版社，2012 年，第 100 頁。

〔註 17〕魯樞元：《陶淵明的幽靈》，第 98～100 頁。

〔註 18〕張世英：《天人之際——中西哲學的困惑與選擇》，人民出版社，2007 年，第 376～377 頁。

〔註 19〕當然，海德格爾與老子同中有異，當代學者分析指出：「現代西方哲學家海德格爾受老子『域中四大』說的啟發，提出『天地人神』的『四方域』，在這個『四方域』中，西方的『神』置換了中國的『道』，『人』在海德格爾那裡也不同於老子，因為他是『會死者』，是『向死而生』的『此在』；但又與老子的思想不無相通之處，老子將遵道而行的人稱為『有道者』，海德格爾的『此在』則是『在此』『存在』，是領悟存在的存在者。正是作為『此在』，人才能展示、實現『本真能在』從而與『存在』共屬，才能通達『(生命）時間的意義』亦即『存在的意義』。」（張曙光等：《價值與秩序的重建》，北京：人民出版社，2016 年，第 25 頁。）

不同的思維模式（反映著世界存在的兩種不同格局），它們分別代表著東西方民族的不同的主流精神傳統，現在看來，兩者其實是統一的，它們所顯示的只是天人關係的不同側面。從原初的天人未分，經後起的主客二分，再趨向高層次的天人合一，這正是人的生命活動的歷程，是由生存、實踐、超越這條生命活動之鏈所綰接起來的。這也意味著人作為『萬物之靈』，雖有其區別於萬物的自覺能動性，而其本根仍深植於與萬物一體的『大化流行』之中，且其最高的精神追求（終極關懷）亦是要復歸於萬物一體的生命本原。」〔註 20〕

粗略回顧中西浪漫主義和「回歸自然」思潮在近代西方的匯通後，便可以發現，曾在 20 世紀初遊學西方的現代詩人徐志摩，雖然其創作在藝術表現手法上深受英國十九世紀浪漫派的影響，但其創作理念回歸的恰恰是東方式的自然浪漫主義。〔註 21〕在現代中國文學的自然浪漫主義譜系中，如果說沈從文的《邊城》是對陶淵明「桃花源」式詩意氛圍的無意識重構與再現，那麼，徐志摩的「康橋」情結則是民族集體無意識情結的異域「錯置」。在對這一世外異域的旖旎風光的無意踏入中，徐志摩重新「發現」了康橋的古典美：大自然的優美、寧靜，調諧在康河星光與波光的默契中，一再不期然地淹入他的性靈。這種東方式的審美體驗，構築起一個日後一再喚起他恒久「鄉愁」的伊甸園式的精神故鄉，漸漸凝定成詩人心中一種具有東方詩意田園情結的原典意象：一個「草青人遠，一流冷澗」的人與自然渾然融洽的「想望的境界」（徐志摩：《吸煙與文化》）。由此可見，徐志摩與沈從文同屬東方詩性範疇的浪漫情結之生發，均「源於一個整體性的歷史情境與文化氛圍的深度浸染，既有一股西方浪漫主義文學思潮的滌蕩，更有一脈中國傳統詩學文化的潛在契合」〔註 22〕。在他們的筆下，人與自然共同呈現為一個和諧的整體，「這種人與自然的關係與道家的『天人合一』的整體觀有關聯，但其背後卻隱現著現代文明的陰影——過度發達的理性和過度膨脹的主體意識將人的整體性割裂，與自然、與他人、與情感的分離使人成為孤立的『點狀自我』。於

〔註 20〕陳伯海：《回歸生命本原》，北京：商務印書館，2012 年，第 204 頁。

〔註 21〕否則便無以解釋徐志摩在與英國浪漫派的無意邂逅中，為什麼偏偏有意地關注了「濟慈、華茲華斯、卜雷克、拜倫和半個雪萊的上面」，「而沒有深注意到英國的諸現實主義的巨家」（穆木天：《徐志摩論——他的思想與藝術》，韓石山、伍漁編：《徐志摩評說八十年》，北京：文化藝術出版社，2008 年，第 217 頁）。

〔註 22〕王孟圖：《薪盡火傳：中國現代浪漫文學的傳統情結》，《時間的轉角》，第 31 頁。

是，回歸自然就成為人再度獲得完整性的必經之路。」〔註 23〕當然，同中存異。徐志摩「回歸自然」之情結，最早是在老莊道家哲學中誕生了原典性的精神依託，又受到中國悠久的山水田園文學傳統的豐富滋養，並在 20 世紀初接受了西方盧梭、雪萊、華茲華斯、濟慈等浪漫主義大師的影響，才在一系列的創造性轉化中生發呈現出一種薪火相傳的文學演繹和精神傳遞。〔註 24〕一部失而復得的《府中日記》，向我們披露了一則詩人早年研習老子思想的珍貴資料：「《易》言自強，《老子》貴柔弱，試言二者之得失」（徐志摩《府中日記》四月十一日修身課考試題目）〔註 25〕——「養心制物」的聖人的沾溉，滋潤了其性靈的嫩芽，使得他早年即好「老莊浮妙之談」，「間作釋氏玄空之說」：「夫機，隱微難見，參於天地，窺道之根，玄牝之門。機之動，主於變，致理闡微，真原乃見，更名易位，道心是睎」〔註 26〕。由此我們不能被他成年後受西方詩學影響的表達方式和引徵話語蒙蔽。不但《易經》中「天行健，君子以自強不息；地勢坤，君子以厚德載物」的自強不息的君子精神，正與西方傳統人文主義思想倡導的積極生活態度相通，而且老子追求個體身心超越的貴柔弱思想，也與以人為中心的西方人文主義思想暗合。這無疑是徐志摩接受西方人文主義精神的傳統根基。

在徐志摩浪漫情結生發的駁雜源流中，還存留著希臘古典哲學——這一更早於中國先秦時代的生命超越意識對他的影響與啟示。視生命為精神道德的內在提升的希臘古典哲學，比中國先秦軸心時代更早開始對人的生命作內在的反思，「希臘人的自然觀是樸素辯證的、有機的自然觀，他們以自然為認識的對象，但卻從來沒有想到要改造自然」〔註 27〕，所以徐志摩曾高度推崇希臘人的詩化生活方式：「正是由於希臘人完美健全的智力，最終的善才成為可能，並以美的形式最終表現出來。……希臘人的獨特，在於他們以同樣的態度對待人生和藝術，對他們，僅僅是對他們，藝術和人生才是統一體」（徐志摩：《藝術與人生》）。相比於柏拉圖超理性的「理想王國」，徐志摩繼承更

〔註 23〕馬新亞：《沈從文的文學觀》，鄭州：河南文藝出版社，2019 年，第 88～89 頁。

〔註 24〕王孟圖：《薪盡火傳：中國現代浪漫文學的傳統情結》，《時間的轉角》，第 32 頁。

〔註 25〕虞坤林整理：《徐志摩未刊日記（外四種）》。

〔註 26〕徐志摩：《說發篇一》，陳建軍，徐志東編：《遠山：徐志摩佚作集》，第 29～31 頁。

〔註 27〕張志偉：《西方哲學十五講》，北京大學出版社，2004 年，第 142、195 頁。

多的是古希臘文化「非理性」的宗教層面，柏拉圖式的善和美正參與構建了他後來受啟發於西方浪漫主義的唯美文藝觀。很顯然，自幼深受中國傳統文化濡染的徐志摩，擯棄了唯美主義「藝術不表現真實」的某些極端性，在融入中國傳統「天人合一」、「道法自然」思想的同時吸納西方唯美主義重視精神美的特質，從而構建了自己「真、善、美」相結合的獨特審美觀。

正因如此，詩人生平好友陶孟和一方面獨具慧眼地指出作為理想主義者的徐志摩「受了希臘主義的影響：求充分的完全的生命」，一方面卻又指出他「不是一個哲學家的尋求理智」，而「是一個藝術家的尋求情感的滿足」〔註 28〕。由此可見，作為一個自幼受到良好傳統教育的江南子弟，古希臘文化和西方近現代浪漫主義雖然無形中契合了他天性中崇尚自由、熱愛生活和大自然的一面，誘發了他潛在的創作激情，但中國古典文化在他身上的深厚積澱，卻為他最終向東方傳統的審美理念回歸提供了良好的本土基礎。

二、「嬰兒」意象：回歸本真與自然的人格情結

老子哲學本體論對「嬰兒」的述說與界定，奠定了漢語文學想像中一個源遠流長的「嬰兒體系」，是後世諸如「童心」、「童稚」、「童真」、「稚拙」、「返璞歸真」、「赤子之心」等命題的原生點。其中尤以明中葉繼承王陽明「童情」說和羅汝芳「赤子」說的李贄的「童心說」為代表：「夫童心者，絕假純真，最初一念之本心也。若夫失卻童心，便失卻真心；失卻真心，便失卻真人。人而非真，全不復有初也。」（李贄：《童心說》）其復「童心」為「真人」的思想上承老莊「復歸於嬰兒」、「回歸自然」的生命哲學，啟迪和推動了隨後公安派對「自然之韻」與「稚子之趣」等性靈文學思想的倡導。在近代，王國維在《人間詞話》中對「詞人者，不失其赤子之心者」命題的界定，同樣是對老子「復歸於嬰兒」哲學思想的回歸與響應。「五四」時期，「人的覺醒」帶來了「兒童的發現」。隨著新文化運動的蓬勃開展，魯迅在其《狂人日記》中發出了「救救孩子」的吶喊；其後，美國學者杜威訪華，其對「兒童中心主義」理念的宣揚，動搖了中國幾千年來以「父為子綱」為核心的傳統兒童觀。在此基礎上，周作人於 1920 年發表了系統闡釋其兒童觀的《兒童的文學》，引起巨大反響。自此，兒童文學伴隨著外國文學翻譯的熱潮（譬如對泰戈爾

〔註 28〕陶孟和：《我們所愛的朋友》，舒玲娥編：《雲遊：朋友心中的徐志摩》，第 76 頁。

詩的翻譯)，成了「五四」新文化運動時期一個被反覆言說的主題。冰心這樣讚美道:「小孩子！他那細小的身軀裏，含著偉大的靈魂！」朱自清高聲歌頌:「光明的孩子，愛之神！」豐子愷宣稱自己是一個「兒童崇拜者」:「天上的神明與星辰，人間的藝術與兒童。」郭沫若也說:「小兒的行徑正是天才生活的縮型，正是我們生活的規範」……徐志摩的「兒童觀」及其「稚子之趣」的文學實踐，正是時代思潮中湧現的一朵晶瑩浪花。

受到泰戈爾詩中泛神論的啟示，詩人領悟到:「靠詩的力量可以使人超脫物質，與宇宙融洽，得到新的生命。」——這種對天地萬物所蘊含的「自然神性與人性」的崇拜，與他詩中對「真善美」與「童心」的膜拜是一脈相承的:「她不在這裡，|她在那裡；——‖她在白雲的光明裏，|在瞻遠的新月裏；‖她在怯懦的谷蓮裏，|在蓮心的露華里；‖她在膜拜的童心裏，|在天真的爛漫裏；‖她不在這裡，|她在自然的至粹裏！」(徐志摩:《她在那裡》)但徐志摩的「兒童觀」中無疑也有中國本土文化的影響，在追蹤19世紀英國浪漫派的同時，他對傳統的「赤子之心」作了一次回歸本源的追溯:

> 孩子們是有完全生命的，他們在天真的自由中歡迎時令的流轉，讚美自然的榮華。在他們，正如山林裏的雛鹿，遊戲的本能得到了無阻擋的表現。文化的一個使命是在保存這健康的本能的永生，它的又一個使命是在更進一步意識的導引。這部分內在的精力化生創造的神奇，附帶的柔化人生的枯瘠。不止一個思想家曾經警告我們文明的危險，他們救濟的方案雖則各有不同，但他們要我們擺脫物質的累贅，解放性靈的本真，以謀建設健康的優美的活潑的人生，卻是往往一致的。聖法蘭西士永遠伸著他那溫柔的手指指引我們到小草花與孩童中間去領悟真理與實在。耶穌點著孩子們對成人們說:「這些是你們應得跟著學的。」他也說「人的生活」，應分是「花朵兒似的」。丹德的想像啟示給他從上帝身畔那裡來的靈魂們只是一群「無端啼哭的孩子」。東方的聖哲不也是珍重「赤子之心」與「嬰兒」的深遠的涵義？〔註29〕

——中西詩學的精彩契合，使徐志摩的新詩實踐呈現了一種豐富而又獨特的美學景觀。相比於同時代劉半農、郭沫若、宗白華等人詩中較濃重的主

〔註29〕徐志摩:《新年漫想》，陳建軍、徐志東編:《遠山:徐志摩佚作集》，第117～118頁。

觀寫意，徐志摩詩中對景物客觀情態的注重更接近自然的本真狀態。那些從大自然採擷的繽紛意象，諸如清風明月、朝露晚霞、飛花落葉、小橋流水、杜鵑蝴蝶、彩虹明星等等，沐浴著清新靈動的光澤，使他的詩文蕩漾著四季清韻、天地奇秀。他那涉筆成趣的逸情雅懷，彷彿是一個嬰孩投入母親懷抱時的歡欣雀躍；他筆下對自然萬物流露的款款依戀，彷彿使我們看到了他那依戀母親般纖微多感的稚子深情。稍加留意詩人的作品，我們還會發現，詩人反覆抒寫著一個「嬰兒」意象。這一意象出現頻率之高，在其作品中僅次於「自然」與「愛情」兩大主題。

在其早期詩歌中，詩人不斷為我們透露著這一「嬰孩」在自然鄉村中的蹤跡。在《鄉村裏的音籟》中，那一聲聲「清脆的稚兒的呼喚」，使詩人「欲把惱人的年歲」與「惱人的情愛」，「託付與無涯的空靈——消泯；｜回復我純樸的，美麗的童心」，「像池畔的草花，自然的鮮明」；在《天國的消息》中，詩人漫步在秋天的楓林，聽見「竹籬內，隱約的，有小兒女的笑聲」，心靈豁然開朗，「在稚子的歡笑聲裏，｜想見了天國！」在那無名的山道旁，一個「活潑，秀麗」的小孩，雖身著「襤褸的衣衫」，但「他叫聲媽」，明淨的眼裏亮著愛，一下子觸動了詩人的心靈：「上帝，他眼裏有你！」（徐志摩：《他眼裏有你》）這些美麗的生命的消息，未經濁世的污染，是沒有雜質的純淨，單純、自由、快樂，如《不再是我的乖乖》：「前天我是一個小孩，｜這海灘是我的愛；……我喊一聲海，海！｜你是我小孩兒的乖乖！」如《東山小調》：「早上——太陽在山坡上笑，｜太陽在山坡上叫：——｜看羊的，你來吧，｜這裡有粉嫩的草，鮮甜的料，｜好把你的老山羊，小山羊，喂個滾飽；｜小孩們你們也來吧，｜這裡有大樹，有石洞，有蚱蜢，有小鳥，｜快來捉一會盲藏，豁一個虎跳」，凡此種種，一如詩人在《我是個無依無伴的小孩》中所寫：「我是個無依無伴的小孩，｜無意來到生疏的人間｜我忘了我的生年與生地｜只記從來時的草青日麗；｜青草裏滿汜我活潑的童心，｜好鳥常伴我在豔陽中游戲；｜我愛啜野花上的白露清鮮；｜愛去流澗邊照弄我的童顏；｜我愛與初生的小鹿兒競賽，｜愛聚沙礫仿造夢裏的庭園；｜我夢裏常遊安琪兒的仙府，｜白羽的安琪兒，｜教導我歌舞。」……這些嬰孩意象的凸顯，既是詩人隱藏在其作品背後的自我形象的本真透露，也寄予著詩人對淳樸天真心靈境界的虔誠守望。

在中國傳統社會一個富裕家庭中成長起來的徐志摩，擁有一個相對自由舒展的童年，但清末民初激烈的社會變革對傳統社會現實的碰撞急劇而殘酷，這些，不能不使敏感的詩人有所感知。他明顯感到性靈裏再也流不出輕盈、明朗、歡快的孩子的笑聲，同時伴隨身不由己被裹挾的悲哀：「……不幸這時代不但有病而且不淺的症候已經明顯到不容否認……轉瞬間又是一年生，地土還是有生命的。我們敢說，枯草盡多轉青，梅枝盡有綠的希望，但人事呢？我們在光陰的齒牙間掙扎的目標，一天模糊似一天。同時我們覺著生命在我們身上一寸寸的僵化，苦惱，煩悶，悲哀，誰忍得住不高聲的叫喊，在我們還有聲息的俄頃？」〔註 30〕「小草花，小孩童，『道不在遠』，但我們有力量回復本真不？」〔註 31〕他似乎是在童心玲瓏剔透的象牙塔中堅持對世界純真無邪的眺望，撫慰自己成長歲月裏的煩惱和憂傷：「昨天我是個孩子，今天已是壯年；昨天腮邊還帶著圓潤的笑容，今天頭上已見星星的白髮；光陰帶走的往跡，再也不容追贖，留下在我們心頭的只是些揶揄的鬼影。」（徐志摩：《我的彼得》）由此，追求性靈生活的詩人頻頻尋求於自然的庇護，讓「花香與山色的溫存」浸潤人生的苦悶和寂寞。大自然是一個能夠洗滌塵世污垢而逍遙自在的去處，在那裡，他可以摘除最後一縷遮蓋，敞開所有心窗，像一個裸體的小孩撲入母親的懷抱。他歡快的蹤跡，遊走在大自然的湖光山色之中；他好奇的眼睛，時時刻刻都在感受到「萬物造作之神奇」。他「相信萬物的底裏是有一致的精神流貫其間」：一莖草有它的嫵媚，一塊石子也有它的特點，萬物皆有生命，自然界生生不已，變化不盡，美妙無窮。所以，他宣稱「懂了物各盡其性的意義再來觀察宇宙的事物，實在沒有一件東西不是美的，一葉一花是美的不必說，就是毒性的蟲，比如蠍子，比如螞蟻，都是美的。」他領悟到「生命的現象，就是一個偉大不過的神秘；牆角的草蘭，岩石上的苔蘚，北洋冰天雪地裏極熊水獺，城河邊咕咕叫夜的水蛙，赤道上火焰似沙漠裏的爬蟲，乃至於彌漫在大氣中的微菌，大海底最微妙的生物；總之太陽熱照到或能透到的地域，就有生命現象。我們若然再看深一層，不必有菩薩的慧眼，也不必有神秘詩人的直覺，但憑科學的常識，便可以知道這整個的宇宙，只是一團活潑的呼吸，一體普遍的生命，一個奧妙靈動的整體。」（徐志摩：

〔註 30〕徐志摩：《新年漫想》，陳建軍、徐志東編：《遠山：徐志摩佚作集》，第 117～118 頁。

〔註 31〕徐志摩：《新年漫想》，陳建軍、徐志東編：《遠山：徐志摩佚作集》，第 117～118 頁。

《「話」》）凡此種種，雖不明言「道」實已最接近「道」（「道法自然」）。可以說，「在徐志摩所有的思想藝術追求中，最值得我們深究的是他與自然的關係，是他與自然的親近與投入，對自然的接受和體驗。大自然的單純、和諧深深地內化成了詩人精神世界的一部分，內在地決定著徐志摩詩歌創作的藝術選擇；也是在與大自然的親和當中，徐志摩自覺不自覺地實現了與中國傳統詩歌文化精神的默契，從而把現實與歷史、個人詩興與文化傳統融合在了一起，完成了中國古典詩學的現代重構；無論是與自然的親和還是與傳統的默契，在徐志摩那裡都顯出一種渾然天成、圓潤無際的景象。在竭力以反叛傳統、創立自身品格的中國現代新詩史上，如此愜意的精神契合，如此精巧的文化重構還是第一次出現。」〔註 32〕

三、詩意信仰背後的道家哲學內涵

相對於「五四」一代「新青年」大多悲情黑暗的童年而言，徐志摩無疑是個命運的寵兒。童年經驗導致的對母愛的沉湎和對世界溫柔的想像，被放大到成年後對自然萬物的深情依戀，並在「幼學」變革和外來教育理念引發「兒童視角」日益凸顯的「五四」時期，主導了詩人對童年詩性經驗的重新審視與想像。啟蒙意識的覺醒，帶來的是類似童蒙時開眼看大千世界的清新、稚嫩和單純，也讓其筆下純真的詩情不可遏制地展開。當然，沉湎於單純詩意中的詩人依然躲不開中國上世紀初動盪的現實。當詩人從異域的自然風光中歸來，「五卅」慘案以「滿城黃牆上墨彩斑斕的泣告」向他訴說著「屠殺的慘象」，讓他覺得是自己靈府裏的一個慘象：「殺死的不僅是青年們的生命，我自己的思想也彷彿遭著了致命的打擊」，詩人分明察覺到在一個「根本起變態作用的社會裏，什麼怪誕的情形都是可能的。屠殺無辜，還不是年來最平常的現象」，他本能地從心底迸發出了這樣的悲憤：「這無非是給冤氛團結的地面上多添一團更集中更鮮豔的怨毒。再說哪一個民族的解放史能不濃濃的染著 Martyrs 的腔血？俄國革命的開幕就是二十年前冬宮的血景。只要我們有識力認定，有膽量實行，我們理想中的革命，這回羔羊的血就不會是白塗的。」（徐志摩：《自剖》）「但他那溫和善良、單純好動的個性，他那溫馴非極端的思維習慣，不容他去尋找極端猛烈和冷峻的方式探索解除人生苦悶的

〔註 32〕李怡：《徐志摩：古典理想的現代重構》，《中國現代新詩與古典詩歌傳統》（增訂版），第 190 頁。

方法，不容他去追究殘酷生存環境，去猜忌懷疑他人的惡毒陰冷，更不容他一任浮沉隨波逐流徹底撒手。而生命的沉重和沉悶需要一個緩解的出口，或是噴發（衝突）或是靜穆（透視）或是潛流（解化），徐志摩順乎自然的選擇了最後一種緩解方式——解化，用自然浸潤人生的苦悶和寂寞，洗滌淤積魂靈的塵埃，如他所描繪的那般：『……在這敻絕的秋夜與秋野的｜蒼茫中，｜『解化』的偉大，｜在一切纖維的深處，｜展開了，｜嬰兒的微笑！』」〔註 33〕於是，「在徐志摩『詩意人生』的哲學裏，解化參與了理想人生模式的構建，包含著多層的涵義。解化是一種傾訴，一種撫慰，一種消泯，一種滋養。摘除最後一縷遮蓋，袒露所有心窗，『像一個裸體的小孩撲入他母親的懷抱』，傾訴塵世的遭遇，消泯心頭的淤積，撫慰情感的傷痛，滋養乾涸的性靈。丟掉沉重的肉身，體味入定的圓澄。解化是一種逃避，從文明的負擔和煩憂裏逃向非人間的美麗世界和清風與星月的自由裏面去。在康橋黃昏的和風中，在康河柔軟的水波裏，忘記林徽因不告而別的初戀痛苦；在佛羅倫薩的大海上，在翡冷翠的山中，忘記與小曼婚姻生活的尷尬與隔膜。告別一切世俗生活的空虛無奈，進入天人合一的幽境。解化終歸為一種追尋，一種沉醉。兒時自在的玩耍、純潔的笑容、溫暖的滋潤的愛在成人世界裏一再的捲縮，一再的碰壁，純潔如一個童話，只有在這博大無邊的自然裏，才能找回在繁雜生活裏被劫去的性靈的閑暇，回復渾樸天然的個性。在他纖維細膩的浸潤中，有無數的觸角伸向詩人心底的琴弦作溫軟的撩撥，曾經使詩人深深震撼戰慄的某種東西，突然以一種不可言說的準確和精細變得可見可聞。心靈飛揚流動，那在現實中被審慎摧毀了的強烈感情，和著那被日常顧慮監禁的想像一一解放，沉醉如歌。在人與自然的和諧相照裏復活了一個『孩童世界』：『花開，花落，天外的流星與田畦間的飛螢，上綰雲天的青松，下臨絕海的巉岩，男女的愛，珠寶的光，火山的熔液：一嬰兒在他的搖籃中安眠。』」〔註 34〕——那在自然搖籃中安眠的「嬰兒」，正是詩人突破現實種種桎梏後的「最初一念之本心」的復活。

徐志摩上述那種在人與自然的和諧相照裏復活的一個「孩童世界」，從西方文化的淵源看，源自歐洲十九世紀浪漫派的薰陶，其中包括英國湖畔派詩

〔註 33〕劉進華、田春榮：《由徐詩「嬰孩」類意象說開去》，https://www.doc88.com/p-9893696143824.html。

〔註 34〕劉進華、田春榮：《由徐詩「嬰孩」類意象說開去》。

人的童真稚趣和崇尚自然思想（後來還滲透了印度泰戈爾的泛愛思想），還可以看出古希臘哲學對他的啟示，但其根鬚仍然扎根於中國傳統詩性文化的氤氳世界中。其真實淵源，就近可以在晚明思潮中找到一脈「童心」說的性靈胚胎，向遠則可以追溯到中國自然哲學的源頭——最深諳生命內在之美的老莊身上，尤其驚人地類似於老子「道法自然」的思想和「復歸於嬰兒」的人格理想。

不同於西方傳統哲學中作為客觀認識對象的「本體」概念，中國傳統文化中的「本體」範疇，是指天地萬物與宇宙生命共生共存的一個整體本源，也是指自然界大化流行中一個先天存在的生態動力場。正是這種生生不息的生命力之源，奠定了華夏世界的人文基石。當我們以此種「本體」為整體參照而思考其所包孕的個體精神意義時，就會發現，對作為中國傳統本體哲學源頭的「道家始祖」老子之於中國文化特殊價值的追溯，實有方法論意義上的必要性。

自從生命的進化打破原始的混沌，人類文明的進程就是以對外在自然資源的征服和內在自然人性的抑制為代價的。原始社會中「健康的野蠻人」那種相對健康自然的生存狀態，反襯著文明社會中虛偽矯情的病態和紛爭傾軋的黑暗，使得人們強烈地體驗到與那個「抱樸含真」時代「相去日以遠」的痛苦，也使得一種人與自然和諧相處的「黃金時代」和「樂園」的文化原型，深刻地積澱於種族的集體無意識中。於是回到社會關係簡單、心靈樸素的「過去」，回歸自然，成為幾千年華夏文明進程中永恆的心靈呼聲。

當歷史的車輪碾過上古的「至德之世」，「迨至春秋，禮壞樂崩，『德』『位』分離，個人成德無法依靠周禮。於是老子起而以『道』代命，拋開外在禮制，使個人由體道而成德，開中國哲學『內在超越』之途。」在老子那裡，「萬物復歸於道並不是消極地後退，而是積極地回到生命的根源處，去尋求生命的持續存在。這作為生命根源的也就是初始狀態，對於人來說，就是嬰兒。」〔註35〕老子認為欲望、好惡、智慧都會損害天性，「眾人熙熙，如享太牢，如春登臺」（《老子·道經·第20章》），而「五色令人目盲，五音令人耳聾，五味令人口爽，馳騁畋獵令人心發狂」（《老子·道經·第12章》），如

〔註35〕李若暉：《道論九章：新道家的「道德」與「行動」》，上海：上海人民出版社，2017年，第237頁。

果一味迷於欲望，追名逐利，必然求之彌遠，失之愈多，而聖潔的嬰兒擁有未經功利算計所污染異化的健康完整的澄明之心，正猶如渾然天成的「本我」，以這樣的嬰兒之心去和自然萬物交融互滲，可謂萬物有靈，詩意盎然。也正是由此出發，「自然」理念在後世士人心中全面舒展開來，「以自然之眼觀物，以自然之舌言情」(王國維：《人間詞話．52》)，形成了真正詩性的存在場景和文學景觀。具體對於徐志摩來說，真實而不虛矯地擁抱生命本身，讓生命本身從世俗的種種虛飾中去蔽而自如本性地敞開和呈現，還它活潑灑脫，任它率真自然，是他最高的生命理想。秉持這樣的生命理想，自然對他來說就不只是瞬間的身心陶醉和審美體驗，而是他敞開生命本性和呈現生命本真的最佳場所：「只有你單身奔赴大自然的懷抱時，像一個裸體的小孩撲入他母親的懷抱時，你才知道靈魂的愉快是怎樣的，單是活著的快樂是怎樣的，單就呼吸單就走道單就張眼看聳耳聽的幸福是怎樣的。……體魄與性靈，與自然同在一個脈搏裏跳動，同在一個音波裏起伏，同在一個神奇的宇宙裏自得。」(徐志摩：《翡冷翠山居閒話》)

在以進化論歷史觀和激烈反傳統為行動導向的「向前看」的「五四」啟蒙思潮中，徐志摩回歸自然的姿態和對性靈的執著追求以及對保持原初和諧狀態的精神「真生命」的重新呼喚，表現出了某種「向後轉」的價值取向。當然，說「向後轉」並不完全確切，在感時憂國的現代性焦慮中，其企圖在自然中尋找人類存在價值根源而旨在重構現代民族「國魂」的深沉訴求，包括其性靈飛揚的自我審美世界，並不單純是古典中國的原版再現，而是寄託了其「人性」重建理想的烏托邦，也是中國近現代轉型上升時期啟蒙知識分子對理想「人性」的想像和賦形。〔註 36〕就此意義而言，徐志摩在愛與美與自由的抽象之域中所寄寓的人的詩性內涵，「在一定程度上已經逸出了啟蒙文學中普遍人性的範疇，有著存在主義的人學意味。」〔註 37〕

四、生命本體的現代重構：徐志摩與老子相似的生態審美維度

「面對歷史現代轉型中傳統文明的失根與歷史現代性進程對人性造成的異化，很多具有人文性自覺的作家以對美好人性的文學想像來對抗歷史的失

〔註 36〕參閱馬新亞：《沈從文的文學觀》，第 91 頁。

〔註 37〕馬新亞：《沈從文的文學觀》，第 27～28 頁。

衡」〔註 38〕，他們大都對人與自然的關係有著自覺的觀照與深切的反省，譬如馮至感歎詩意的存在只有在自己的童年時期才可以復現：「我回憶起我的童年，和宇宙怎樣的親愛，我能叫月姑娘的眉兒總是那樣的彎，我能叫太陽神的車輪不要那樣地快。現在呀，一切都同我疏遠，無論是日升月落，春去秋來，黃鸝再不在我耳邊鳴囀，昏鴉遠遠地為我哀鳴。」〔註 39〕沈從文則批判物質主義導致的人與自然的疏離，認為只有在自然狀態中的人本身才能體現一種信仰：「他們的信仰簡單，哀樂平凡……那些人接受自然的狀態，把生命諧和於自然中，形成自然一部分的方式，比起我們來賞玩風景搜羅畫本的態度，實在高明得多！」〔註 40〕而徐志摩同樣以「美好人性」來抵抗「現代性」的異化，對現實激切期待的苦悶與殷憂，使得他時常在一種審美的暢想中折返向遠古淳樸境界的復歸：「人啊，你不自己慚愧嗎？野獸，自然的，強悍的，活潑的，美麗的；我只是羨慕你。」（徐志摩：《我過的端陽節》）這一詩意暢想帶來了對現代文明物質化的批判：「我們不敢否認人是萬物之靈；我們卻能斷定人是萬物之淫；什麼是現代的文明；只是一個淫的現象。淫的代價是活力之腐敗與人道之醜化」，「現代的文明只是駭人的浪費，貪淫與殘暴，自私與自大，相猜與相忌，颺風似的傾覆了人道的平衡，產生了巨大的毀滅。蕪穢的心田裏只是誤解的蔓草，毒害同情的種子，更沒有收成的希冀」，從而引發對工具理性與實利主義的反思：「歸根的說，現有的工業主義，機械主義，競爭制度，與這些現象所造成的迷信心理與習慣，都是我們理想社會的仇敵，合理的人生的障礙」，「現代機械式的工商社會所產生無謂的慌忙與擾攘，滅絕性靈的慌忙與擾攘……中級社會之頑，愚，嫉妒，偏執，迷信，勞工社會之殘忍，愚暗，酗酒的習慣，等等，都是生活的狀態失了自然的和諧的結果。」（徐志摩：《羅素又來說話了》）「需要改良與教育與救渡的是我們過分文明的文明人……需要根本調理的是我們的文明，二十世紀的文明，不是洪荒太古的風俗，人生從沒有受過現代這樣的咒詛，從不曾經歷過現代這樣荒涼的恐怖，從不曾嘗味過現代這樣惡毒的痛苦，從不曾發現過現代這樣

〔註 38〕王昉：《面對文明的失落：中國文學現代轉型中的人文主義傾向》，南京：南京大學出版社，2018 年，第 32 頁。

〔註 39〕馮至：《北遊》，《馮至全集》（第 1 卷），河北教育出版社，1999 年，第 161 頁。

〔註 40〕沈從文：《虹橋》，《沈從文全集》（第 10 卷），東嶽文藝出版社，2002 年，第 395 頁。

的厭世與懷疑。」(徐志摩:《青年運動》)進而引發對現世人性異化沉淪的詰問:「慚愧呀,人!好好一個可以做好文章的題目,卻被你寫做一篇一竅不通的濫調;好好一個畫題,好好一張帆布,好好的顏色,都被你塗成奇醜不堪的濫畫;好好的雕刀與花崗石,卻被你斫成荒謬惡劣的怪象!好好的富有靈性可以超脫物質與普遍的精神共化永生的生命,卻被你糟蹋褻瀆成了一種醜陋庸俗卑鄙齷齪的廢物!」(徐志摩:《「話」》)「我們這樣醜陋的變態的人心與社會憑什麼權利可以問青天要陽光,問地面要青草,問飛鳥要音樂,問花朵要顏色?你問我明天天會不會放亮?我回答說我不知道,竟許不!歸根是我們失去了我們性靈努力的重心,那就是一個單純的信仰,一點爛漫的童真!」(徐志摩:《海灘上種花》)——此種看似超脫感性的抒懷,正體現出詩人對生命本身的倫理關切,也與老子蓄養萬物的「玄德」類似。《老子》第51章曰:「道之尊,德之貴,夫莫之命而常自然。故道生之,德畜之;長之育之,亭之毒之;養之覆之。生而不有,為而不恃,長而不宰,是謂玄德。」——在老子看來,「德」乃人和萬物的自然屬性,世間萬物的自然屬性結合在一起,才能形成和諧共存的自然生態圖景。

的確,「只要文明還由浮華來規定,還僅由主體的意志與欲望所推動,那麼,人文就處於與天文相互脫離、離異的過程中,『樸散為器』——從質樸、純真走向功效主義(器具化、實用化)就是一個難以阻止的過程。詩人海子向我們描述了這一過程:『從那時開始,原始的海退去大地裸露——我們從生命之海的底部一躍,佔據大地:這生命深淵之上脆弱的外殼和橋;我們睜開眼睛——其實是陷入失明狀態。原生的生命湧動蛻化為文明形式和文明類型。我們開始抱住外殼。拚命地鐫刻詩歌——而內心明亮外殼盲目的荷馬只好抱琴遠去。』海子以詩人的敏銳更新了莊子在《應帝王》中所講述的『渾沌』的故事:當我們睜開眼睛的時候,也許正是我們失眠的時候;當我們拼命從質樸向文明躍進的時候,也許正是原始的生命與真正的文明退隱的時候——一旦達到那樣的狀況,文明就成了虛偽的裝飾與面具,從而蛻化成為物質外殼。文明的最大威脅就是『人為』之『偽』,那是根植於文明深處,也根植於人性深處的一種包裝生命和世界的『技術』,由此『技術』,世界與生命的原始性袒露結構被替換為多姿多彩的虛飾狀態,而隨著文明的進程的深化,這種替換也隨之深化,以至於那種原始的自然與裸露被視為『文一化』的對象，文明的對立物。然而，一旦這種無實的虛飾成了真正的『文』的替補，那麼，被視為高尚的東西恰恰可以化育出卑鄙、殘酷、暴力與野蠻。」〔註 41〕——與海子類似，徐志摩所體現出來的鮮明的現代性批判立場中，同樣是以單純質樸的自然人性為參照來作為評判文明社會的內在終極價值標尺，但徐志摩的批判立場同時濡染了西方浪漫主義先驅盧梭的「自然人」理念。盧梭曾經指出：「真正的自主人格從根本上說來是一種不帶任何人為的矯揉造作和虛飾偽裝的自由自在與獨立不羈，它在清純透明的意義上體現了一種自然的野性」〔註 42〕，所以「盧梭反覆強調，作為本來意義的人格原型，『自然人』那不帶功利雜質的淳樸，不懂權勢名望的單純以及不受外在規範拘束的自由、歡悅與剛健，絕非現實生活的直接給予，因此，要體會和確證它，不能依靠理智的頭腦，而只能仰賴赤誠的心，仰賴敏銳的感覺和創造性的詩意想像。」〔註 43〕同樣，徐志摩也在「鄉下」發現了自然淳樸的人性：

> 我這一時在鄉下，時常揣摩農民的生活，他們表面看來雖是繼續的勞瘁，但內裏卻有一種蘊蓄的樂趣，生活是原始的，樸素的，但這原始性就是他們的健康，樸素是他們幸福的保障，現代所謂文明人的文明與他們隔著一個不相傳達的氣圈，我們的競爭、煩惱、問題、消耗，等等，他們夢裏也不曾做過，我們的墮落、隱疾、罪惡、危險，等等，他們聽了也是不瞭解的，像是聽一個外國人的談話。上帝保佑世上再沒有懵懂的呆子想去改良，救渡，教育他們，那是間接的摧殘他們的平安，擾亂他們的平衡，抑塞他們的生機！（徐志摩：《青年運動》）

——與盧梭相似，徐志摩羨慕的自然人性「不是對某種實在對象的摹寫或複製，而是對一種理想生存方式的浪漫勾畫。……進而，以懷古形式表現出來的返璞歸真，也就既不是回首既往的向前追溯，而是求諸本己的向內探索了。」〔註 44〕所以在《海灘上種花》一文中他如此感慨：

> 那孩子的我到哪裏去了？彷彿昨天我還是個孩子，今天不知怎的就變了樣。……孩子是沒了。你記得的只是一個不清切的影子，

〔註 41〕陳贇：《中庸的思想》，杭州：浙江大學出版社，2017 年，第 278～279 頁。
〔註 42〕張鳳陽：《現代性的譜系》，南京：江蘇人民出版社，2012 年，第 323 頁。
〔註 43〕張鳳陽：《現代性的譜系》，第 315～316 頁。
〔註 44〕張鳳陽：《現代性的譜系》，第 315 頁。

> 模糊得很，我這時候想起就像是一個瞎子追念他自己的容貌，一樣的記不周全；他即使想急了拿一雙手到臉上去印下一個模子來，那模子也是個死的。……所以今天站在你們上面的我不再是融會自然的野人，也不是天機活靈的孩子：我只是一個「文明人」，我能說的只是「文明話」。但什麼是文明或是墮落？文明人的心裏只是種種虛榮的念頭，他到處忙不算，到處都得計較成敗。我怎麼能對著你們不感覺慚愧？不瞭解自然不僅是我的心，我的話也是的。並且我即使有話說也沒法表現，即使有思想也不能使你們瞭解；內裏那點子性靈就比是在一座石壁裏牢牢的砌住，一絲光亮都不透，就憑這雙眼望見你們，但有什麼法子可以傳達我的意思給你們，我已經忘卻了原來的語言，還有什麼話可說的？

——稍加追溯，便可以發現，徐志摩與盧梭的「自然人」觀念，均可以在老子關於「小國寡民」的自然生存狀態的想像中找到其深刻的家族類似性：「老子所言的『自然』狀態，即是天地萬物之本真狀態，也是人類的原初形態，只因仁義道德、國家和法律這樣一些人為的造物出現之後，人們才有煩惱，有了相互之間的鬥爭，有了靈與肉的分裂與搏鬥。在老子看來，人類要進入到理想的生活狀態，就必須回到他們的原初形態，依自然而生活，而不是人為的作枷自受。」〔註 45〕徐志摩也是這樣走向了反求諸己，他說：「人生真是變了一個壓得死人的負擔，習慣與良心衝突，責任與個性衝突，教育與本能衝突，肉體與靈魂衝突，現實與理想衝突，此外社會、政治、宗教、道德、買賣、外交，都只是混沌，更不不說。這分明不是一塊青天，一陣涼風、一流清水，或是幾片白雲的影響所能治療與調劑的；更不是宗教式的訓道，教育式的講演，政治式的宣傳所能補救與濟渡的。」（徐志摩：《「話」》）「不要以為這樣混沌的現象是原因於經濟的不平等，或是政治的不安定，或是少數人的放肆的野心。……讓我們一致地來承認，在太陽普遍的光亮底下承認，我們各個人的罪惡，各個人的不潔淨，各個人的苟且與懦怯與卑鄙！我們是與最肮髒的一樣的肮髒，與最醜陋的一般醜陋，我們自身就是我們運命的原因」（徐志摩：《落葉》），「如其一時期的問題，可以綜合成一個，現代的問題，就只是『怎樣做一個人？』」（徐志摩：《泰戈爾來華》）——以「人的問題」、

〔註 45〕啟良：《神聖之間：中西政治哲學比較研究》，湘潭大學出版社，2010 年，第 188 頁。

「人性問題」為認識基點，既明顯受到西方近現代人文主義的影響，也潛在地延續了傳統老莊哲學的「內在超越」(也包括傳統儒家的「反求諸己」)，為探尋契合中國式發展的現代性問題諸如人的存在價值與意義、人和對象世界的關係等方面，提供了一種新的審美與倫理的價值尺度。

近代科學理性的祛魅造成了西方宗教信仰世界的瓦解，隨著「真理的彼岸世界消逝」(馬克思語)，維繫著世代和諧和持久意義的神性紐帶被摧毀，人類社會不再立足於神聖的秩序或上帝的意志，而是將一切交付於追求效益的工具理性的安排，然而，工具理性真能提供關於現世終極意義的解釋嗎？在高舉「賽先生」旗幟而片面利用科學威望的「唯科學主義」傾向的「五四」洶湧思潮中，徐志摩下意識地反思了源自西方邏各斯中心主義的啟蒙理性式自負，其心靈始終保持對宇宙某種迷魅本性的詩性信仰，他說：「我們決不可以為單憑科學的進步就能看破宇宙結構的秘密。這是不可能的。我們打開了一處知識的門，無非又發現更多還是關得緊緊的，猜中了一個小迷謎，無非從這猜中裏又引起一個更大更難猜的迷謎，爬上了一個山峰，無非又發現前面還有更高更遠的山峰。」(徐志摩：《「話」》)「精神性的行為，它的起源與所能發生的效果，決不是我們常識所能測量，更不是什麼社會的或科學的評價標準所能批判的。在我們一班信仰（你可以說迷信）精神生命的癡人，在我們還有寸土可守的日子，決不能讓實利主義的重量完全壓倒人的性靈的表現，更不能容忍某時代迷信（在中世是宗教，現代是科學）的黑影完全淹沒了宇宙間不變的價值」(徐志摩：《論自殺》)。此種在科技理性主導語境下對人的性靈的提倡，將批判鋒芒指向現代物質主義的「勢力」：「心靈支配環境的可能，至少也與環境支配生活的可能相等，除非我們自願讓物質的勢力整個兒撲滅了心靈的發展，那才是生活裏最大的悲慘。」(徐志摩：《「話」》)

於此，可以借鑒汪暉的論述：「用普遍的問題（人生觀）來對抗普遍的知識（科學)，而不是用特定的文化（中國）去對抗優勢的文化（西方)，這表明在中國知識分子的心目中，所謂『文明危機』已經不是某個文明的危機，而是整個人類文明的危機」〔註 46〕，這在徐志摩上述言論中其實已非常清晰。在徐志摩看來，現代世界的根本危機不是別的，而是現代人對存在的遺忘使其喪失了真正的內在本質，懸於無底的深淵而不自知：「人事上的關連一天加

〔註 46〕汪暉：《現代中國思想的興起》(下卷第二部)，第 1332 頁。

密一天，理想的生活上的依據反而一天遠似一天，盡是這飄忽忽的，彷彿是一塊石子在一個無底的深潭中無窮無盡的往下墜著似的」（徐志摩：《求醫》）；所以在《我過的端陽節》中他回顧了現代文明的腐化現象後作結道：「前面是什麼，沒有別的，只是一張黑沉沉的大口，在我們運定的道上張開等著，時候到了把我們整個的吞了下去完事！」——在此，世界墜入「黑夜」乃至「深淵」「並非指一個暗無天日、動盪不堪的世界，恰恰相反，人類面對的是一個由科學理性、權力話語揭示、規制一切的技術性『白晝』，一個權力意志和技術意志確立的真理、意義與價值構成了現代世界的基礎——『白晝』。時代的『貧困』並非指因物質財富匱乏所導致，亦非缺乏一般的真理、意義和價值，而是說它缺乏詩性的真理、意義與價值：由權力意志和技術意志確立的真理、意義與價值構成了現代世界的基礎，但那不是本真世界的基礎，構成本真世界之基礎的真理、意義與價值只能是詩性的，是由天、地、人、神之平等自由遊戲所確立的真理、意義與價值。而一個缺乏詩性真理、意義與價值的世界不是本真意義上的世界，而是一個沒有真正的地基支撐的『深淵』。」〔註47〕而作為一個置身於「世界黑夜」時代的詩人的天職，就是這樣「一種癡鳥，他把他的柔軟的心窩緊抵著薔薇的花刺，口裏不住的唱著星月的光輝與人類的希望，非到他的心血滴出來把白花染成大紅他不住口。」（徐志摩：《〈猛虎集〉序文》）

現代世界中人的存在意義的衰退，「通常主要指與神性感受（宗教感）相關的意義的衰退。但傳統宗教的衰退與影響力的減弱並不代表人們的那顆渴望神性之心的變質。人們那顆不安的心靈依然會通過各種或隱或現的方式尋求這種能幫助他克服侷限性的精神性事物。」〔註48〕上述徐志摩那種基於神性的和諧完整之詩意信仰，催使他從自己熟悉的精神偶像身上去尋找支持的力量：「人格是一個不可錯誤的實在，荒歉是一件大事，但我們是餓慣了的，只認鳩形與鵠面是人生本來的面目，永遠忘卻了真健康的顏色與彩澤。標準的低降是一種可恥的墮落：我們只是踞坐在井底青蛙，但我們更沒有懷疑的餘地。我們也許揣詳東方的初白，卻不能非議中天的太陽。」（徐志摩：《泰戈爾》）他將泰戈爾的精神境界與老子相提並論：「他的詼諧與智慧使我

〔註47〕楊經建：《20世紀存在主義文學史論》，人民文學出版社，2014年，第352頁。
〔註48〕丁來先：《信仰的詩意及存在的復歸》，北京：中國社會科學出版社，2019年，第199～200頁。

們想像當年的蘇格拉底與老聃」，認為這樣「超軼的純粹的丈夫」，正是人格上「不可錯誤的實在」：「可以給我們不可計量的慰安，可以開發我們原來淤塞的心靈泉源，可以指示我們努力的方向與標準，可以糾正現代狂放恣縱的反常行為，可以摩挲我們想見古人的憂心，可以消平我們過渡時期張皇的意義，可以使我們擴大同情與愛心，可以引導我們入完全的夢境。」（徐志摩：《泰戈爾來華》）「精神的生命」，由此成為他審美現代性批判和倫理批判的出發點和歸宿地：「真生命只是個追憶不全的夢境，真人格亦只似昏夜池水裏的花草映影，在有無虛實之間，誰不想念春秋戰國方智之盛，誰不永慕屈子之悲歌，司馬之大聲，李白之仙音；誰不長念莊生之逍遙，東坡之風流，淵明之衝淡？」（徐志摩：《泰戈爾來華》）。然而，現代技術文明與物質主義的片面追求勢必浸漬人的內在性靈，阻隔現代人對精神生命的復歸，由此，他大聲疾呼：「真生命活潑的血液的循環已經被文明的毒質淤住……所以我們要求的是『徹底的來過』；我們要為我們新的潔淨的靈魂造一個新的潔淨的軀體，要為我們新的潔淨的軀體造一個新的潔淨的靈魂；我們也要為這新的潔淨的靈魂與肉體造一個新的潔淨的生活——我們要求一個新的『完全的再生』。」（徐志摩：《青年運動》）也一再呼籲現代人「從自然與生活本體直接接受靈感」，「回到自然的胎宮裏去重新吸收一番滋養」，讓那自然界純淨的溪水沖刷掉心中淤積的文明的毒質，催生出一個「新的潔淨的人生觀的產生」（徐志摩：《青年運動》）。「這顯示出，自然雖在徐志摩的精神世界中有人生的終極意義，但更多時候是將自然視作一種恢復性手段，作為他積極入世的力量之源，『執意要回到自然的單純，企圖在美麗的大自然中推進偉大的事業』。」〔註49〕

在個體意識向主體化生成的進程中，「西方民族總是要為個體設定一個『內在的理性意象』，以便使個體迅速脫離他散亂的『非主體化』的自然生命狀態，從而實現把自身再生產為一種具有精神靈魂的理性生命的目的。而中國民族在軸心時代就已洞悉了另外的道理，即主體只要生成，就必然要異化為和自身相敵對的異己性存在。道家的『成也、毀也』，儒家的『君子不器』與『不失赤子之心』，反覆申明的都是這個最基本的生命價值觀念。因此與西方文明對『主體化』的熱切渴盼截然不同，在文明時代不可避免的『主體化』進程中，如何才能拒絕生命的內在分裂以及質變為一種完全異己的存在，則

〔註49〕雷文學：《老莊與中國現代文學》，北京：人民出版社，2015年，第214頁。

是中國民族最關心和最急切解決的精神生命的本體論問題。」〔註 50〕——正是在這一最初的民族精神覺醒中，誕生了先秦道家以「內在超越」為主體的生命倫理觀與自然哲學。與儒家的「率性修道」以及「克己復禮」從而將個體自由統轄於群體秩序的追求相異，道家把沒有經過虛偽矯飾與不受外部羈絆的人的自然本性視為生命存在的最高理想，從而期望在這種本真性情的葆有中揚棄個體向主體生成過程中的異化狀態，以實現生命本身的自由本質。通過對「嬰兒」這一意象及其蘊含的本體價值觀的形上築構，老子似乎解決了文明初期生命個體所面臨的死生問題及身心困境。但毋庸諱言，這種解脫之道在現實中往往具有不可操作的悖逆性，它似乎是一個永遠不能實現的人性烏托邦。生命的存在先於本質（薩特語），一個嬰兒不可能再回到其母親的子宮，也不能遺棄其社會性而獨立存在，正如含玉（欲）而生的生命個體如果放棄紅塵中的溫柔富貴鄉就只能返歸青梗峰下成為一塊無用的石頭。——正因如此，以「自然存在物」想像人性的道家哲學，幾千年來只能成為以「社會存在物」想像人性的儒家文化的補充。

然而，人的社會屬性固然高於自然屬性，自然屬性卻更切近人的存在本質，以自然屬性重新確立人向自身的回歸乃是人性解放的必由之路。正是因為預察了自然人性沉淪的危險，老子始終保持高度的警覺，一再發出拯救與回歸的呼聲：「致虛極，守靜篤。萬物並作，吾以觀復。夫物芸芸，各復歸其根。歸根曰靜，靜曰覆命，覆命曰常，知常曰明。不知常，妄作凶。」（《老子·道經·第 16 章》）而徐志摩一再呼喚「一個潔淨的人生觀的產生」，一再呼喚「離卻墜落的文明，迴向自然的單純，離卻一切的外騖，迴向內心的自由」，一再呼喚「這過渡文明的人種非得帶它回到生命的本源上去不可，它非得重新生過根不可」（徐志摩：《青年運動》），又何嘗不是一種對人性沉淪的拯救的呼聲？它並沒有抽空基於追求生命自然感性本能呈現的藝術激情，而是一種建立在精神直覺自明性基礎上重視人之存在最深邃根基的心靈回應。他對「五四」時期唯科學論的警覺，正是看到了非對象性思維滑向對象性思維的危險：在舊的完美天性被摧殘的地方，新的物化人性將一點點地生長起來，並迅速膨脹為新的技術時代裏泛濫的物慾功利之心，從而導致現代人為物役的異化狀態。這也正是徐志摩當時號召學生們傚仿「反抗現代的墮落與物質主義」（徐志摩：《青年運動》）的德國的青年運動的苦心孤詣所在。

〔註 50〕劉士林：《苦難美學》，武漢：湖北人民出版社，2004 年，第 5～6 頁。

鴉片戰爭後，面對伴隨著槍炮破門而入的西方異質文化，人們在怨羨交織的痛切反省中，將中國傳統文化視為了「向西方尋求真理」過程中必須予以排除的障礙。陳獨秀這樣反省到：「老尚雌退，儒崇禮讓，佛說空無。義俠偉人，稱以大盜；貞直之士，謂為粗橫。充塞吾民精神界者，無一強梁敢進之思。惟抵抗之力，從根斷矣。」〔註51〕胡適指出：「這種人生哲學的流弊，重的可以養成一種阿諛依違，苟且媚世的無恥小人；輕的也會造成一種不關社會痛癢，不問民生痛苦，樂天安命，聽其自然的廢物。」〔註52〕魯迅則將造就卑怯墮落、偏枯萎縮的國民性的文化根源追溯至以「不攖人心」為治道之本的道家思想，認為「中國根柢全在道教」：「老子書五千語，要在不攖人心；以不攖人心故，則必先自致槁木之心，立無為之治；以無為之為化社會，而世即於太平。」（魯迅：《摩羅詩力說》）——魯迅以尼采強力意志置換老莊隱退思想的批判無疑包含了文化深層次的本體論考量。這說明，「五四」啟蒙鉅子們面臨民族救亡的迫切情勢而對老莊所持的表面批判中，不完全出於「功利性」的目的，也蘊含了自身文化更新的潛在意圖。但「五四」時期對科學民主權力意志等理性現代性的片面引進，也引發了形上領域在中國現代性中的嚴重缺失（科學萬能論鼓動下的民主烏托邦，更成為現代政治激進主義勃興的淵藪）。不但西方的審美文化以及宗教和哲學等形上層面的維度被忽略甚至拒絕，而且中國本土文化傳統中「天人合一」、「聖俗一體」的超越層面也被一筆勾銷。就在「五四」啟蒙鉅子們合力將儒道思想文化以「民族危亡罪」推上審判臺時，一批海外留學生卻表現出不同的態度，他們在西方反現代化思潮的觸發下開始冷靜審視中國傳統文化的正面價值，進一步，傳統道家思想文化的底蘊還構成了他們理解與闡釋西方自康德以來的現代美學觀念的重要參考體系（相關論述詳見本書第四章《逍遙與浪漫——徐志摩與莊子》第一節，此不贅）。徐志摩也是與他們持同調的一個。歸國後依然低劣的國民素質讓他看到了文化思想形上維度的嚴重缺失，基於這種狀況，徐志摩始終真誠地宣揚著性靈的生活，呼喚著精神本體的重建，他指出：「第一我們得趕快認清這時代病無非是一種本源病，什麼混亂的變態的現象，都無非顯示生命的缺乏，這種種病，又都是直接克伐生命的……思想非得直接從生命的本體裏熱烈的崩裂出來才有力量，才是力量。」由此，他希望青年學生們「多多接近

〔註51〕陳獨秀：《抵抗力》，《青年雜誌》1915年第1卷第3號。
〔註52〕胡適：《中國哲學史大綱》，東方出版社，1996年，第212頁。

自然，因為自然是健全的純正的影響，這裡面有無窮盡性靈的滋養與啟發與靈感」（徐志摩：《秋》）。

不難看出，徐志摩啟蒙審美思想的核心正是一種「生態自我」的回歸。所謂「生態自我」，乃是現代生態主義者在生態危機歷史背景下基於個體生命生態審美生存的文化訴求，它和倡導通過返璞歸真與自然萬物和合共生的中國傳統老莊『道性同構』的生態審美哲學在本質上是一脈相承的。借助西方現代人文理念，其「旨意在於規復人生原有的精神的價值」的啟蒙信念（徐志摩：《青年運動》），與其說烙印著「五四」時期由浪漫精神轉化而來的烏托邦思想的鮮明痕跡，毋寧說是從本體論意義上闡述了如何返回自我的道路。正因為立足於人的形而上屬性審視民族生命，徐志摩從不簡單地附和現實政治與激進革命，屬於既拒絕與執政當局同流合污又游離於左翼文學運動之外的自由主義作家，以至於一度被認為是與現實相脫節的時代落伍者，「殊不知他所關注的現實根本不是一般人所謂的現實，而是超越於現實人生沉淪亂象之上的至聖至美的生命本體。」〔註 53〕

誠然，「『救亡』的現實急迫性是無可非議的，那是山河淪落、國家破碎、民族遭受踩躪之時每個人都不可推卸的歷史擔當，但是這只是特定歷史時期的現實任務，卻不是終極性的。即使是特定歷史時期的現實任務，任何現實革命都必須回到人之本體內質的有效重構上，根本表現為人對人的本質的真正佔有，更何況二者並不矛盾，二者是互為激發的，並不是誰壓倒誰的問題，正如魯迅所言『人各有己，而群之大覺近矣』。」〔註 54〕人之「大覺」，生命的「大覺」正是徐志摩關注的重心：

> 要從惡濁的底裏解放聖潔的泉源，要從時代的破爛裏規復人生的尊嚴——這是我們的志願。成見不是我們的，我們先不問風是在哪一個方向吹。功利也不是我們的，我們不計較稻穗的飽滿是在那一天。……生命從它的核心裏供給我們信仰，供給我們忍耐與勇敢。為此我們方能在黑暗中不害怕，在失敗中不頹喪，在痛苦中不絕望。生命是一切理想的根源，它那無限而有規律的創造性給我們在心靈的活動上一個強大的靈感。它不僅暗示我們，逼迫我們，永遠望創

〔註 53〕陳彩林：《沈從文與中國現代文學的形而上維度》，桂林：廣西師範大學出版社，2017 年，第 201 頁。

〔註 54〕陳彩林：《沈從文與中國現代文學的形而上維度》，第 200 頁。

造的、生命的方向上走，它並且啟示我們的想像。……我們最高的努力目標是與生命本體相綿延的，是超越死線的，是與天外的群星相感召的。（徐志摩：《「新月」的態度》）

受柏格森生命哲學的啟發，徐志摩意識到，生命自由的本質正存在於不斷流淌著的永無中斷的時光之流中，這就是「超越死線」的「生命本體」的「綿延」（徐志摩：《「新月」的態度》）。徐志摩的這一理解與「五四」新文化運動初期「人的發現」是一脈相承的，它重新發現為舊倫理所束縛阻礙的生命的真實狀態，重新定義生命本體的存在狀態，從而力圖喚醒國人對生命自由存在狀態的本真追求。應該說，它既是徐志摩藝術審美的態度，也是徐志摩最高的啟蒙理想：重建生命本體。早在回國之初，徐志摩就曾多次（在《落葉》、《「話」》、《青年運動》等文中）從人性和生命意識的角度提出過「回復天性」的主張，「他為壓在生命本體之上的各種憂慮、怕懼、猜忌、計算、懊恨所苦悶、蓄精勵志，為要保持這一份生命的真與純！他要人們張揚生命中的善，壓抑生命中的惡，以達到人格完美的境界。他要擺脫物的羈絆，心遊物外，去追尋人生與宇宙的真理。這是怎樣的一個夢啊！它決不是『她的溫存，我的迷醉』、『她的負心，我的傷悲』之類的戀愛苦情」〔註 55〕，也並非虛無縹緲地追求審美的烏托邦，而是一個企圖重塑國民人格境界的偉大的民族復興之夢，具有鮮明的現實指向：

往理性的方向走，往愛心與同情的方向走，往光明的方向走，往真的方向走，往健康快樂的方向走，往生命，更多更大更高的生命方向走——這是我那時的一點「赤子之心」。我恨的是這時代的病象，什麼都是病象：猜忌、詭詐、小巧、傾軋、挑撥、殘殺、互殺、自殺、憂愁、作偽、骯髒。我不是醫生，不會治病；我就有一雙手，趁它們活靈的時候，我想，或許可以替這時代打開幾扇窗，多少讓空氣流通些，濁的毒性的出去，清醒的潔淨的進來。（徐志摩：《再剖》）

理想就是我們的信仰，努力的標準，果然我們能運用想像力為我們自己懸凝一個理想的人格，同時運用理智的機能，認定了目標努力去實現那理想，那時我們奮鬥的歷程中，一定可以得到加倍的

〔註 55〕王川：《〈我不知道風是在哪一個方向吹〉賞析》，謝冕主編：《徐志摩名作欣賞》，北京：中國和平出版社，2010 年，第 128 頁。

勇氣，遇見了困難，也不至於失望，因為明知是題中應有的文章，我們的立身行事，也不必遷就社會已成的習慣與法律的範圍，而自能折衷於超出尋常所謂善惡的一種更高的道德標準。（徐志摩：《「話」》）

在徐志摩獨特的人生哲學中，在生命本體中恢復人對自然傾心的本性成為其重構民族生命的哲學根基。他對青年們「從自然與生活本體接受直接的靈感，像小鹿似的活潑，野鳥似的歡欣」（徐志摩：《「新月」的態度》）之期冀，無疑凝聚了本土文化思想元點中「天人合一」、「道法自然」等未被篡偽的道家本初原質，但又並非原始道家之於原始無知無欲混沌境界的單純退守和以自然性否定人的社會性的偏執一端，而是汲取了西方近現代人文主義的養分，結合自己獨特的生命體驗對人之自然本性的內質進行了重新界定，從而將一種嶄新的人對人的本質真正佔有的超越性的現代個體生命意識注入到民族生命的現代重構中：

要使生命成為自覺的生活，不是機械的生存，是我們的理想。要從我們的日常經驗裏，得到培保心靈擴大人格的滋養，是我們的理想。要使我們的心靈，不但消極的不受外物的拘束與壓迫，並且永遠在繼續的自動，趨向創作活潑無礙的境界，是我們的理想。使我們的精神生活，取得不可否認的實在，使我們生命的自覺心，像大雪天滾雪球一般的愈滾愈大，不但在生活裏能同化極偉大極深沉與極隱奧的情感，並且能領悟到大自然一草一木的精神，是我們的理想。使天賦我們靈肉兩部的勢力，盡性的發展，趨向最後的平衡與和諧，是我們的理想。（徐志摩：《「話」》）

表面看，徐志摩那種將萬物的本真存在和社會實用性相分離的超功利的審美觀，與其自我價值實現的理想追求似乎自相矛盾，但卻內在統一於其超越於現實之上的偏重於精神層面的所謂「生活的本體」。他創造性地提出要恢復一種「存在於靈魂中的創造精神」：

關心人生才能關心藝術。所謂關心人生，我指的是有意識地揭示人性中固有的自然資源，利用一切機會將它們轉化成有用的東西。換言之，我們必須有意識地培養自覺，有了這種自覺，存在於靈魂中的創造精神才能發揮效用。事實上，我們中很少有人敢說，「我已經完全認識了自己。」請記住，追求表現總會導致自我暴露和理解，而這常會令你吃驚。內在事物的揭示有賴於從外界事物吸收的思想中獲得靈感和效力。在這一點上審美鑒賞十分重要，細膩的感情對於美的事物遠比強烈的理智和品性重要、有效。（徐志摩：《藝術與人生》）

這種超前於時代的審美理想，淹沒在時代激進的主潮裏無聲無息，但卻在後來意識到技術對人與自然之真理的錯置的後現代西方學者那裡得到了回應：「恢復一種神聖的創造力既能克服晚近現代性中的侵蝕性的虛無主義（包括破壞性的後現代主義），又不必回復到早期現代性中經常鼓勵傲慢和自負精神的超自然主義之中。……通過恢復一種神聖的觀念（在這種觀念中規範和價值會找到一種自然的棲身之地），並通過確證一種非感官水平的知覺（借助這種知覺，這些規範能夠被人們感知到），後現代精神克服了現代性世界的祛魅所招致的徹底的相對主義。」〔註 56〕

由此出發，徐志摩將個體對「生態自我」的審美追求與對大自然整體生態環境的呵護融為了一體，將個體精神的自由上升到了宇宙本體的高度：「整個的宇宙，只是不斷的創造；所有的生命，只是個性的表現。真消息，真意義，內蘊在萬物的本質裏。」（徐志摩：《「話」》）——也是由此出發，其對個人性靈自由的單純追求，上升到了對整個現代社會的重新構想和生活共同體的關切：「一個人是有靈性或是有靈魂的，如其他能認識他自己的天資，認識他的使命，憑著他有限的有生的日子，永遠不退縮的奮鬥著，期望完成他一己生活的意義。同樣的，一個民族是有靈魂的，如其他有它的天才與使命的自覺，繼續的奮鬥著，期望最後那一天，完成它的存在的意義。」（徐志摩：《列寧忌日——談革命》）

德國漢學家顧彬認為，在沈從文對鄉村生活明顯美化和以「美」、「愛」與「神」為三位一體的審美世界背後，正潛藏著一份「政治性綱領」〔註 57〕——這對於以「愛」、「美」與「自由」為單純信仰的徐志摩來說同樣適用。在他們以審美解決現代生存意義危機作為超越手段而與傳統道家「無為而治」同構的政治倫理合理內核中，正彰顯出對現代政治無意識的詩學建構。其所

〔註 56〕〔美〕格里芬：《後現代精神與社會》，轉引自成復旺：《走向自然生命——中國文化精神的再生》，北京：人民大學出版社，2004 年，第 407 頁。

〔註 57〕參閱顧彬：《二十世紀文學史》，范勁等譯，華東師範大學出版社，2008 年，第 125 頁。

追求和「表達的正是現代社會必然要顛覆甚至正被顛覆的世界，又是現代人夢想擁有和缺乏的審美世界」〔註 58〕，從而與現代世界構成了必要的矛盾和張力。

結語：讓「童心」不再只是一個人性的烏托邦

「循性而行謂之道，得其天性謂之德。」(《文子・上禮》) 從某種意義上說，老子的《道德經》不僅「樹立了一種生態社會的生命倫理可以依據的道德標準，而且以此為原點在處理人之生命與自然生命的關係時，也反映自然生命法的道德規範。」〔註 59〕它為自然生命立法，卻不強制人們依從，而是以一種嬰兒般的喃喃自語，啟迪人們內心的覺悟。然而人心的沉淪，導致的是世道的黑暗；幾千年來，聖賢人格的隱退，帶來的是天道的崩潰，中國複雜的現實政治環境猶如一個陰險的成人，無情地踐踏了老子「無為而治」(善其所為) 的政治抱負和「復歸於嬰兒」的理想人格。但老子返璞歸真的單純終極信仰和基於存在本身無為自足的根本叩問，猶如一片高山上的風景，始終是人類走出文明困境的永恆心靈座標。沿著老子的思想座標，接續的是莊子的詩意逍遙。「莊老告退」而「山水方茲」，由此綿延出歷代文人騷客面臨自然山水時如縷不絕的自由抒情傳統，並啟悟了佛門禪宗一派心性自然本體的空靈頓悟境界，開創了光芒萬丈的魏晉風度與漢唐仙音。也正是禪宗之於中國士子心靈的解放，審美的愉悅悄然潛入有宋年間，以潤物細無聲的方式彌漫開來，造就了纏綿多情的宋詞氣象。及至程朱理學盛行的明代，「陸王」標舉「心學」，李贄倡導「童心」，主張恢復自然人性而反對程朱理學對人性的扼殺，其「異端」思想依然是對老子「復歸於嬰兒」理念的努力回歸，由此引出公安三袁「獨抒性靈」與「不拘格套」的自由文藝主張。也是在這一思想背景下，《紅樓夢》以塑造一個貴族公子賈寶玉悲金悼玉的情愛故事橫空出世，昭示了又一種存在的詩意。——這是一脈在老莊文化時空里長大的自由風景，在幾千年專制的傳統歷史中，被擠壓得若隱若現，卻始終如頑石上的蒼苔般頑強滋生。正是在這一綿延數千年的自由人文傳統的濡染和滋潤下，

〔註 58〕王本朝：《中國現代文學觀念與知識譜系》，北京：人民出版社，2013 年，第 136 頁。

〔註 59〕周國文：《公民觀的復蘇：地球生命的倫理思想》，上海三聯書店，2016 年，第 214 頁。

偉大的「五四」新文化運動中湧現出來的徐志摩，在他以「詩人」頭銜在世生存的本真存在中，以始終秉持的「單純」的詩意信仰，以及以愛、自由與美為本質的對自然傾心的本性，在文化的深層意義上向我們重新昭示了先秦哲人那「復歸於嬰兒」的人生真諦。他的寄情山水與皈依自然，以一個純粹的自然之子的姿態返歸於一種自然樸真的心性本初之美的境界，正是對於老莊人格理想的遙相呼應。人，應該如何「詩意地棲居在大地上」？——始終是這個孩子心中所追問、所關懷並不斷作答的永恆性問題。也正是這種對人生形而上哲學意義的追尋，使他憑藉人生藝術化、感性化生存的宣揚與標榜，努力與實踐，築構起一個高蹈於平庸世俗生活之上的圓融自足的理想世界，凸顯出以感性與詩意理念為重要內涵的審美現代性追求在其人生與藝術實踐上達到的完美統一。他的愛、自由與美的單純信仰，確立了現代社會中一種詩意生存的審美典範。這，正是徐志摩在中國現代文學史乃至整個文化思想史上最獨特的存在意義。

毋庸置疑，風行於當今世界且方興未艾的「征服自然」與「改造環境」的主流實踐理性，使得一切持有老莊赤子情懷而將審美行為移植到現實生活中來的此類理想者，都有了一種堂吉訶德式虛幻聖戰的悲劇意味。同樣，置身於那個複雜動盪的時代，抱持「單純信仰」的徐志摩不但同樣遭到了「天真」、「不合時宜」之類的譏諷，更不能遏制人們將其審美自然觀納入資產階級意識形態進行嚴厲批判的政治強加。過去一種常見的批評意見還認為，正因現實的矛盾和異化得不到現實的解決，詩人才退回到古典的和諧中去，其「回歸自然」的自我標榜姿態，無異於把一種脫離社會現實的自然生活狀態向世人作了絕對理想化的誇飾，所以不但是倒退的，也是虛幻和不真實的。應該說，這種批判確實部分擊中了詩人總幻想在精神的超脫中象徵性地征服現實的某種弱點。但詩人回歸自然的理想，無疑是一種源自天然「赤子之心」的復歸，誠如他那真摯的坦白：「並不是說我不感受人生遭遇的痛創；我決不是那童呆性的樂觀主義者；我決不來指著黑影說這是陽光，指著雲霧說這是青天，指著分明的惡說這是善；我並不否認黑影、雲霧和惡，我只是不懷疑陽光與青天與善的實在；暫時的掩蔽與侵蝕，不能使我們絕望，這正應得加倍的激動我們尋求光明的決心。」（徐志摩：《「迎上前去」》）時至今日，當被物慾的塵埃蒙蔽了雙眼的現代芸芸眾生早已在本末倒置中迷失了自己的本性，當現代化從某種意義上已經淪為人自身對外部物化世界無止境的追逐和攫取——我們不能不特別懷念這個孩子般的詩人身上曾閃耀的精神境界，其對復歸生命本體的踐履親證和始終不渝的赤誠，相隔一個世紀的光陰，依然向我們這個當下貧乏的時代發出著超越時空的昭示。

誠然，作為一種詩學和審美追求的回歸自然，應該是具有本質屬性的現代化經過充分發展後的一種精神需求，這是不可忽視的前提。但比實踐活動更為根本的，是與萬事萬物結成共生關係的人本身。「對這種共生關係起支配作用的，並非人的自我功利目的，乃是大化流行中的生態動力場，是宇宙生命（自然界）自身的合目的性運動。由此看來，則人在其成為自覺、能動的主體之先（邏輯上而非時間上的『在先』），還有一個與天地萬物共生共存的本原在，這也就是所謂的『本我』了。在『本我』的層面上，『自我』與『非我』尚未分化為相對待的關係，人與其所處的世界混沌一體、共生共榮。這種一體化關係，雖不免為後來興起的實踐功利關係所掩蓋，卻不僅依然存在，甚且從根底上制約著人的實踐功利需求與活動。」〔註60〕——「復歸於嬰兒」，從本質意義上來說，正是復歸於這樣一種與天地萬物共生共存的「本原」與「本我」。由此出發，在21世紀的今天，如果「富強」的目標不僅僅是物質進步，而是人的全面發展，如果「偉大復興」的理想不僅僅是經濟增長，而是健全的價值觀，那麼，我們就應該期待走向天地之「大生」的自然生命成為新世紀中國文化復興的「元敘事」；我們就應該呼喚「復歸於嬰兒」這種「為天地立心」的傳統文化觀念的偉大再生。〔註61〕從而，「重新回到『人之初』，回到『心之初』，重新獲得童心或得到『第二次天真』，作一個既『不成熟』又成熟的人，一個既深刻又有詩意的人，既保持人類的詩性智慧又能批判社會的人，總之是作一個有『童心』的『真人』」〔註62〕，在新的歷史條件下，就不再只是一個人性的烏托邦，而是具備了切切實實地實現的途徑。

〔註60〕陳伯海：《回歸生命本原》，北京：商務印書館，2012年，第202頁。
〔註61〕成復旺：《走向自然生命——中國文化精神的再生》，第408頁。
〔註62〕童慶炳：《中國古代文論的現代意義》，北京師範大學出版社，2001年，第284頁。

第四章　浪漫與逍遙——徐志摩與莊子

回顧現代文學史上對藝術持「無為而為」非功利審美態度的自由主義一派，無論是宗白華的「藝術人生觀」、朱光潛的「靜穆說」與「情趣化人生」，抑或周作人的「生活之藝術」、林語堂的「幽默閒適」，都是「把『感性的審美』與『至動的生命』相融通，將『個體的生命』與『藝術的人生』視為同一，其實質是以『感性化生存』訴求於生命的藝術化——也即日常生活的詩意化」，應該說，這種以審美為原則而在藝術中尋求人生慰藉的態度深得西方審美主義的精髓，是「一條審美救贖之路，是政治上的改良主義和文化上的審美主義在中國現代歷史土壤中結合的產物，它立論的基點是精神與個體的改造，尋求的中介是藝術與美的精神」，但「五四」精英們為適應自身「對國民人格、民族命運、中華文化、現代科技乃至人類命運前途的多重複雜憂思」的需要而將之鎔鑄進中國文化獨有的傳統時，卻又使他們有意識或無意識地從中國本土心性文化——特別是追求人格獨立與精神自由的老莊思想中尋找可資轉換的現代性資源，從而使中西美學精神「在若干方面，有不期然而然的會歸」。

——題記

我擬輕裝駕黃鶴，月明狂嘯最高峰。

——徐志摩：《府中日記》

人類最大的使命，是製造翅膀；最大的成功是飛！理想的極度，想像的止境，從人到神！詩是翅膀上出世的；哲理是在空中盤旋的。

飛：超脫一切，籠蓋一切，掃蕩一切，吞吐一切。人類的思想可以起飛，超脫一切，籠蓋一切，掃蕩一切，吞吐一切。

——徐志摩：《想飛》

引論：一種理想人格的嚮往

作為中國傳統文化童年時代一種鮮明的精神遺存，老子形上的哲學本體論和莊子帶有主觀傾向的心靈詩學，在置身於中西文化交融格局中的徐志摩的詩學實踐和文化心理的自我構建過程中，都是無可或缺的糅合與錘鍊。尤其是開創了中國浪漫主義文學源頭的後者，更以其追求個體自由和「回歸自然」的理念，成為徐志摩置身於西潮滌蕩中浪漫主義情結生發的原典性精神依託。

回顧中國現代文學史上「薪盡火傳」的「五四」浪漫主義文學思潮，乃是一次精神的熔岩隨時代開啟的閘門噴湧而出的流光溢彩的感性狂瀾。魯迅發表於 1907 年的《文化偏至論》和《摩羅詩力說》等論文，以剛健雄放的氣魄首次確立了中國現代浪漫主義文學的詩學本體論體系。但因為時代的原因，最終淪為落寞中的「荷戟獨彷徨」。這種對浪漫主義真誠熱烈的呼聲，直到 20 年代創造社借助歐洲浪漫主義文學思潮如狂飆式崛起時，才在革新鼎故、新舊交替的社會現實中造成了強烈的震盪。浪漫主義作家所否定的不僅是「文以載道」的傳統觀念，還包括當時文學研究會所提倡的「為人生而藝術」的功利主張。他們在藝術上倡導讓自由的情緒「如一陣春風吹過池面所生的微波」一樣「沒有所謂目的」（郭沫若語），從而以情感沖決理性、以主觀取代客觀、以審美超越功利等價值導向返回了人的感性。這一切，在精神風貌上既與歐洲浪漫主義文學運動的個性主義相合拍，又與中國傳統社會的名士風流暗合；在藝術表現手法上既是西方自由抒寫形式的橫移，又是中國傳統文化中《詩經》、《楚辭》等自由形態的縱承；在情調內涵上既是西方浪漫派的大膽直白、表現自我，又合於屈騷傳統直面現實、執著無悔的浪漫狂情，同時也契合了傳統儒家士大夫感時憂國的道義擔當和莊周式的自由與超脫。具體到徐志摩的身上，英國 19 世紀浪漫主義文學思潮對曾浸淫於其間的他的影響是不言而喻的，但在一次次對中國傳統文化深情款款的回望中，積存於詩人潛意識中的或鮮明或隱匿的古老文明斷片總被無意識地激活。如果說「哀怨起騷人」的屈騷傳統無意中契合了詩人塵世中纏綿悱惻的情懷和無窮感性，疏泄了詩人被裹挾於那個特殊時代大潮裏的迷惘與感傷，從而細緻入微地向我們昭示了一個現實中豐滿的有血有肉的「騷人」形象，那麼，「逍遙」理念則使詩人的作品時常在與大自然的物我交融中呈現為一派清新超脫的飄逸色彩，在複雜動盪的現實面前往往呈現為一種隱逸的田園思想，從而帶給我們的是一種理想人格的嚮往。

一、莊子藝術精神的現代傳承

徐復觀曾認為：「莊子之所謂道，落實於人生之上，乃是崇高的藝術精神；而他由心齋的工夫所把握到的心，實察乃是藝術精神的主體」，「老莊思想當下所成就的人生，實際是藝術的人生，而中國的純藝術精神，實際係由此一思想系統所導出」；進一步他還指出：「莊子所體認出的藝術精神，與西方美學家最大不同之點」，「乃是莊子係由人生的修養工夫而得，在一般美學家，則多由特定藝術對象、作品的體認，加以推演、擴大而來。因為所得到的都是藝術精神，所以在若干方面，有不期然而然的會歸。」〔註 1〕——的確，莊子言論中的「虛靜」、「凝神」、「心齋」、「坐忘」等修養工夫，實契於後世文藝欣賞和創造者的心理特徵，深刻啟迪了中國傳統文學藝術理論，造就了具有中國特色的審美心態。而「五四」中西文化互融的格局無疑為中西美學思想的「會歸」提供了時代的契機。

回顧現代文學史上對藝術持「無為而為」非功利審美態度的自由主義一派，無論是宗白華的「藝術人生觀」、朱光潛的「靜穆說」與「情趣化人生」，抑或周作人的「生活之藝術」、林語堂的「幽默閒適」，都是「把『感性的審美』與『至動的生命』相融通，將『個體的生命』與『藝術的人生』視為同一，其實質是以『感性化生存』訴求於生命的藝術化——也即日常生活的詩意化」〔註 2〕，這種以審美為原則而在藝術中尋求人生慰藉的態度深得西方審美主義的精髓，是「一條審美救贖之路，是政治上的改良主義和文化上的審美主義在中國現代歷史土壤中結合的產物，它立論的基點是精神與個體的改造，尋求的中介是藝術與美的精神」〔註 3〕，但「五四」精英們為適應自身「對

〔註 1〕徐復觀：《中國藝術精神》，第 3、54、132 頁。

〔註 2〕劉進才：《中國現代文學的審美現代性探尋——以京派作家沈從文、廢名的小說創作為個案》，《河南大學學報（社會科學版）》，2006 年第 3 期。

〔註 3〕金雅：《人生藝術化與當代生活》，北京：商務印書館，2013 年，第 156 頁。

國民人格、民族命運、中華文化、現代科技乃至人類命運前途的多重複雜憂思」〔註4〕的需要而將之鎔鑄進中國文化獨有的傳統時，卻又使他們有意識或無意識地從中國本土心性文化——特別是追求人格獨立與精神自由的老莊思想中尋找可資轉換的現代性資源，從而使中西美學精神「在若干方面，有不期然而然的會歸」。

毋庸諱言，莊子一脈思想所成就的中國藝術精神，與西方近代由康德奠基的無功利美學思想存在著同構但卻異質的一面。「中國藝術精神側重於人與自然的溝通，溝通的方式，主要是通過主體自我之『心』的徹底淨化，達到『形同槁木，心如死灰』，以無欲之心、無所為之心來體道體物、委任運化，最後獲致『貌以物求，心以理應』、『神與物遊』的自由之境」〔註5〕，而「康德美學中的非功利、超功利，由於既不是從『解脫』意義上，也不是從否定現世人生的『物我兩忘』來談的，而是從人的各種機能的自由和諧運動的超越之境來談的，所以在康德那裡找不到任何自抑、內斂、自我否定以求自由的痕跡。把康德的非功利、超功利和自覺等美學思想放在『解脫』名下來理解，顯然是基於中國古代藝術精神而形成的對康德的『誤解』。」〔註6〕——所以，無論是王國維從「解脫」的角度將康德的「不關利害」理解為美的「無欲」之境，還是朱光潛「從『超然物表』、『恬淡無為』方面來理解康德美學中的『四個悖論』」〔註7〕，又或是宗白華從泛神論的詩化哲學中來解會晉人與自然冥合的自由之境，均可看作一種基於本土化的「創造性誤讀」。但也正是這種誤讀，恰成就了所謂「外之既不後於世界之思潮，內之仍弗失固有之血脈，取今復古，別立新宗」（魯迅語）的本土思路效應，這就使得中國傳統藝術精神中由莊子思想所模塑的「藝術心性論」，在儒家思想所模塑的「藝術心性論」遭遇「技術的崩潰」而受到反對的「五四」時期，以一種前所未有的姿態凸顯出來，形成了中國現代美學建構的一個邏輯起點。

同樣，徐志摩的美學思想中包含了濃鬱的莊子色彩。作為一個徹底的自

〔註4〕金雅：《人生藝術化與當代生活》，第156頁。

〔註5〕汝信、王德勝主編：《美學的歷史：20世紀中國美學學術進程》（增訂本），合肥：安徽教育出版社，2017年，第332頁。

〔註6〕汝信、王德勝主編：《美學的歷史：20世紀中國美學學術進程》（增訂本），第326頁。

〔註7〕汝信、王德勝主編：《美學的歷史：20世紀中國美學學術進程》（增訂本），第330頁。

由主義者，徐志摩也是人生藝術化的倡導者。在一篇題為《藝術與人生》的講演稿中，他通過但丁、莎士比亞、歌德、雪萊、米開朗基羅、達·芬奇、瓦格納、貝多芬等西方文藝大師的藝術成就反思東方文化的貧乏：「我們沒有藝術恰恰因為我們沒有生活」，進而認為「豐富、擴大、繁殖、加劇，最重要的是使你的生活精神化，這樣藝術就會誕生了。」「換言之，我們必須有意識地培養自覺，有了這種自覺，存在於靈魂中的創造精神才能發揮效用。」這種倡導人生藝術化的理想在其散文《「話」》中有著更進一步的論述：「重要的在於養成與保持一個活潑無礙的心靈境地，利用天賦的身與心的能力，自覺的儘量發展生活的可能性。」「要使生命成為自覺的生活，不是機械的生存，是我們的理想。要從我們的日常經驗裏，得到培保心靈擴大人格的資養，是我們的理想。要使我們的心靈，不但消極的不受外物的拘束與壓迫，並且永遠在繼續的自動，趨向創作活潑無礙的境界，是我們的理想。使我們的精神生活，取得不可否認的實在，使我們生命的自覺心，像大雪天滾雪球一般的愈滾愈大，不但在生活裏能同化極偉大極深沉與極隱奧的情感，並且能領悟到大自然一草一木的精神，是我們的理想。使天賦我們靈肉兩部的勢力，盡性的發展，趨向最後的平衡與和諧，是我們的理想。」——這種以富有情趣的藝術家生活為樣板而推而廣之的藝術化人生模式的提倡，是徐志摩受到西方文藝復興思想與美學觀念觸發後將自己的生命理想投射於現實人生的具體體現，但其精神實質卻和中國傳統的文學藝術精神特別是莊子美學精神有著密切的聯繫。——應該說，徐志摩在未接受西方現代美學之前就曾深受中國傳統詩性文化的濡染，《莊子》給徐志摩諸多潛移默化的影響恰好契合了西方美學思想的某些特徵，從而為徐志摩對這些思想的接受提供了潛在的語義場。徐志摩的哲思散文《「話」》，可看作是他依據自己的傳統知識背景和藝術感悟力對西方學說進行的文本改造。正是在「五四」中西文化互融這種「不期然而然的會歸」中，莊子思想成為徐志摩接受西方美學的一種前瞻視野，其受啟發於西方美學的「人生藝術化」的理想和恢複審美直覺與創造活力的文藝理念，恰恰能在莊子美學思想中找到某種價值意義上的皈依。

　　中國傳統文化無疑有著區別於西方文化的審美特性和感性話語體系，「一方面，中國文化可以認為從根性上就具有一種有利於文學性與詩性發生、成長的內在機理和價值機制，但不能由此從西方『理性主義』和『科學』傳統的標準出發，將中國傳統描述為一種迷離恍惚、神秘離奇的『詩性』的原始性與低級文明，不能用狹義的、文體意義上的『詩性』或者文學性，來對於中國文化與文明傳統作『東方主義』的後殖民想像：中國文化的詩性特徵只是一種比較性、區分性的特性，雖然不同於西方的『理性』和『科學』標準，但它同樣有著自身內在的、整全的理性秩序和法則。另一方面，西方傳統當中那種對象化、客體化的認知關係，如果在別的領域（比如自然科學領域）、在某些情況下尚有一定合理性的話，那它蔓延和複製到文學問題、文學認知與文學理論領域，其後果就將是致命的：以心理表象——審美對象的主客體關係為軸心的『現代』美學，及其主導下的文學理論和文學認知、文學思維方式當中，所發生的就是對於文學文化本質的根本性的截割與刪改。反過來說，中國古典文論當中虛懷納物、澄懷觀道的『虛靜』論，既不是一種作家心理學和『創作論』，也不是由此產生的空靈、靜穆的文學風格的暗示，而是一種文學的文化本質觀念和文學修辭背後的文化本質的構成格局。從而它們不僅僅是美學和文藝理論，更主要的是人類生存的存在論和生命構成方式，這與美學及西方文論當中，將作家主體當做一個創造意義秩序的原點和浪漫主義式的、包含『激情』的文學主體性，有著本質的、但並非屬於文學理論與美學範疇之內的區別。」〔註 8〕——正是在皈依和堅守傳統深層價值的文化立場上，「五四」啟蒙精英們大多自覺抵制了西方支離破碎的「現代性」體驗對中國傳統詩性文化深廣的自然根脈和思想根基的片面解構，也自覺規避了西方現代美學的理性主義對中國傳統文化與生活世界的自然整體性作概念化割裂與抽象性演繹的雙重誤區。當然，這並不等於說他們在受到西方美學的觸發時對中國傳統文化本身所具有的模糊性思維沒有批判和揚棄，譬如徐志摩就曾引用批評家沃爾特·裴特爾的話這樣反思到：「東方思想中到處是對人生的模糊認識，對人生本身並沒有真正理解，不瞭解人性的本能。人類對自身的意識，仍是同動植物世界奇異、變幻的生活混淆起來。」出於這樣的認識，對於老莊，他也順帶下了這樣的判詞：「老子和莊子更用迷人的語言，使我們迷惑的頭腦認識到，生活完滿是一個理想的怪物，就像莎士比亞筆下 70 歲的老娃娃，沒有牙齒，沒有眼睛，沒有口味，沒有一切。要是這位紳士一旦發現感覺器官，就無法保持其生命的完整，就會立刻分散、摧毀人與生俱來的能力。」（徐志摩：《藝術與人生》）但正是在一種融入和逸出中，他們出乎本能地反

〔註 8〕張大為：《元文論——基本理念與基本問題》，天津社會科學院出版社，2017 年，第 70、78 頁。

省到，不是西方「存在」本體論式的概念演繹和形而上學的理性化構建過程，而是東方一種融貫滲透於生活秩序和文明體系中的「自然而然」之詩性，才是他們心靈的家園。

在中國先秦思想地圖上，如果說老子是一位詩性哲人，那麼莊子更像一位哲性詩人。如果說莊子「那嬰兒哭著要捉月亮似的天真，那神秘的悵惘，聖睿的憧憬，無邊際的企慕，無涯岸的豔慕，便使他成為最真實的詩人」〔註 9〕，那麼，少時即「好遊而不擇」，常「當風嘯吁，觀化為樂」〔註 10〕的徐志摩也不遑多讓：「我生平最純粹可貴的教育是得之於自然界，田野，森林，山谷，湖，草地，是我的課室；雲彩的變幻，晚霞的絢爛，星月的隱現，田裏的麥浪是我的功課；瀑吼，松濤，鳥語，雷聲是我的教師，我的官覺是他們忠謹的學生，愛教的弟子。」（徐志摩：《雨後虹》）從徐志摩的自述中可以看出，他自幼就極愛大自然，具有敏感好動的天性，對宇宙萬物充滿了好奇與幻想，也許正是這種與莊子接近的天然稟賦和莊子無形中給他的深刻感染，使他日後在為《晨報》開列《青年必讀書目》時，將《莊子》列為了生平最受影響的十部書之首（參徐志摩：《再來跑一趟野馬——致孫伏園》）。也許是莊子那天馬行空的壯思逸興深深觸發了具有同類氣質的徐志摩，他那「跑野馬」的不羈文體，無形中具備了莊子那「籠天地於形內，挫萬物於筆端」的汪洋恣肆的氣勢。在《我所知道的康橋》、《翡冷翠山居閒話》、《天目山中筆記》等膾炙人口的遊記名篇中，徐志摩完全沉浸在大自然的美景中而吐露著性靈的芳華，莊子散文中那種出世的思想，希冀在山水花鳥的大自然中溫存撫慰、高舉遠慕而實現物我交融的天地境界，無不得到了完整的流露與呈現。

二、浪漫與逍遙：徐志摩文藝美學思想中的莊子元素

「中國浪漫精神當然要溯源到莊子。」〔註 11〕——作為一個在哲學基礎上情感化與詩意化了的藝術宗師形象，莊子對後世的啟迪和垂範意義並不在於他「像現代的美學家那樣，把美，把藝術，當作一個追求的對象而加以思索、體認，因而指出藝術精神是什麼」〔註 12〕，而在於其「獨與天地精神相

〔註 9〕聞一多：《莊子》，《聞一多全集》（第 9 卷），湖北人民教育出版社，1993 年。
〔註 10〕徐志摩：《春遊紀事》，陳建軍、徐志東編：《遠山：徐志摩佚作集》，第 21 頁。
〔註 11〕劉小楓：《詩化哲學》，上海：華東師範大學出版社，2011 年，第 98 頁。
〔註 12〕徐復觀：《中國藝術精神》，第 67 頁。

往來」的超邁的人格形象，以及他所運用的精神體悟方式和話語表達方式所呈現出來的獨一無二的藝術神采與美學風致，在有意無意之間導出了中國藝術精神的神髓。他獨特的文學稟賦和濃厚的藝術氣質，使他將繼承自老子的「道」的解讀創造性地轉化為對藝術人生的闡釋。〔註 13〕——正是在老子順應自然的本然性情上，莊子走向了個體性情的本真與自由，由此通往了個體心靈世界的詩意敞開；也正是在老子「復歸於嬰兒」的原點上，莊子重新出發，「遊心於物之初」而任運自然，其核心理念「逍遙遊」精神「所憧憬的無功利的生命精神與自由的生命境界已經深刻地包含了對於人生的藝術想像與美學想像。」〔註 14〕「通過莊子與中國傳統文人之間的比較，我們可以清晰地看到莊子審美體驗的內在機制在中國傳統藝術領域中的投影。莊子審美體驗的發生基點——『貴生』、『安命』的處世之道，以及莊子審美體驗從準備期轉向實質性階段的中介——『遊世』的理念，正是後世許多文人的人生態度以及他們放棄仕途、寄情藝術的緣由所在；莊子審美體驗的獲得途徑——『虛』的體道工夫，正是後世許多文人進行藝術創作的心理前提；莊子審美理念的呈現特質——至樂、逍遙、與物為春的精神狀態，亦是後世許多文人在藝術作品中所表現出的情感體驗；而莊子審美體驗的終極依據——對本根之道與自然之天的體認，恰與後世許多文人所領悟到的中國藝術的最高境界相融通」〔註 15〕，在莊子美學理念的滲透下，中國傳統文人自來便確立了一種人與自然和諧融通的審美態度，在對宇宙時空的依賴與自然萬物的和諧相處中，形成一種齊物順性、物我同一的審美心態。他們俯仰自得於宇宙萬物之間，流連忘懷於山川草木之中，婉轉徘徊於心物意象之交，對外部世界始終保持一種精神上的自由，既在遊目騁懷中讓自然的山水掃淨世俗中心靈的塵埃，以虛靜空明的心境自由吐納萬物自然，又在適當的時候遇景起興、即目興懷，抒發一份在無心的遇合中不期然而然地與物共遊的審美境界，實現

〔註 13〕「因為莊子在安身立命的本體上皈依於老子的『道』，其必然無法逃避隱逸精神原型的動力對他的影響；所以，莊子必然於其生命的生存形式中，無意識地呈現著在老子那裡走向自覺的『道隱無名』的隱逸精神。可以說，莊子的生存形式就是隱逸精神原型『道隱無名』的感性顯現及『顯跡賦形』。」（楊乃喬：《悖立與整合：中西比較詩學》，福州：福建教育出版社，2018 年，第 388 頁。）

〔註 14〕金雅：《人生藝術化與當代生活》，第 161 頁。

〔註 15〕王焱：《得道的幸福——莊子審美體驗研究》，廣州：暨南大學出版社，2012 年，第 32、176 頁。

身心與自然的合一。

具體到徐志摩的身上，透過那儒家思想主導的表面，那種逍遙遊式的內在人格理想，在其作品中通過縱情於山水之間的浪漫飄逸得到了最大的凸顯——可以說，作為道家代表的莊子的審美理念，在現代文學史上通過徐志摩得到了最為本真的復現。試看莊子的論說：「以道觀之，物無貴賤；以物觀之，自貴而相賤；以俗觀之，貴賤不在己。以差觀之，因其所大而大之，則萬物莫不大；因其所小而小之，則萬物莫不小。知天地之為稊米也，知毫末之為丘山也，則差數睹矣。以功觀之，因其所有而有之，則萬物莫不有；因其所無而無之，則萬物莫不無。知東西之相反而不可以相無，則功分定矣。」（《莊子・秋水》）——正是在萬物無貴賤的「平等」思想上，莊子主張人類應該尊重自然界物種的生存權利，倡導「回歸自然」的「自由」，回到「同於禽獸居、族與萬物並」的人與自然萬物和諧相處的狀態，「獨與天地精神往來而不敖倪於萬物」，從而達到「靜而與陰同德，動而與陽同波」、「天地與我同生，萬物與我為一」的天人合一之境。莊子的「道」，被徐志摩轉換作一種「特異的品與格」的精妙闡釋：「品格就是個性的外觀，是對於生命本體……從造化的觀點看來，橡樹不是為櫃子衣架而生，鴿子也不是為我們愛吃五香鴿子而存，這是他們偶然的用或被利用，物之所以為物的本義是在實現他天賦的品性，實現內部精力所要求的特異的格調。」這種特異的格調的具體內涵被徐志摩闡釋作「真純的個性」：「真純的個性是心靈的權力能夠統制與調和身體、理智、情感、精神，種種造成人格的機能以後自然流露的狀態，在內不受外物的障礙……有了這樣的內心生活，發之於外，當然能超出人為的條例而能與更深奧卻更實在的自然規律相呼應，當然能實現一種特異的品與格，當然能在這大自然的系統裏盡他的特異的貢獻，證明他自身的價值。懂了物各盡其性的意義再來觀察宇宙的事物，實在沒有一件東西不是美的，一葉一花是美的不必說，就是毒性的蟲，比如蠍子，比如螞蟻，都是美的。」（徐志摩：《「話」》）——所有這些，都暗合著莊子《寓言》篇中所說的「萬物皆種也，以不同形相禪。始卒若環，莫得其倫，是為天均。天均者，天倪也」的「萬物齊一」、普遍共生的生態存在論審美觀。由此，在徐志摩詩化人生的歷程中，呈現了與莊子驚人相一致的生命審美境界。他歡快的蹤跡，在「阿爾帕斯與五老峰，雪西里與普陀山，萊茵河與揚子江，梨夢湖與西子湖，建蘭與瓊花，杭州西溪的蘆雪與威尼市夕照的紅潮」（徐志摩：《翡冷翠山居閒話》）之間盡情地遊走；「入山林，觀天性」，他好奇的眼睛，時時刻刻都在感受到「萬物造作之神奇」，陶醉在大自然的湖光山色之中。他「相信萬物的底裏是有一致的精神流貫其間」：一莖草有它的嫵媚，一塊石子也有它的特點，萬物皆有生命，自然界生生不已，變化不盡，美妙無窮。他領悟到「生命的現象，就是一個偉大不過的神秘；牆角的草蘭，岩石上的苔蘚，北洋冰天雪地裏極熊水獺，城河邊咕咕叫夜的水蛙，赤道上火焰似沙漠裏的爬蟲，乃至於彌漫在大氣中的微菌，大海底最微妙的生物；總之太陽熱照到或能透到的地域，就有生命現象。我們若然再看深一層，不必有菩薩的慧眼，也不必有神秘詩人的直覺，但憑科學的常識，便可以知道這整個的宇宙，只是一團活潑的呼吸，一體普遍的生命，一個奧妙靈動的整體。」（徐志摩：《「話」》）——所有這些，都深深契合於中國傳統「人與萬物並生」的宇宙觀。從《易經》的「雲行雨施，品物流形」，到《繫辭》的「天地氤氳，萬物化醇」、「天地之大德曰生」，到莊子的「天地有美大而不言」，再到明人的「盎然宇宙之中，渾是一團生意」，莫不蘊涵著深沉濃摯的生命靈性和宇宙精神。也正是在這種大化流行的宇宙觀中，滋生了徐志摩「性靈所鍾」的天地之詩心：一種美在自然生命的審美觀。所以他多次把大自然比作最偉大的一部書：

> 並且這書上的文字是人人懂得；阿爾帕斯與五老峰，雪西里與普陀山，萊茵河與揚子江，梨夢湖與西子湖，建蘭與瓊花，杭州西溪的蘆雪與威尼市夕照的紅潮，百靈與夜鶯，更不提一般黃的黃麥，一般紫的紫藤，一般青的青草同在大地上生長，同在和風中波動——他們應用的符號是永遠一致的，他們的意義是永遠明顯的，只要你自己性靈上不長瘡瘢，眼不盲，耳不塞，這無形跡的最高等教育便永遠是你的名分，這不取費的最珍貴的補劑便永遠供你的受用；只要你認識了這一部書，你在這世界上寂寞時便不寂寞，窮困時不窮困，苦惱時有安慰，挫折時有鼓勵，軟弱時有督責，迷失時有南針。（徐志摩：《翡冷翠山居閒話》）

可以說，徐志摩的自然觀深符莊子「齊物論」的主旨，那就是在交攝互融、廣大悉備的宇宙系統中，萬物各適其性，各得其所，和諧共存，平等自由，體現出對於生命萬物存在的敬重和熱愛，沒有凌駕於自然之上的人類中心主義的立場，一種生態審美生存方式的理想主義態度躍然紙上。也正是這種契合，使得徐志摩以一種不帶任何功利色彩的純審美的直覺體驗方式去感應自然萬物的氣韻律動，從而把自己超凡脫俗的藝術情感遍灑於大自然萬物，使之都具有靈性和生命，也把不同情景和不同際遇中的興感觸發呈現在藝術創作的美感經驗中，於是我們看到，他的人生是那樣的充滿詩意，總在「自然」的審美境界中持「齊物」的廣闊胸襟，在「淡然無極」的審美觀照中濾去世俗的雜念，在獲得「眾美從之」的愉悅的同時作快樂的「逍遙遊」。

藝術理念生成的背後，總是潛隱著作為集體無意識的「原型」的推動；這種集體無意識的「原型」又總是受其推動的創作主體的審美生存體驗無限地豐富著。下面，筆者將對徐志摩文藝美學思想中的「莊子元素」作一嘗試性的爬梳。

1.「以神遇而不以目視」的藝術追求

在莊子那裡，實踐自由是精神自由必不可少的前提。莊子藝術精神的全面深刻和辯證之處在於，不但充分注重審美主體內在的精神自由，也充分注重審美主體現實生活中外在行動實踐的自由。在著名的「庖丁解牛」寓言故事中，文惠君問庖丁解牛之技巧為何如此之高超，庖丁回答說是因為有三年的操刀苦練，這種「以神遇而不以目視，官知止而神欲行」的實踐自由，最終帶來一種精神上遊刃有餘的自由快感。從徐志摩生平的藝術創作心理活動看，不但確有神秘的「生命覺悟」的情感體驗相佐證，而且多次呈現了與莊子「係由人生的修養工夫而得」的審美心態的驚人契合。徐志摩非常注重從日常生活的細節中去發現美，以淘養自己的審美情操。徐志摩的學生趙家璧曾記載這樣一則軼事：徐志摩有一次帶領他們去參觀汪亞塵美術展覽會，「記得那裡有一幅臨摹的畫，畫中有一個裸體的婦人，一手提著壺，一手放在下掛的泉水裏，你就問我們看到了這一幅畫，我們自己的手掌裏，是否也有一種流水的感覺。我們起先很驚異你的問題，及後覺得所謂藝術的感化力了。」〔註16〕——這則故事中意味深長地隱含著當年莊子與惠子「濠梁之辯」的一幕：趙家璧在驚異徐志摩所提出的問題時，肯定與當年的惠子一樣，心中滿是疑惑：「子非魚，而安知魚之樂？」好在趙家璧並不比惠子的冥頑，而是從老師的態度中領悟到了一種「藝術的感化力」。這種「藝術的感化力」的內心體悟，在方令孺的《志摩是人人的朋友》一文中同樣有著生動的記敘：「門外有一架藤蘿，他走的時候對我說：在冬天的夜裏，你靜靜地聽這藤蘿花子爆裂的聲

〔註16〕趙家璧：《寫給飛去了的志摩》，趙遐秋、曾慶瑞、潘柏生編：《徐志摩全集》（第3卷），第297頁。

音，會感到一種生命的力。」而林徽因《悼志摩》一文中也如此記敘：「又有一次他望著我園裏一帶的斷牆半晌不語，過後他告訴我說，他正在默默體會，想要描寫那牆上向晚的豔陽和剛剛入秋的藤蘿。」這種對自我藝術感化力的悉心培養，與詩人的藝術觀是息息相通的：

> 我們人類最大的幸福與權力，就是在生活裏有相當的自由活動，我們可以自覺地調劑，整理，修飾，訓練我們生活的態度，我們既然瞭解了生活只是個性的表現，只是一種藝術，就應得利用這一點特權將生活看作藝術品，謹慎小心的做去。
>
> 生活是藝術。我們的問題就在怎樣的運用我們現成的材料，實現我們理想的作品；怎樣的可以像密仡郎其羅一樣，取得了一大塊礦山裏初開出來的白石，一眼望過去，就看出他想像中的造的像，已經整個的嵌穩著，以後只要打開石子把他不受損傷的取了出來的工夫就是。（徐志摩：《「話」》）

——在此，徐志摩對藝術才能的自覺錘鍊以及對藝術自由創作理想狀態的孜孜以求，特別是其「一眼望過去，就看出他想像中的造的像，已經整個的嵌穩著，以後只要打開石子把他不受損傷的取了出來的工夫就是」的敘述，不就是對莊子筆下從「所見無非全牛者」到「目無全牛」的生動詮釋嗎？不就是對庖丁通過「以神遇而不以目視，官知止而神欲行」的錘鍊後所達到的一種「恢恢乎其於遊刃必有餘地」的技術境界的現代藝術闡釋嗎？

2.「凝神」的美感經驗

莊子曾說，「用志不分，乃凝於神」，凝神的美感經驗，是一種「形象的直覺」，無形中恰與藝術創作時凝思入神的微妙精神狀態有某種程度的契合，所以後來擴大引申到藝術領域，對中國的傳統文學創作產生了巨大的影響。在文學創作中，只有摒棄功利目的，拋棄邏輯的思考，以一種摒棄雜念的純淨心態自由地進行審美觀照，才能創作出真正具有藝術美的作品。莊子凝神體道中的直覺思維以及直覺主義的藝術精神，不但是中國古典文學藝術創作中物我兩忘、渾然一體這一創作觀念形成的重要來源，也潛在地影響著飽受傳統文化濡染的現代作家。譬如朱光潛就曾以莊子哲學中與美是直覺的思想相一致的地方來闡述他的美感經驗的內涵：「美感經驗是一種極端的聚精會神的狀態，全部精神都聚會在一個對象上面，所以該意象就成為一個獨立自足的世界。」〔註17〕徐志摩也是如此，他曾說：「美感的記憶，是人生最可珍的產業。認識美的本能是上帝給我們進天堂的一把秘鑰。」（徐志摩：《曼殊菲兒》）這「進天堂的一把秘鑰」，實際上是他散文中曾多次說到的一種獨特的美感經驗：「凝神」。譬如在《我所知道的康橋》中他寫道：「在星光下聽水聲，聽近村晚鐘聲，聽河畔倦牛芻草聲，是我康橋經驗中最神秘的一種：大自然的優美、寧靜，調諧在這星光與波光的默契中不期然的淹入了你的性靈。」這種神秘性的美感體驗來自他當初置身於康橋美景中的一種凝神狀態：「你凝神的看著，更凝神的看著，你再反省你的心境，看還有沒有一絲屑的俗念沾滯？只要你審美的本能不曾泯滅時，這是你的機會實現純粹美感的神奇！」「啊！我那時蜜甜的單獨，那時蜜甜的閑暇。一晚又一晚的，只見我出神似的倚在橋闌上向西天凝望」。正是因為作者將康橋如詩如畫的美景體驗於心，凝聚於心，才能在回憶裏將康橋旖旎動人的美景和盤托出，使人如身臨其境。也正是這種聚精會神的心理狀態，徐志摩筆下的「曼殊菲兒」在回憶裏呈現出驚人的美麗，呈現為「一整個的美感」：

> 她眉目口鼻之清之秀之明淨，我其實不能傳神於萬一，彷彿你對著自然界的傑作，不論是秋月洗淨的湖山，霞彩紛披的夕照，南洋裏瑩澈的星空，或是藝術界的傑作，培德花芬的沁芳南，懷格納的奧配拉，密克朗其羅的雕像，衛師德拉（whistler）或是柯羅的畫；你只覺得他們整體的美，純粹的美，完全的美，不能分析的美，可感不可說的美；你彷彿直接無礙的領會了造作最高明的意志，你在最偉大深刻的戟刺中經驗了無限的歡喜，在更大的人格中解化了你的性靈，我看了曼殊斐兒像印度最純澈的碧玉似的容貌，受著她充滿了靈魂的電流的凝視，感著她最和軟的春風似神態，所得的總量我只能稱之為一整個的美感。（徐志摩：《曼殊菲兒》）

曼殊菲兒的美麗氣質，竟然會使詩人如同面臨大自然神奇的美景，正是凝神觀照的結果：「凝神觀照之際，心中只有一個完整的孤立的意象，無比較，無分析，無旁涉，結果常致物我由兩忘而同一，我的情趣與物的意態遂往復交流，不知不覺中人情與物理互相滲透。」〔註18〕

〔註17〕朱光潛：《談美・文藝心理學》（增訂本），北京：中華書局，2012年，第121頁。
〔註18〕朱光潛：《詩的境界——情趣與意象》，《詩論》（增訂本），北京：中華書局，2012年，第50頁。

3.「坐忘」的體悟工夫

在散文名篇《北戴河海濱的幻想》中，徐志摩在一次偶然的靜坐默想中坦率剖露心靈洞天中的隱秘世界，以奇幻恣肆神思飛動的語言格調全景攝錄個體身心於靜坐默想中起伏變化的過程，其神遊八極，心馳萬仞的瑰麗之思、冥想之境，無論是文采，還是心理活動的狀態，都極具莊子的神韻：它實際上是詩人一次莊子式「坐忘」精神體驗全過程的無意識的記錄。作為莊子美學思想中的著名命題，所謂「坐忘」即是「通過靜坐而徹底地忘掉物我、是非差別和道德功利而達到與『道』同一的精神境界。語出《莊子・大宗師》:『墮肢體，黜聰明，離形去知，同於大通，此謂坐忘。』『離形』、『墮肢體』，是指從人的生理欲望中解脫出來，『去知』、『黜聰明』，是指從人的各種實用知識和利害計較中解脫出來，從而達到『忘乎物、忘乎天』(《莊子・天地》) 的境界。」〔註 19〕——遺忘本是日常人們一種普遍常見的精神體驗，但對於執著追求天地間個體生命詩性自由的莊子來說，大概由於有了老聃《道德經》中「吾所以有大患者，為吾有身」的遺訓，「忘」不但是其探求個體身心解放的重要手段，也是其擺脫塵世羈絆、淨化心靈塵垢、廓清思維雜念而實現個體身心解放的重要思維方式。這種藝術家式的心靈修養，不僅獨開先秦諸子風氣之先，更在具有內傾性民族心理的傳統文人中產生了心靈的共鳴，激起了一派清越悠遠的迴響：諸如李白的「我醉君亦樂，陶然共忘機」、蘇軾的「物我兩忘，身心皆空」等等。徐志摩也不例外，莊子那種「坐忘」式的內在藝術修養，通過一種人格氣韻的傳承在其心靈和作品中產生了不期然而然的轉化和薰陶。在《北戴河海濱的幻想》中，詩人首先是在獨坐的冥想中感悟：「難得是寂寞的環境，難得是靜定的意境；寂寞中有不可言傳的和諧，靜默中有無限的創造」，接下來靜極思動，下意識地對心中積蓄已久的鬱結作了一次梳理：「純粹的，猖狂的熱情之火，不同阿拉伯的神燈，只能放射一時的焰舌，不能永久的朗照」，以此來比附青年人易於消散的熱情。在「流水涸，明星沒，露珠散滅，電閃不再」的連珠譬喻中，不難窺見詩人的理想在現實面前被挫滅的喟歎。詩人由此把目光轉向了他熱愛的大自然，希冀「在無窮的碧空中，在綠葉的光澤裏，在蟲鳥的歌吟中，在青草的搖曳中」搜尋「愉悅與歡舞與生趣」，看到「希望，閃爍的希望，在蕩漾」。而紛繁蕪雜的自然的聲音，正

〔註 19〕朱立元主編：《美學大辭典》(修訂本)，上海辭書出版社，2014 年，第 172 頁。

需要心靈適時歇息下來時的駐足聆聽，於是詩人接下來對自然作了一次「遠景凝眸」式的眺望：

在遠處有福的山谷內，蓮馨花在坡前微笑，稚羊在亂石間跳躍，牧童們，有的吹著蘆笛，有的平臥在草地上，仰看交幻的浮游的白雲，放射下的青影在初黃的稻田中縹緲地移過。在遠處安樂的村中，有妙齡的村姑，在流澗邊照映她自製的春裙；口銜煙斗的農夫三四，在預度秋收的豐盈，老婦人們坐在家門外陽光中取暖，她們的周圍有不少的兒童，手擎著黃白的錢花在環舞與歡呼。

在這種「遠景凝眸」式的審美觀照中，一份解紛釋繁、念息心止般的寧靜得以自然釋放：

在此暫時可以忘卻無數的落蕊與殘紅；亦可以忘卻花蔭中掉下的枯葉，私語地預告三秋的情意；亦可以忘卻苦惱的僵癟的人間，陽光與雨露的殷勤，不能再恢復他們腮頰上生命的微笑，亦可以忘卻紛爭的互殺的人間，陽光與雨露的仁慈，不能感化他們兇惡的獸性；亦可以忘卻庸俗的卑瑣的人間，行雲與朝露的丰姿，不能引逗他們剎那間的凝視；亦可以忘卻自覺的失望的人間，絢爛的春時與媚草，只能反激他們悲傷的意緒。我亦可以暫時忘卻我自身的種種；忘卻我童年期清風白水似的天真；忘卻我少年期種種虛榮的希冀；忘卻我漸次的生命的覺悟；忘卻我熱烈的理想的尋求；忘卻我心靈中樂觀與悲觀的鬥爭；忘卻我攀登文藝高峰的艱辛；忘卻剎那的啟示與徹悟之神奇；忘卻我生命潮流之驟轉；忘卻我陷落在危險的漩渦中之幸與不幸；忘卻我追憶不完全的夢境；忘卻我大海底裏埋首的秘密；忘卻曾經刳割我靈魂的利刃，炮烙我靈魂的烈焰，摧毀我靈魂的狂飆與暴雨；忘卻我的深刻的怨與艾；忘卻我的冀與願；忘卻我的恩澤與惠感；忘卻我的過去與現在……（徐志摩：《北戴河海濱的幻想》）

在種種忘卻之中，體現的乃是以靜馭動極其自由的精神活動，是一層層由外向內的溝通，不僅要忘掉種種外在擾亂心靈的世俗觀念意識，而且最終要「墮肢體，黜聰明，離形去知，同於大通」，忘掉自己的存在：

過去的實在，漸漸的膨脹，漸漸的模糊，漸漸的不可辨認；現在的實在，漸漸的收縮，逼成了意識的一線，細極狹極的一線，又裂成了無數不相聯續的黑點……黑點亦漸次的隱翳，幻術似的滅了，滅了，一個可怕的黑暗的空虛……（徐志摩：《北戴河海濱的幻想》）

——這一系列的心理活動狀態，深深契合著莊子式的「坐忘」：一種在靜坐默想中廓清和淨化心靈的精神運作。

4.「虛靜」的審美心胸

莊子的坐忘正具有靜極思動、以靜馭動的思維特徵，它能讓身心越過世俗的種種塵障而達致一種心無掛礙的審美狀態：虛靜。莊子認為人的心靈的「虛靜」是悟道的途徑和方式：「夫虛靜恬淡寂漠無為者，萬物之本也」；「水靜猶明，而況精神乎？聖人之心靜乎？天地之鑒也，萬物之鏡也。」（《莊子·天道》）——這種通過虛的工夫達致的虛靜空明的心理狀態，是一種超脫了現實功利與利害觀念的空明心境，往往是藝術家們在藝術構思中展開想像翅膀的起點，無形中契合著藝術創作時的心理前提。

在虛靜中體驗，「於靜觀寂照中，求返於自己深心的心靈節奏，以體合宇宙內部的生命節奏」〔註20〕，才能從大自然有限的事物中發現無限的韻味和詩意。所謂「一沙一世界，一花一天國，無限掌中置，剎那成永恆」，大自然的單純、神秘與和諧深深地內化成了詩人精神世界的一部分，使他有意識地尋求一種和諧均齊的語言模式來承載和諧的生命意識，從而在對大自然韻律的揣摩中，調整自身生命的步伐，書寫對大自然種種細微神妙的體驗：諸如在傳世名作《再別康橋》中，詩人遙望西天的雲彩，思維瞬間穿越眼前有限的物象與情景，直接進入無限的時空。這種主觀能動性參與發揮的狀態，喚醒了詩人在世俗中壓抑和窒息的種種情感和情操，也激發出詩人前所未有的創造意識，一個最自由最充沛的深心的自我，在靈魂的自在遨遊中走入了心靈深處和宇宙深處。在此種審美觀照下，全詩籠罩著一種淡淡的寧謐的氛圍，一幅明淨透澈、輕盈流轉的畫卷徐徐展開：西天的雲彩、河畔的金柳、波光裏的豔影、軟泥上的青荇、榆蔭下的清泉……，凡此種種，皆指向作者「心靈深處的歡暢」，是「自然的人化」與「人的自然化」的深度展開。一言以蔽之，《再別康橋》之所以散發著經久不息的迷人魅力，而成為現代詩歌經典，正是因為其中滲透了莊子「虛靜與物化」的美學內涵，達到了「物我兩忘」的

〔註20〕宗白華：《論中西畫法的淵源與基礎》，《美學散步》，上海人民出版社，1981年，第132頁。

藝術境界。

5.「物化」的審美境界

在莊子那裡，「虛靜」之後的境界即是「物化」：「昔者莊周夢為胡蝶，栩栩然胡蝶也，自喻適志與！不知周也。俄然覺，則蘧蘧然周也。不知周之夢為胡蝶與？胡蝶之夢為周與？」（《莊子・齊物論》）這種物我兩忘的審美境界在藝術創作中必然導致精神主客兩忘的境界。作為現代新詩史上「成功地實現了個人觀念物象化的第一位大家」，〔註21〕徐志摩「凡物各盡其性」的審美觀以及屢屢在自然美景面前陷入的性靈迷醉，均可見出此種藝術精神的一脈綿延。譬如《愛的靈感》：「我就像是一朵雲，一朵｜純白的，純白的雲，一點｜不見分量，陽光抱著我，｜我就是光，輕靈的一球，｜往遠處飛，往更遠的飛；｜什麼累贅，一切的煩愁，｜恩情，痛苦，怨，全部都遠了……」；譬如《山中》：「我想攀附月色，｜化一陣清風，｜吹醒群松春醉，｜去山中浮動」；譬如《鯉跳》：「我願意做一尾魚，一支草，｜在風光里長，在風光裏睡，｜收拾起煩惱，再不用流淚」；譬如《再別康橋》：「在康橋的柔波裏，｜我甘做一條水草」；譬如《雲遊》：「那天你翩翩的在空際雲遊，｜自在，輕盈，你本不想停留，｜在天的那方或地的那角，｜你的愉快是無攔阻的逍遙」……——不管是化雲、化風、作魚、作草，還是之於「逍遙」的心靈渴盼，都體現了作者試圖融入自然，在天地清風中舒展生命精神的自由追求。最典型的還是那首《雪花的快樂》：「假如我是一朵雪花，｜翩翩的在半空裏瀟灑，｜我一定認清我的方向｜——飛揚，飛揚，飛揚｜這地面上有我的方向。」詩人的思緒在想像的空間輕盈漫舞，從俗世中飛昇，無所依託、無所倚仗，從而羽化為雪，於漫不經心中消失了具體人與物的界限，正與莊周夢蝶有異曲同工之妙。

6.「與物為春」的審美體驗

莊子《德充符》云：「使日夜無隙，而與物為春，是接而生時於心者也。」在此，「與物為春」當指主體與他物之間因和諧融洽而引發的審美體驗。「在莊子看來，萬物都是大道衍化的自然產物，其自身無不蘊含著生機勃勃的性靈，當返回自我本性的主體與以最本真面目呈現的外物相遇，自然會獲得一種物我合一、其樂融融的美妙體驗。」由此可見，「與物為春」在莊子那裡，

〔註21〕李怡：《徐志摩：古典理想的現代重構》，《中國現代新詩與古典詩歌傳統》（修訂本），第198頁。

不僅是「返回到自我生命的本源之處而感受到生命之真所帶來的至樂與逍遙」，也是「恢復了自我與世界的原初親密而獲得和諧渾融的物我關係所引發的春天般的感受。」〔註 22〕——釐清了莊子「與物為春」的本真內涵，我們再來看徐志摩《我所知道的康橋》中的一段描寫與體悟：

> 朝陽是難得見的，這初春的天氣。但它來時是起早人莫大的愉快。頃刻間這田野添深了顏色，一層輕紗似的金粉糝上了這草，這樹，這通道，這莊舍。頃刻間這周遭彌漫了清晨富麗的溫柔。頃刻間你的心懷也分潤了白天誕生的光榮。「春！」這勝利的晴空彷彿在你的耳邊私語。「春！」你那快活的靈魂也彷彿在那裡迴響。

——這不正是莊子的「與物為春」麼？（假如莊子來到現代，也不過如此！）只有親身感受過康橋朝陽初啟時富麗的溫柔並對此深有體悟的詩人，才能細膩入微地抒寫出一種「恢復了自我與世界的原初親密而獲得和諧渾融的物我關係所引發的春天般的感受」〔註 23〕。

7.「聽乎無聲」的聽覺審美範式

受到雪萊名作《為詩辯護》的啟發，徐志摩曾多次就詩人們創作中的審美狀態打過一個「風吹弦琴」的譬喻：活潑無礙的心靈境界就像一張繃緊的弦琴，掛在松林的中間，感受大氣小大塊慢的動盪，發出高低緩急同情的音調。所以當代學人曾經指出：「他的詩的發生學，往往歸因於玄秘的不可究詰的靈感上，這正是雪萊所秉承的西方詩學一個源遠流長的觀念系列的餘緒。」〔註 24〕但於「玄秘的不可究詰的靈感上」，傳統文化對他的影響正不容忽視。由老子發其端、莊子續其緒的陰陽兩氣化生萬物的思想，曾認為天地萬物與人類是一個有著內在和諧統一關係的生命整體，哲人們似乎在天地動靜、晝夜往復、四時輪迴、生死綿延這些「宇宙裏最深微的結構形式」中領悟出「天地運行的大道」（宗白華語），在「四時迭起，萬物循生……一清一濁，陰陽調和，流光其聲」中聆聽出一種和諧的節律和美妙的宇宙樂章。故老子曰：「大音希聲」；而莊子更進一步說：「視乎冥冥，聽乎無聲。冥冥之中，獨見曉焉；無聲之中，獨聞和焉。」這種天人合一之論，經過魏晉玄學的洗禮，從哲人們超凡脫俗的神秘感應裏下落凡塵士人的心靈，由此積澱為中華民族傳統文化

〔註 22〕王焱：《得道的幸福——莊子審美體驗研究》，第 182 頁。
〔註 23〕王焱：《得道的幸福——莊子審美體驗研究》，第 182 頁。
〔註 24〕江弱水：《一種天教歌唱的鳥——徐志摩片論》，《文本的肉身》，第 97 頁。

深層心理模式中具有發生學前提意義的「物感」傳統，所謂「氣之動人，物之感人。故搖盪性情，形諸歌舞」，傳統士人從自然風物感悟天地間生機鬱勃的生命流蕩而舒展自己的情性時，其藝術靈感正取決於「主客體生命之氣的同頻共振，物我經由雙向的往復交流，而獲無聲的節奏韻律感」〔註 25〕。徐志摩也是如此，對於自然的「無聲之樂」，他不但「聽之以心」，而且「聽之以氣」，他宣稱：

> 我深信宇宙的底質，人生的底質，一切有形的事物與無形的思想的底質——只是音樂，絕妙的音樂。天上的星，水裏泅的白乳鴨，樹林裏冒的煙，朋友的信，戰場上的炮，墳堆裏的鬼，巷口那只石子，我昨夜的夢，……無一不是音樂。……是的，都是音樂——莊周說的天籟地籟人籟；全是的。（徐志摩：《譯〈死屍「Une Charogne」〉序》）

——徐志摩似乎正是奉莊子的「聽乎無聲」的提示為宗旨，聞「人籟」，聞「地籟」，聞「天籟」，在「群籟雖參差」中「適我莫非新」，自然界的種種事物，「星光的閃動，草葉上露珠的顫動，花鬚在微風中的搖動，雷雨中雲空的變動，大海中波濤的洶湧」（徐志摩：《自剖》），皆成為觸動他感性的情景；而「瀑吼、松濤、鳥語、雷聲」是他感官的「教師」（徐志摩：《雨後虹》），他詩心的靈苗「隨春草怒生，沐日月光輝」；他和諧的靈魂「聽自然音樂，啜古今不朽」，「精魂騰躍，滿想化入音波」（徐志摩：《康橋再會吧》）；他仰望天際的每一朵星光，「飲咽它們的美如同音樂，奇妙的韻味通流到內臟與百骸」（徐志摩：《愛的靈感——奉適之》）；他漫步在康河靜穆的晚景裏，「在星光下聽水聲，聽近村晚鐘聲，聽河畔倦牛芻草聲」（徐志摩：《我所知道的康橋》），而水草間「輕挑靜寞」的「魚躍蟲喘」（徐志摩：《康橋再會吧》），亦成為詩人神異性感覺中的一種。自然的音籟時刻觸動著他心靈的琴弦，使他經常於「無聲之中獨聞和」，感覺「本來萬籟靜定後聲音感動的力量就特強」：「我卻在這靜溫中，聽出宇宙進行的聲息，黑夜的脈搏與呼吸，聽出無數的夢魂的匆忙蹤跡；｜也聽出我自己的幻想，感受了神秘的衝動，在豁動他久斂的習翮，準備飛出他沉悶的巢居，飛出這沈寂的環境，去尋訪黑夜的奇觀，去尋訪更玄奧的秘密——｜聽呀，他已經沙沙的飛出雲外去了！」（徐志摩：《夜》）自然的音籟激發著他創造的靈感，提升著他創造時的激情，所以當他獨自漫步

〔註 25〕汪裕雄：《意象探源》，北京：人民出版社，2013 年，第 292 頁。

時晚風吹拂他孤獨的身形，他靈海裏竟會「嘯響著偉大的波濤，｜應和更偉大的脈搏，更偉大的靈潮！」(徐志摩:《天國的消息》) ——這正是「人與天調，然後天地之美生」的現代表達。

——當然，「莊子的『天籟』也不一定落實為風聲、雨聲等自然界的聲音，而是在於天地的音樂性，在人對世界的音樂性觀照中自然呈現，它本質上不是聲音。它不是音樂的顯性層面，而是主體對於世界的音樂性意向本身，是音樂得以成為音樂的『內形式』，同時也是沒有宮商的自然之音」〔註 26〕。這種不可言傳的諦聽姿態和生命律動，啟示著生命的境界和心靈的幽韻，使得一種有意味的形式——音樂——成為中國傳統藝術審美追求的本質特徵。對於徐志摩來說，「傾聽」正是激活其個體心靈自由創造活動的獨特方式，當他時常以自己的心靈去接納大自然的氤氳流蕩，去聆聽宇宙神秘而又親切的啟示，去體悟、貼近、想像世界的本質和意義，便將種種內在的交響和律動轉化為其詩歌中的「音色」，從而成就為新詩史上一種高度的音樂成就。

8.「冥想」的「逍遙之境」

在莊子那裡，「冥想」實具有內心體驗的性質，其「逍遙之境」往往借「冥想」而達成。而在徐志摩那裡，我們可以看到，他不僅將自己的自由和逍遙寄託於冥想的心靈中，寄託於所經歷的自然山水中，而且也寄託在超越生死自然極限的「想飛」中。最明顯的是其散文名篇《想飛》中的表達：

> 啊飛！不是那在樹枝上矮矮的跳著的麻雀兒的飛；不是那湊天黑從堂匾後背衝出來趕蚊子吃的蝙蝠的飛；也不是那軟尾巴軟嗓子做窠在堂簷上的燕子的飛。要飛就得滿天飛，風攔不住雲擋不住的飛，一翅膀就跳過一座山頭，影子下來遮得陰二十畝稻田的飛，到天晚飛倦了就來繞著那塔頂尖順著風向打圓圈做夢……人類最大的使命，是製造翅膀；最大的成功是飛！理想的極度，想像的止境，從人到神！詩是翅膀上出世的；哲理是在空中盤旋的。飛：超脫一切，籠蓋一切，掃蕩一切，吞吐一切。

人當然不是神，但這並不妨礙詩人在「乘物以遊心」的「理想的極度」中成為這一內在最高存在形式的「化身」，「一定意義上，『神化』也是『物

〔註 26〕沈亞丹：《寂靜之音——漢語詩歌的音樂形式及其歷史變遷》，上海人民出版社，2007 年，第 90 頁。

化』的最高形式。『神話』或與『神』有關的寓言，便是『神化』的一種表述方式。『獨與天地相往來』便是『神遊』的一種溝通方式。而『心』則是連接無形的道與有形器的『中轉站』。有了這個『中轉站』便可以『道由心生』」，便可以在「想像的止境」中讓詩從翅膀上出世，讓哲理在空中盤旋。如果遺忘了這一點，人的思維在名物概念對象的囚禁與宰制下，就容易僵化，就會像飛不高遠的「麻雀兒」和只顧眼前利益的「蝙蝠」一樣，「慢慢淡忘了這世界除了物理的天空之外，還存在著一個思想的天空」，「忘卻了自己在心靈上的另一雙翅膀，自然也就少了一雙品味世界，把玩事物，『乘物以遊心』的眼睛，世界自然也就不會有『神靈』的發現。」〔註27〕正因如此，「想飛」的願望一直強烈地充斥著徐志摩的內心，催生了其「跑野馬」的散文風格；而「飛」的意象則在其詩歌中頻頻出現，諸如《快樂的雪花》中那「翩翩地在半空裏飛舞」的瀟灑；《偶然》中那「偶而投影在你的波心」的灑脫；《雲遊》中那在天的一角「自在，輕盈」的逍遙；《再別康橋》中「輕輕的我走了，正如我輕輕的來」的凌波飛渡……，構成了其詩「輕盈飄逸」的風格基調。由此可見，徐志摩的詩歌，在華麗唯美的異國情調的掩映下，實則折射出一派莊子灑脫的逍遙遊風範，點染著空靈的山水，幻化出一派中國傳統詩人的典型風範：一如李白式的飄逸。

9.「天地有大美而不言」的審美觀照

「天地有大美而不言」是莊子散文中常常述說的一個審美理念。《莊子．秋水》中曾寫道：「秋水時至，百川灌河。涇流之大，兩涘渚崖之間，不辯牛馬。於是焉，河伯欣然自喜，以天下之美為盡在己。」——這種「天地之大美」的審美感是只存在於超然物外的「逍遙遊」的審美狀態中才能夠產生的。在與大自然同遊中，內在細膩的感官得到了無盡的延伸，從而感覺這大自然整體美的神奇。與莊子一樣，徐志摩的「想飛」是一種「心遊」，其基點在於心靈的自由解放，不是自我意志的張揚，而是徹底擺脫了外在事功拘囿的心胸所向往的達觀逍遙、自然本真的境界，只有達到了這種境界，才能時時使主體的自由飛昇指向絕美的極境，才能最終使心靈在超越與昇華中達到與自然萬物在本真狀態中的融合。也正是在這種精神的極度解放和心靈的神遊中，徐志摩的詩文中無數次呈現了人生詩意棲居的狀態和體悟美感的瑰麗境界，

〔註27〕郜里：《此雪》，福建教育出版社，2019年，第62～63頁。

如其《泰山日出》中的一段：

> 我初起時，天還暗沉沉的，西方是一片的鐵青，東方些微有些白意，宇宙只是——如用舊詞形容——一體莽莽蒼蒼的。但這是我一面感覺勁烈的曉寒，一面睡眼不曾十分醒豁時約略的印象。等到留心回覽時，我不由得大聲地狂叫——因為眼前只是一個見所未見的境界。原來昨夜整夜暴風的工程，卻砌成一座普遍的雲海。除了日觀峰與我們所在的玉皇頂以外，東西南北只是平鋪著彌漫的雲氣，在朝旭未露前，宛似無量數厚毳長絨的綿羊，交頸接背的眠著，卷耳與彎角都依稀辨認得出。那時候在這茫茫的雲海中，我獨自站在霧靄溟蒙的小島上，發生了奇異的幻想——軀體無限的長大，腳下的山巒比例我的身量，只是一塊拳石；這巨人披著散髮，長髮在風裏像一面墨色的大旗，颯颯的在飄蕩。這巨人豎立在大地的頂尖上，仰面向著東方，平拓著一雙長臂，在盼望，在迎接，在催促，在默默的叫喚；在崇拜，在祈禱在流淚——在流久慕未見而將見悲喜交互的熱淚……

徐志摩由「睡眼不曾十分醒豁時約略的印象」至驟睹泰山日出前的壯觀景象，以至幻想成為無邊雲海裏散髮禱祝的巨人，這種與天地萬物融為一體的高峰體驗，正是莊子式「朝徹」體驗的一次絕妙見證。

又例如他的散文《「話」》中的一段：

> 每當太陽從東方的地平線上升，漸漸的放光，漸漸的放彩，漸漸的驅散了黑夜，掃蕩了滿天沉悶的雲霧，霎刻間臨照四方，光滿大地，這是何等的景象？夏夜的星空，張著無量數光芒閃爍的神眼，襯出浩渺無極的穹蒼，這是何等的偉大景象？大海的濤聲不住的在呼嘯起落，這是何等偉大奧妙的影像？高山頂上一體的純白，不見一些雜色，只有天氣飛舞著，雲彩變幻著，這又是何等高尚純粹的景象？

在「天地有大美而不言」的無言震撼中，作者逸興瑞飛，思緒完全與眼前壯麗的景色融為一體，天人合一，物我兩忘。——在此，徐志摩將自己的全部心靈寄託於構成自然的萬物之中，「創造性地將人格精神提升到自然生命時空的高度，抒發出『吾獨與天地精神相往來』的磅礴精神氣概」〔註 28〕，

〔註 28〕李詠吟：《詩學解釋學》，上海人民出版社，2003 年版，第 328 頁。

表達了中國現代文學史上一種罕見的純粹的自然浪漫主義，體現的也正是莊子那博大的審美情懷。

10. 本節小結

在徐志摩短暫而醒目的藝術生涯中，似乎從來沒有專門從理論上談論過莊子，即使在文中偶而提及，也是一閃而過，但縱觀徐志摩的作品內涵和藝術構思心理活動，卻是在現代文學史上最大程度也最為圓融地體現了莊子最本真藝術精神的文人。雖然徐志摩天性童真，從來不屑於板著面孔說話的裝腔作勢，但其大量沉浸於大自然的優美詩文中，哪怕是一段無意的心靈獨白，都透露出一種「天人合一」的哲思。徐志摩似乎也從來不曾直接從傳統文化之中去提煉與西方相近的美學話語，但曾深受英國浪漫主義詩人華茲華斯和雪萊等人的影響，並不難從他們對自然的靜觀冥想中獲取美的感動和性靈的昇華，從而勾起他對心靈深處沉澱的傳統詩性文化的悠遠回味，使他自覺或不自覺地在老莊哲學和西方美學的比照參證中去思考藝術「無目的」的問題。特別是莊子的藝術精神已經深深地滲透進其藝術創作心理活動的機制，而成為其作品內涵中處處散發出來的一種氣韻。

當然，莊子思想並不能用來統攝一個置身於中西文化交融碰撞中的詩人的全部豐富內涵。譬如以上舉證的徐志摩藝術心理活動中「以神遇而不以目視」、「凝神」以及「與物為春」等美感經驗，與西方現代心理學中的「移情」就具有共通性。朱光潛曾這樣解釋移情作用與審美經驗的密切聯繫：「移情作用不一定就是美感經驗，而美感經驗卻常含有移情作用，美感經驗中的移情作用不單是由我及物的，同時也是由物及我的；它不僅把我的性情和情感移注於物，同時也把物的姿態吸收於我。所謂美感經驗，其實不過是在聚精會神之際，我的情趣和物的情趣往復回流而已。」〔註29〕——徐志摩看到美術畫中人物手中的水流而產生同感，在向晚的豔陽裏默默揣摩斷牆上入秋藤蘿的神韻姿態，以及在大自然的壯麗景色中感受「天地之大美」，在泰山日出的普遍光照裏成為無邊雲海裏散髮禱祝的巨人，凡此種種，無不是「我的情趣和物的情趣」的「往復回流」。這是一種基於共同人性的美感經驗。〔註30〕又譬如，徐志摩曾受到印度詩哲泰戈爾泛神論的影響，在他那人

〔註29〕朱光潛：《談美．文藝心理學》（增訂本），第23頁。

〔註30〕在這點上，朱光潛先生還曾指出：莊子所謂「心齋」，「恰是西方哲學家與宗教家所謂『觀照』（contemplation）與佛家所謂『定』或『止觀』。不過老莊自

與自然相融合一的浪漫情懷中，無疑也包蘊著泰戈爾式的對大自然獨特的藝術感知與審美體驗。當然，不同於泰戈爾要在自然萬物中悟證神明的無所不在，徐志摩顯然受傳統「天人合一」思想的影響更多，所以其詩文關於自然的闡述更多指向人與自然的和諧。可見，外來的衝擊是顯在的推力，本土的淵源是潛在的迴響，在異質的外來思想影響下，詩人文化心理結構中的傳統詩學審美情趣被激活。正是基於一種「沉潛反省在生命之內」的共通的精神狀態，追尋心靈超越的莊子哲學與嚮往回歸自然的英國浪漫主義思想，以及泰戈爾的泛神論思想與西方審美現代性的諸種元素，在置身於中西文化交融格局中的徐志摩身上形成了一種奇妙的匯合與融通，使他能夠在中西不同的文化背景裏自由遊走，靈活自如地借西方現代文化之花，接中國傳統文化之木，返傳統之本而開現時之新。

三、自由與反抗：對文明異化的質疑與審美現代性批判

自從中國以歷史的落差遭遇西方現代性而被迫現代化以來，從西方移植的現代性與中國傳統固有的前現代性之間的價值衝突就不可避免。而問題的複雜性還在於，「西方的現代性文化思潮是裹挾著後現代性思想的因子同時進入中國的」，「現代性的合法性不得不遭遇來自前現代性與後現代性的雙面夾擊」：「前現代性往往借助後現代性的思想資源，尤其是對現代性批判的那

己雖在這上面做工夫，卻並不想以此立教，或是因為立教仍是有為，或是因為深奧的道理可親證而不可言傳。」（朱光潛：《看戲與演戲——兩種人生理想》，宛小平編選：「中國現代美學名家文叢．朱光潛卷」，浙江大學出版社，2009 年，第 9 頁。）另外，針對中國傳統的「物化」與「移情」，學界有不同的看法。譬如童慶炳先生就曾指出：「中國的藝術『物化』論和西方的『移情』論的根本不同點是，中國的『物化』論是『胸次』的理論，要靠長期的修養和體驗，沒有刻骨銘心體驗，是不可能達到『物化』境界的。……西方的『移情』論則是注意理論，在物與我之間，主體把注意力放在自身的情感上面，於是面對著物所引起的情，形成大腦皮層的興奮中心，於是發生了強烈的負誘導作用抑制了周圍區域的興奮，使人的注意力從物移到情，甚至物我兩忘，物我互贈。」（童慶炳：《中國古代文論的現代意義》，北京師範大學出版社，2001 年，第 122～123 頁。）筆者認為，此種理論固然注意到了「物化」與「移情」發生過程中的「異質」性，但就二者最終所達致的具有相同審美效應的結果（物我兩忘）來看，很顯然又並不能將其審美過程中的心理活動與生理反應截然二分，應該說，二者存在一定的交叉與重疊。對於現實中理性與感性並存的詩人來說，「物化」與「移情」，往往是雜糅並存的。所以本文依然採用朱光潛先生的意見。

部分；後現代性也往往回返前現代性的思想資源，又往往是其所描述的自然、社會烏托邦和人倫關係，特別是莊周式的理念境界。」〔註 31〕於是，在中國現代化的語境中，審美現代性對理性現代性的批判往往不可避免地摻雜入本土的思想資源，尤其是莊周式反異化的理念。

曾遊學西方的徐志摩，其文學作品的內涵從一開始起就包蘊了對資本社會現代性的審美現代性批判。在《湯麥士哈代》一文中，徐志摩曾以一個人文主義者的眼光追溯了西方始於盧梭的現代「自我解放」與「自我意識」，回顧了從盧梭到哈代這一浪漫主義思潮對西方現代化進程負面效應的質疑：

> 從《懺悔錄》到法國革命，從法國革命到浪漫運動，從浪漫運動到尼采（與陀思妥耶夫斯基），從尼采到哈代——在這一百七十年間我們看到人類衝動性的情感，脫離了理性的挾制，火焰似的迸竄著。在這光炎裏激射出種種的運動與主義，同時在灰燼的底裏孕育著「現代意識」，病態的、自剖的、懷疑的、厭倦的、上浮的熾焰愈消沉，底裏的死灰愈擴大，直到一種幻滅的感覺軟化了一切生動的努力，壓死了情感，痲痹了理智，人類忽然發見他們的腳步已經誤走到絕望的邊沿，再不留步時前途只是死與沉默。

上述種種西方「現代意識」僅僅是徐志摩反思西方現代性的前瞻視野，真正觸發其現代性批判意識的是起源於英國 19 世紀上半葉的浪漫主義文學思潮。英國浪漫主義詩派「回歸自然」的幽雅情趣，源於對現代工具理性和工業文明的反叛，不能不讓同樣具有浪漫主義氣質的徐志摩深受感染。而西方羅素對現代性「機械主義」和「人為物役」現象的強烈批判，更激發了徐志摩對精神與物質、人文與科技矛盾對峙這一宏大的世界性哲學命題的思考。他曾相當準確地概括出「科學運用」給人類帶來的嚴重弊端：「（一）倍增了貨物的產品，促成了資本主義之集中；（二）製造殺人的利器，鼓勵同類自殘的劣性；（三）設備機械的娛樂，卻掩沒了美術的本能。」（徐志摩：《羅素又來說話了》）——但徐志摩能辯證地提煉出「科學的應用」這一「科學主義之流弊」來進行深刻的批判（他並不排斥「純粹的科學」），正是基於工具理性對「心靈的自由」的摧殘與壓抑這一基本認同，從某種程度上恰恰又是對中國古典詩哲綿延千年的追求心靈自由呼聲的無意識的回應。在《泰戈爾來華》

〔註 31〕唐小林：《看不見的簽名——現代漢語詩學與基督教》，北京：華齡出版社，2013 年，第 393～394 頁。

一文中，他曾說：

> 可憐華族，千年來只在精神窮窶中度活，真生命只是個追憶不全的夢境，真人格亦只似昏夜池水裏的花草映影，在有無虛實之間，……誰不長念莊生之逍遙，東坡之風流，淵明之衝淡？我每想及過去的光榮、不禁疑問現時人荒心死的現象，莫非是噩夢的虛景，否則何以我們民族的靈海中，曾經有過偌大的潮跡，如今何至於沈寂如此？

在對沈寂枯槁現實的反思和批判中，不難看出他對於莊子一脈詩性文化的仰慕和稱賞。這種個體和感性自我的覺醒，鮮明地指向一種重建健全人格的審美救贖，正是上世紀初置身於啟蒙現代性歷史情境中的自由主義文學思潮中的題中應有之義。所謂「立意在審美，旨歸在啟蒙」，自由主義文學思潮以文學的審美承擔思想文化的啟蒙為旨歸，面對現代化進程中人性異化、道德淪喪等現象的批判和反思，往往表現出某種向傳統回歸的態勢。當然，自稱自我意識是康橋給胚胎的徐志摩的浪漫主義思想中，還具有西方追求彼岸的宗教情懷的一面（譬如他詩文中皈依上帝與天國的情結），這與「一個世界」的中國傳統信仰不同，也自然與傾向隱逸自由的老莊玄禪有所不同。這種意識以信仰來對抗啟蒙理性與現代文明的異化，適當時正可以轉化為批判現代性的思想資源。但在尋找彼岸歸宿的價值取向中，卻又容易折返到充滿現實關懷的此岸，回到自然中去尋找慰藉——也即回歸到「山水田園詩」的東方浪漫主義中。濫觴於英國感傷主義的西方浪漫主義詩學的基本精神本來「就是批判科技理性、崇尚自然和藝術、宣揚人的自由解放」〔註 32〕，這也是中西兩種浪漫主義互逆而又異質同構的一面。所以在徐志摩的筆下，一方面呈現出對現代工業文明異化的敏感掙扎，一方面更傾心於對自然湖光山色的沉醉，將自然作為自己身心棲息的精神家園，這點與莊子極為相似。

「歷史上好些批判近代文明的思想家們，從盧梭到現代浪漫派，都喜歡美化和誇張自然（無論是生理的自然，還是生活的自然），認為『回到自然』才是恢復或解放『人性』。比起他們來，莊子應該算是最早也最徹底的一位。」〔註 33〕的確，莊子很早就發出了抗拒「文明進化」的呼聲。在《莊子・外

〔註 32〕王元驤：《文學理論與當今時代》，浙江大學出版社，2002 年，第 329 頁。

〔註 33〕李澤厚：《莊玄禪宗漫述》，《中國古代思想史論》，北京：生活・讀書・新知三聯出版社，2008 年，第 188 頁。

篇．天地》那則莊子借菜農之口反對用機械灌溉以節省人力的故事裏，可以看出莊子的初衷：反對機械對人的異化，勿使心為形役、人為物役；莊子也表示過文明的「機事、機心」會對生態環境造成破壞的擔心，《莊子．胠篋》中說：「夫弓、弩、畢、弋、機變之知多，則鳥亂於上矣；鉤餌、罔罟、罾笱之知多，則魚亂於水矣；削格、羅落、罝罘之知多，則獸亂於澤矣；知詐漸毒、頡滑堅白、解垢同異之變多，則俗惑於辯矣。故天下每每大亂，罪在於好知。」——莊子的思想，發現代性批判之先聲，在徐志摩的作品中有著同樣的體現。

在《我過的端陽節》一文中他說：「什麼是文明人：只是腐敗了的野獸！你若然拿住一個文明慣了的人類，剝了他的衣服裝飾，奪了他作偽的工具語言文字，把他赤裸裸的放在荒野裏看看多麼寒磣的一個畜生呀！恐怕連長耳朵的小騾兒，都瞧他不起哪！」「文明只是個荒謬的狀況：文明人只是個淒慘的現象。什麼是現代的文明：只是一個淫的現象。淫的代價是活力之腐敗與人道之醜化。前面是什麼，沒有別的，只是一張黑沉沉的大口，在我們運定的道上張開等著，時候到了把我們整個吞了下去完事。」在《泰戈爾》一文中，徐志摩也就「文明」這樣說：「現代的文明只是駭人的浪費，貪淫與殘暴，自私與自大，相猜與相忌，颶風似的傾覆了人道的平衡，產生了巨大的毀滅。蕪穢的心田裏只是誤解的蔓草，毒害同情的種子，更沒有收成的希冀。」其實徐志摩憎惡的並不是現代文明本身，而是伴隨著現代文明泥沙俱下的貪婪、自私、欺騙、爭鬥、冷漠、虛偽和無限的物慾。透過現代社會高度發展帶來的工具理性，他似乎看到了不擇手段的功利主義正無情地泯滅著世人之於理想價值與終極關懷的追求，所以他在《羅素又來說話了》一文中曾深刻地剖析道：

> 現代社會的狀況，與生命自然的樂趣，是根本不能相容的。友誼的情感，是人與人，或國與國相處的必需元素，而競爭主義又是阻礙真純同情心發展的原因。又次，譬如愛美的風尚，與普遍的藝術的欣賞，例如當年雅典或初期的羅馬曾經實現過的，又不是工商社會所能容恕的。從前的技士與工人，對於他們自己獨出心裁所造成的作品，有親切真純的興趣；但現在伺候機器的工作，只能僵癟人的心靈，決不能獎勵創作的本能。我們只要想起英國的孟騫斯德、利物浦；美國的芝加哥、畢次保格、紐約；中國的上海、天津；就

知道工業主義只孕育醜惡，庸俗，齷齪，罪惡，囂厄，高煙囪與大腹賈。

不同於莊子將技術的必然性樹立到與人的存在不能並存的極端，徐志摩是推崇「科學本體」的，他反對的只是人們將「純粹的科學」與「運用的科學」相混淆，從而「製造殺人的利器」。他認為「私利的動機與無奈的貪心是污損現代文明與科學的主體。這時期最重大的使命是在『從罪惡的泥污裏成出那真理的神聖寶輦』，用道德的聖水來洗淨真理顏面上沾染的斑點」，所以他倡導「用道德、人文的『聖水』洗滌科學的斑點」，「以人文之手握住科學這柄雙刃劍」（徐志摩：《泰戈爾「科學的位置」贅語》）。——如果把徐志摩的這一價值選擇取向納入 20 世紀初全球物質主義與人文精神對峙這一宏大的歷史語境中來考察，顯然，他「相對傾向於強化人文精神，他對人生自由意志的肯定論超越機械決定論，對心界的價值判斷重於物界的事實判斷，其內質是對人類社會現代化進程中負面成分的批判，屬於質疑、反思『現代性』的理論範圍。」〔註 34〕

值得一提的是，近年來出版的《1916：徐志摩在滬江大學》一書，首次披露了徐志摩就讀滬江大學時發表於校刊《天籟》上的 21 篇文言文，填補了其早期思想動態因資料闕如而陷入停頓的研究空白，堪稱意義重大。其中《漁樵問答》、《賣菜者言》、《論臧谷亡羊事》、《貪夫殉財烈士殉名論》四篇，無論是體例、取象還是句式，都模仿《莊子》，處處閃現著莊子的智慧靈光。但那時的徐志摩雖然被莊子思想和文章的神奇魅力所吸引，卻很難皈依莊子那種徹底擯棄名利的遁世思想。他闡發莊子的本義，卻又聯繫自身所感受到的時代氛圍而有所發揮。針對莊子認為「自三代以下者，天下莫不以物易其性矣。小人則以身殉利，士則以身殉名，大夫則以身殉家，聖人則以身殉天下。故此數子者，事業不同，名聲異號，其於傷性以身為殉，一也」（《莊子·駢拇》），青年徐志摩提出了異議：「因是非而觀之，讀書得矣，即亡其羊何傷。死名善矣，即喪其生何傷。」他把人類對於名利的追逐看作是動物式的習性，連聖人也概莫能外：「魚相忘於江湖，禽摩盧而翔空，便習也。人之洎於名利也亦然。雖有聖賢俊艾，莫能拔於此。故孔子至人也，而有嬌氣多欲態色淫志。」進而發出了「今天下亂者名利也，今天下合者亦名利也。向使無名利以維世，

〔註 34〕俞兆平：《中國現代作家論科學與人文》，廣西師範大學出版社，2013 年，第 100 頁。

則圓顱方趾之儔，亦昧昧自營其生，散漫不可糾集。抑何自有數千年燦爛光怪之史乘，以成此妍麗完好之景象。」〔註 35〕——這種對名利的讚美，出於其年少氣盛的心性，彷彿對莊子隔著時空的駁詰（這種年少氣盛的進取銳氣在其日後「啟行赴美文」的躊躇滿志裏依然有著進一步的體現）。很顯然，年輕的徐志摩看到莊子解構仁義而「謀殺」聖人時，起了本能的反感，涉世未深的他，還不能深切體味到莊子所置身的春秋黑暗動盪時代中那種追逐名利而將仁義變為權謀話柄的虛偽人性。其實，莊子消解被仁義利用的功名利祿等本能追求，並不是要取消人的欲望，「而只是消解關於功名利祿等關於欲望的話語，並對人的本能欲望進行話語轉移而將人的欲望集中於追求『至樂』的審美人生。」〔註 36〕——這樣一種領悟，要待他日後受西方人文思潮洗禮而痛切感受到西方現代社會種種人性異化的醜惡現象後，才能真正地到來。1922 年，徐志摩辭別歐洲時，曾滿腔激憤地寫下《馬賽》一詩：

> 我愛歐化，然我不戀歐洲；｜此地景物已非，不如歸去。｜家鄉有長梗菜飯，米酒肥羔，｜此地景物已非，不堪存想。｜我遊都會繁庶，時有躑躅墟墓之感。｜在繁華聲色場中，有夢亦多恐怖：｜我似見萊茵河邊，難民麋伏，｜冷月照鳩面青肌，涼風吹襤褸衣結，｜柴火幾星，便雞犬也噤無聲音；｜又似身在咖啡夜館，｜煙霧裏煙香袂影，笑語微聞，｜場中有裸女作猥舞，｜場背有黑面奴弄器出淫聲；｜百年來野心迷夢，已教大戰血潮衝破；｜如今悽惶遍地，獸性橫行：｜不如歸去，此地難尋乾淨人道，｜此地難得真摯人情，不如歸去！

然而，古老的東方還是他夢中淳樸的故鄉嗎？歸來之後的上世紀中國 20 年代的現實，在軍閥連年混戰的血腥動盪與民不聊生中又何嘗不是「悽惶遍地」而「獸性橫行」？深深失望的詩人，只能每每在「有無虛實之間」，「想及過去的光榮」而「長念莊生之逍遙」（徐志摩：《泰戈爾來華》）。

四、超脫與救贖：「逍遙遊」的心靈歷程及其歸宿

如果說莊子的《齊物論》是中國思想史上「平等」思想的制高點，那麼

〔註 35〕徐志摩：《貪夫殉財烈士殉名論》，上海理工大學檔案館編：《1916：徐志摩在滬江大學》，上海交通大學出版社，2014 年，第 169 頁。

〔註 36〕程文超：《意義的誘惑》，時代文藝出版社，1993 年。

他的《逍遙遊》則是中國思想史上第一次由個體生命發出的「自由宣言」。在《逍遙遊》中，莊子以一種詩性的語言向我們描述的他所能想像到的那種在海為鯤在天為鵬的理想存在狀態，實際上是對一種無所待的自由狀態的描摹：大鵬的逍遙，不是某種具體的翱翔，而象徵著一種不受任何條件羈絆、沒有任何功利目的的自由精神的翱翔。只有這樣的翱翔，才能「乘天地之正，而御六氣之辯，以遊無窮」。把這種境界引入人生，就是「至人無己，神人無功，聖人無名」。所謂「無己、無功、無名」，並不是一般意義上的否定自我，而是強調「順人而不失己」，強調禮樂文明所塑造的「我」與本真之「我」之間的區分，從而超越受外在限定的實然狀態而達致合乎人性的理想存在的應然狀態。不難看出，莊子逍遙遊精神所內在蘊含的對人性化理想存在狀態的嚮往與憧憬，正是在遵循普遍天道的原則下超越了有所待的現實桎梏而展現了追求自由的品格。在莊子那裡，「自由」時常被轉化作「物化」、「無待」、「遊乎塵垢之外」、「乘物以遊心」、「獨與天地精神相往來」等感性的表達，而最貼切形象的表達莫過於上述那隻扶搖直上九萬里的大鵬的「逍遙遊」。顯然，此種話語所蘊藏的深刻的感性生命解放和精神自由超越的想像，既是莊子於生活中求得精神徹底解脫的人生哲學之精義所在，也內在地契合於西方現代哲學從必然王國進入自由王國後所具有的最高精神境界。當然，不同於黑格爾的知性自由，不同於康德的道德自由，也不同於盧梭的政治自由，「莊子逍遙遊式自由的最大特點就在於其是一種不著任何政治、道德與知性色彩的、僅落實於精神的自由。」〔註37〕這種徹底的精神情態的自由，深刻地啟迪了後世文人們的心靈感悟和審美觀照，從而使得中國古典詩歌藝術創作中的審美主體實現了從「目視」到「神遇」的心理轉換，並促成了在藝術意境生成和創構活動中由「質實」到「空明」的轉變和躍遷，形成了一脈崇「遠」倡「空」的文學傳統。於是，既有嵇康「目送歸鴻，手揮五弦。俯仰自得，遊心太玄」的魏晉風度的敞亮，又有李白「青天有月來幾時，我今停杯一問之」這樣飄飄欲仙的盛唐吟唱；既有陶淵明「採菊東籬下，悠然見南山」的隱逸恬淡，又有蘇軾「把酒問青天」後「欲乘風歸去」的豁達放曠。這種自由心靈的放飛與吟唱，一路綿延，投射到徐志摩的作品中，幻化成了無數精彩紛呈的意象。

〔註37〕王焱：《得道的幸福：莊子審美體驗研究》，第127頁。

莊子的「逍遙遊」思想，猶如一道靈魂的閃電，閃現於兇險四伏空前動盪的春秋戰國時代，標誌著個體的獨立意識在中國思想史上的首次覺醒，閃耀出異樣的斑斕色彩，感召和喚醒著後世的知識分子，把它作為黑暗時代中安撫自我生命、遠離政治傾軋和塵世喧囂的一種可能方式。這種人格襟懷所透顯出來的作為審美超越的藝術精神，也浸潤啟迪著徐志摩的審美心胸，從而使得他的作品具有永恆的藝術魅力，並締造了一個令後人無限懷想的審美化生存的詩意人生。但無須諱言，莊子以「無待」和「無己」為前提的逍遙遊精神在現實面前具有自身無法解決的矛盾與悖論，它似乎只存在於思想虛構的幻化之境中。表面上看，莊子的逍遙方式似乎無所不備，小到煢然一樹，大到鯤鵬展翅，小到隱機而噓，大到天籟呼吸；莊子的逍遙空間也是廣闊無邊的，廣漠不足以言其大，在與大自然合而為一的齊物中渾渾然沒了夢和醒、生和死的界限，這種神秘的自由的精神體驗，對於解決中國人的心靈困境具有不可磨滅的審美功勳，但由於只停留於心靈的層面，它對於改善個體身心所置身的具體客觀現實環境似乎無能為力，進一步，還會導致人的主觀能動性的喪失。譬如在上文舉例的類似莊子「坐忘」的一次體驗中，徐志摩之所以要忘掉外界的種種，在某種程度上乃是源於對黑暗世道的不滿和激憤：「苦惱的僵瘪的人間，陽光與雨露的殷勤，不能再恢復他們腮頰上生命的微笑」；「紛爭的互殺的人間，陽光與雨露的仁慈，不能感化他們兇惡的獸性」；「庸俗的卑瑣的人間，行雲與朝露的丰姿，不能引逗他們剎那間的凝視」；「自覺的失望的人間，絢爛的春時與媚草，只能反激他們悲傷的意緒」（徐志摩：《北戴河海濱的幻想》）。——在作者內心世界的剖白中，我們看到的是置於黑暗時代中詩人企圖安撫自我生命、遠離政治傾軋和塵世喧囂的一種精神尋求，客觀上亦是對當時社會主流思潮功利傾向的一種無意識的反撥，同時，在向內心精神世界的「逃遁」中，他並沒有與現實隔膜，而是依然保持著深切的憂患意識和對人們苦難生活的同情。然而，我們依然不免要對其合理限度性進行追問：如此便可以不正視造成現實苦難的種種根源而讓審美對存在之「實」閉上眼睛麼？

前面說過，莊子逍遙理念與西方現代哲學存在著理論上的相通與精神情態的內在契合，但這種契合併不能遮蓋兩者古今的懸隔：「事實上，與質疑禮樂文明相聯繫，價值創造的意義，確乎在相當程度上處於莊子的視野之外。疏離於價值創造過程的邏輯後果，是逍遙的實踐意義的淡化」，因為「自然本身並不具有自由的屬性，只有當人根據自己的目的和理想作用於自然、使之成為人化之物並獲得為我的性質時，自然才進入自由的領域。這一過程既體現於對象世界的變革，也與人自身之『在』相聯繫：通過自然的人化，人實現了自身的目的與理想，從而一方面，對象由自在之物轉換為為我之物，另一方面，人自身由自在而走向自為。正是在這一過程中，人的存在逐漸展示了其自由的本質。目的、理想向存在領域的滲入，同時突顯了自由的價值內涵：它使自由不同於純然或抽象之『在』，而表現為存在與價值的統一。莊子將自然的形態視為逍遙之境，以無為消解目的性，不僅或多或少忽視了自由與自在的區別，而且對自由的價值內涵也未能給予充分的注意。」〔註 38〕——莊子哲學這種偏於精神層面而淡化實踐層面的內在偏失，在其流衍過程中之於傳統文化深層心理結構的形塑正具有不容忽視的負面作用，它在徐志摩的身上也有著某種程度的體現。

與徐志摩同為自由主義同盟的胡適，曾將中國傳統中以老莊為代表的「獨善的個人主義」剝離出他所說的「健全的個人主義」範疇之外。針對當時周作人等人宣揚日本新村運動的不切合中國現實環境的行動，胡適指出其乃是一種凌空虛蹈：「不滿於社會，卻又不可如何，只想跳出這個社會去尋找一種超出現社會的理想生活。」胡適認為，「不站在這個社會裏來做這種一點一滴的社會改造，卻跳出這個社會去『完全發展自己的個性』，這便是放棄現社會，認為不能改造；這便是獨善的個人主義。」〔註 39〕胡適這種觀念與後來的哈耶克有相通之處：「那種認為個人主義乃是一種以孤立的或自足的個人的存在為預設的（或者是以這樣一項假設為基礎的）觀點，而不是一種以人的整個性質和特徵都取決於他們存在於社會之中這樣一個事實作為出發點的觀念」乃是一種「偽個人主義」〔註 40〕。由此出發，胡適在提倡個人自由時認為應該反對傳統老莊一派「崇尚自然」而追求的「內心的自由」：「道家的人生觀名義上看重『自由』，但一面要自由，一面又不爭不辯，故他們只好尋他們所謂『內心的自由』，消極的自由，而不希望實際的，政治的自由。結果只是一種出世的人生觀，至多只成一種自了漢，終日自以為『眾人皆醉我獨醒』，其

〔註 38〕楊國榮：《莊子的思想世界》，北京：北京大學出版社，2006 年，第 232 頁。

〔註 39〕胡適：《非個人主義的新生活》，《胡適文集》（第 2 卷），北京大學出版社，1998 年，第 564～569 頁。

〔註 40〕哈耶克：《個人主義：真與偽》，《個人主義與經濟秩序》，鄧正來譯，生活·讀書·新知三聯書店，2003 年，第 11 頁。

實也不過白日做夢而已。他們做的夢也許是政治的理想，但他們的政治理想必不是根據事實的具體計劃，只是一些白晝做夢式的烏托邦理想而已，或者，一些一知半解的道聽途說而已。」〔註 41〕——作為思想家的胡適與作為詩人的徐志摩在他們共同持守的「個人自由」的立場上，正是在這裡顯示出根本的歧異：一者更多地兼顧個體，認同個體本身包含有超越於社會的獨特性：「我信德謨克拉西（民主）的意義只是普通的個人主義；在各個人自覺的意識與自覺的努力中涵有真純德謨克拉西的精神；我要求每一朵花實現它可能的色香，我也要求各個人實現他可能的色香」（徐志摩：《列寧忌日——談革命》）；一者更多地兼顧社會，認同個體本身包含的社會性：「我這個『小我』不是獨立存在的，是和無量數『小我』有直接或間接的交互關係的，是和社會的全體和世界的全體都有互為影響的關係的；是和社會的過去和未來都有因果關係的；……這種過去的『小我』，和現在的『小我』，和種種將來無窮的『小我』，一代傳一代，一點加一滴，一線相傳，連綿不斷，一水奔流，滔滔不絕：——這便是一個『大我』……這便是社會的不朽，『大我』的不朽。」〔註 42〕需要注意的是，胡適批判道家消極思想的歷史背景，正值民族危亡之秋，所以他提倡必須有為，到了晚年退守海外面臨臺灣島內高壓政治氣候時，他又部分修正了自己早年對道家的認識，開始發掘道家思想中充分尊重民眾主體性的「無為」一面，主張無為而治和賢能政治，這和他早年提倡的「好政府主義」可謂暗通款曲，也與曾呈歧異的徐志摩重歸同調（徐志摩在《羅素又來說話了》一文中也曾提出「好人政府」的主張）。由此可見，胡適把中國當時百病叢生的現狀歸罪為道家的「消極的自由」值得商榷，但胡適所指出的道家脫離社會的一面，在當時的歷史背景下，卻又是頗為切中道家思想所無法避免的「消極」之弱點的。

在「五四」風起雲湧的歷史現實中，激烈批判乃至全面否決莊子以個人為本位的思想成了一股重要的社會思潮。種種罪名如個人主義、遁世主義、逃避主義、懷疑主義、虛無主義、無政府主義、阿 Q 主義、復古主義等紛紛加諸其上（與過度貶低相對應的也有過度的拔高，譬如郭沫若就曾給莊子貼上「泛神論」的標簽，將他塑造成一個無限擴大的超人個體，以符應其充滿浪漫激情與叛逆精神的詩學觀）。與莊子相似，徐志摩作品中所透露出來的隱

〔註 41〕胡適：《從思想上看中國問題》，《胡適文集》（第 11 卷），第 158 頁。
〔註 42〕胡適：《不朽：我的宗教》，《新青年》第六卷第二號。

逸自由也曾被視為「消極空虛」，甚至「反動落後」，但事實上，徐志摩是「五四」文壇中一個不依附於任何黨派勢力的自由紳士，這樣的開明主張，使他在主持《晨報副刊》期間左右開弓，既抨擊國民黨政府的黑暗統治，也駁詰和懷疑在上世紀 20 年代降臨中國繼而形成席捲之勢的西方舶來之「階級鬥爭」理論在解決社會矛盾中的「萬能」功效。——徐志摩之所以能屢屢作出激濁揚清、經得起後人反芻的精彩發言，關鍵的因素就在於他那以不爭為原則的逍遙，在於他那對心靈自由的天然追求。這種源於一種個體意識覺醒的不屈從於專制的獨立人格，轉換到適當的歷史時期，恰恰是向自覺參與現實政治實踐的自由公民人格過渡與轉化的必要前提。其反政治的人格導向的是隱逸的文化心態，面對軍閥混戰民不聊生的黑暗政治局面，他多次吐露自己的心曲：「近來更不是世界，我又是絕對無意於名利的，所要的只是『草青人遠，一流冷澗』」（徐志摩致胡適，1927 年 1 月 7 日），如果自己將來「在政治場中鬼混，塗上滿臉的窯煤。——咳！那才叫做出醜哩！」（徐志摩致陸小曼，1925 年 3 月 18 日）為此教育部部長蔣夢麟聘他當司長而不就——這與曾經拒絕過楚威王招攬而視政治為污泥濁水，寧可「遊戲污瀆之中自快，無為有國者所羈」的超然灑脫的莊子何其相像！莊子當年面對廟堂世界的誘惑給出的回應有如第歐根尼對亞歷山大的回答：「靠邊站，別擋住我的陽光！」同樣，徐志摩對於淹沒個人性靈世界的現實洪流的回應則是：「飛揚，飛揚，你看，這地面上有我的方向！」（徐志摩：《雪花的快樂》）——他們各有自己的追求和方向。

然而，當自由本身成為個體價值唯一也是最後的目的時，無疑流露出在出世與入世之間種種難以協調的矛盾，這也是莊子「逍遙遊」思想中隱含的一個悖論。戴建業先生曾於此作過較為深入的剖析：

> 當個體佔有自我的時候，就難逃「喪己於物，失性於俗」的厄運，要獲得自我的獨立，個體就必須捨棄自我意識；同樣，當個體擁有自我時，自我就不可能逍遙遊，要想自我能實現精神的逍遙遊，就非放棄自我意識不可。這裡，自我成了自我的否定，主體成了逍遙遊的否定，於是，就出現了這樣一對怪異的精神現象：以喪失自我來佔有自我，以棄絕主體來換取逍遙遊。然而，喪失了主體的逍遙遊就是逍遙遊本身的取消，莊子獲得自我獨立與逍遙之日，正是這種獨立與逍遙的否定之時。被他描述得天花亂墜的逍遙遊的真正

歸宿就是：自我與自由一併消亡。這表明在當時給定的現實存在中，個體與逍遙遊如冰炭不可共器，個體要麼貶低自己去順應異己的社會和自然，而這事實上是以「虛己」來取消個體；要麼在自身的內在性中去尋找逍遙遊，但這又要以棄絕自我為代價。莊子對個體內在精神逍遙遊的高揚，恰恰表明個體外在地被桎梏和奴役。然而，不能現實地佔有自我的個體，也不能內在地佔有自己的心靈，贏得逍遙遊的唯一出路，不是從現實面前蒙面而逃，而是主動積極地改造這種現實，並進而達到主體與客體的和解。自我不可能逃避現實存在而不否定自身。莊子從尋求自我精神的逍遙開始，到三番五次要求「無己」、「外生」、「喪我」告終，經由否定對象（「天下」、「物」）到否定自身（「己」、「生」、「我」）的漫長心靈歷程，最後走向了自己目的的反面，他從否定的意義上給我們留下豐富而又深刻的啟示。〔註43〕

這段頗具創意性的剖析似乎恰恰可以作為詩人徐志摩悲劇人生的一個哲學考察。與莊子一樣，徐志摩面臨的同樣是一個秩序解紐的動盪世界。原先被當作終極價值承載者的人間生活秩序的轟然崩壞，導致的是個體生命意義的虛無和沒有著落；殺伐激烈兇險動盪的政治現實無情地剝奪了他實現自我理想抱負的可能性，即使是繼承自老莊以批判各種社會弊病為特徵的「無為」，也只是停留在一種抽象的否定而缺少明確的肯定性內涵和社會實踐的可行性，他只有向藝術的象牙塔中沉湎。如果說詩人剛回國時對百廢待興的現實還持有一種批判的銳氣，對國事民瘼也時常懷持一份感時憂國的傳統士大夫式的道義擔當，對理想的追求頗有一種西方尼采式的激昂和柏格森式的生命衝動，從而「以道家的超然為基點，融合查拉斯圖拉的出山與傳統儒家的入世精神，將超然的精神、個人意志與為世的責任有機地凝為一體」〔註44〕，但面對軍閥混戰導致的遍地民不聊生的苦難現實以及「隱伏中的更大的變亂」，面對世俗利益殘酷紛爭和權力暴力野蠻博弈的荒謬世道，早先鏗鏘昂揚的鬥志漸漸趨於追求超脫的道家的神遊，早期咆哮的「猛虎」漸漸演變為後期嘔血的「癡鳥」。一方面他宣稱：「我再不想成仙；蓬萊不是我的份，我只要

〔註43〕戴建業：《論莊子「逍遙遊」的心靈歷程及其歸宿》，《文本闡釋的內與外》，上海文藝出版社，2019年，第25～26頁。

〔註44〕雷文學：《老莊與中國現代文學》，第33頁。

這地面，情願安分地做人」（徐志摩：《「迎上前去」》），「出世者所能實現的至多無非是消極的自由，我們所要的卻不止此。我們明知向前是奮鬥，但我們卻不肯做逃兵……」（徐志摩：《「話」》），一方面卻又總是感歎：「詩靈的稀小的翅膀，盡他們在那裡騰撲，還是沒有力量帶了這整份的累贅往天外飛的」（徐志摩：《〈猛虎集〉序文》），慨歎文明的重量已經烙住了人類想飛的翅膀，從而渴望「這皮囊要是太重挪不動，就擲了他，可能的話，飛出這圈子，飛出這圈子！」（徐志摩：《想飛》）——儘管詩人後期省悟到自己因「單純信仰」而「流入懷疑的頹廢」，但在出世與入世的靈魂搏鬥中，一種超越的快感最終還是佔據了上風：

> 人類最大的使命，是製造翅膀；最大的成功是飛！理想的極度，想像的止境，從人到神！詩是翅膀上出世的；哲理是在空中盤旋的。飛：超脫一切，籠蓋一切，掃蕩一切，吞吐一切。人類的思想可以起飛，超脫一切，籠蓋一切，掃蕩一切，吞吐一切。（徐志摩：《想飛》）

這種「疾雷破山、飄風振海而不能驚」的沛不可擋的超世之慨，這種渴望超越「形」之侷限而跨入「神」性的企盼，不正是莊子筆下那個「乘雲氣，御飛龍，而遊乎四海之外」的神人嗎？顯然，徐志摩與莊子一樣，面臨的是同一個趨待解決的千古人生難題：即已經無可奈何地選擇在世的個體生命如何與所置身的黑暗虛無的現實世界達成和解？如何才能安頓個體的身心？一條可能的出路是：「個體一方面在不得已的情形下與塵垢般的現實世界虛與委蛇，另一方面則『擇日而登假』或『登天遊霧』，使其心魂『乘道德而浮遊』於六合之外的『逍遙之虛』——在此聖域中，個體不僅可以獲得至美至樂的精神愉悅，更可『官天地，府萬物』，『與日月參光』、『與天地為常』。」〔註 45〕與莊子的「乘雲氣，騎日月，而遊乎四海之外」的逍遙相同，徐志摩在那個動盪不安，各種思想意識形態矛盾交織的複雜現實裏，是想憑藉這種「逍遙遊」的超越精神來作靈魂彷徨迷惘的最後拯救，而且他也是一度找到了這種獨特的超脫快感的。〔註 46〕固然，其時北平時局動盪，徐氏「聞頗恐慌，急於去

〔註 45〕鄧聯合：《個體的出走與莊子哲學精神的生成》，《莊子哲學精神的淵源與釀生》，北京：光明日報出版社，2011 年，第 204 頁。

〔註 46〕徐志摩逝世前，曾一度癡迷於那種飛行體驗的快感，他的學生趙家璧曾在《寫給飛去了的志摩》一文中有生動的記敘：「你對於飛鳥的興趣，真是不減於 Hudson，而你對於 Hudson 的崇拜，也跟泰戈爾有次告訴你的同樣吧！有次

看看」（見楊杏佛輯錄之「志摩絕筆」），也是一個現實原因，但胡適一眼就看出，「濟南不幸」，不過「適逢其會」（見胡適 1931 年致保君健電文），當他「硬要借航空的方便達到他想飛的『夙願』」時，〔註 47〕「無待」的逍遙遊終究不免受制於「有待」的現實環境，「追求的上升人格」最終受制於「下墜的人之生物本性」，其人生結局預言似地兌現了其散文《想飛》的結尾：

天上那一點子黑的已經迫近在我的頭頂，形成了一架鳥形的機器，忽的機沿一側，一球光直往下注，砌的一聲炸響，——炸碎了我在飛行中的幻想，青天裏平添了幾堆破碎的浮雲。

——是的，「逍遙遊」的真正歸宿也許就是：自我與自由一併消亡，或者說，自我成為自由的殉道者，這既是莊子人生哲學的永恆悖論，也是詩人徐志摩空難事件可以作為一種精神史現象得以成立的哲學理由。正如「乘夫莽眇之鳥」是「出六極之外，而遊無何有之鄉，以處壙埌之野」的前提，莊子美學的奧秘「乃在『用志不分，乃凝於神』，用心靈的提撕克服肉體的感性形態，在對肉體的否定中使肉體本身變成精神，『官知止而神欲行』，感官的負擔卸卻後反倒更好地達到了一種超感性的感性，純任神行而毫無窒礙，進入『逍遙遊』。……莊子書中《德充符》中那些以精神破肉體的『畸人』，《應帝王》中的『壺子四示』以精神的活動而改變身體的形貌情態，皆表明了這種境界。而道教的『尸解』、『飛昇』則以宗教的想像揭示了其必然歸宿，那就是棄擲此岸的屬於感性的有限的肉體，而奔向彼岸世界的永恆極樂的精神王國。」〔註 48〕——相比於「五四」時期只是借西方宗教和哲學或古代文人士大夫的

你叫我們讀一篇《鷂鷹與芙蓉雀》，你自己說『我就願做在大空裏盡飛的鷂鷹，不願做關在金絲籠裏的芙蓉雀』……你講起那些住在籠裏頗為自足的芙蓉鳥，你真付以十二分的同情，你背著你那篇原文的譯文，你說：『一個人可以過活，並且還是不無相當樂趣的，即使他的肢體與聽覺失了效用；在我看，這就可以比稱籠內的鷙禽，他的拘禁，使他再不能高飛，再不能遠跳，再不能任悠縱劫掠的本能。』本來以你的胸襟，你怎肯從這橫條跳上那橫條，從橫條跳到籠板，又從籠板跳回橫條上去了。那天你把住在這世界上的人，不想高飛遠走的人，罵做芙蓉雀，你舉起了你的右手，指著澄藍的天空，風動的樹林，你說：『讓我們有一天，大家變做了鷂鷹，一齊到偉大的天空，去度我們自由輕快的生涯吧，這空氣的牢籠是不夠人們翱翔的。』」（趙遐秋、曾慶瑞、潘柏生編：《徐志摩全集》第 3 卷，第 294～295 頁。）

〔註 47〕林徽因：《悼志摩》，王任編：《哭摩》，北京：金城出版社，2012 年，第 109 頁。

〔註 48〕駱冬青：《當下的審美脈搏》，《文藝之敵》，北京：商務印書館，2017 年，第 171 頁。

閒適觀念來表達自我性情與生存狀態的大多數詩人來說，時時想超越現實而飛昇到形上精神天空的徐志摩無疑是一個罕見的例外。如果說後來出現的穆旦是「常想飛出物外｜卻為地面拉緊」（穆旦：《旗》），徐志摩則是「雖為地面拉緊｜卻常想飛出物外」。其人生結局與其說是在一種「膨脹的精神和狂喜神秘的向上性」中重演了古希臘神話中飛天的「伊卡洛斯的歡愉」（李歐梵語），毋寧說是在莊子向後世追求自由渴求出世者敞開一方「乘雲氣，御飛龍，而遊乎四海之外」的精神空間感召下的一次「顯跡賦形」，一次「逍遙遊」式的遁逸，誠如其早年《府中日記》中對生命理想的激越闡發：「我擬輕裝駕黃鶴，月明狂嘯最高峰」！

結　語

個體心靈的覺醒，伴隨西方個性解放的思潮，成為「五四」新文化運動獨立本質的思想特徵，對個體意義的追求由此成為「民主」和「科學」的價值基礎。然而，由於公民傳統和政治公共空間的缺失，「五四」個人主義的內部本身就隱含著思想的悖論與價值的困局。一方面，在儒學解構後的「五四」新文化語境中，失去了傳統儒道互補結構和西方基督教之超越性維度制衡的個人主義，注定「難以為一體化結構之中國文化的重建提供替代性的信仰資源」〔註 49〕，在更多源於外爍性而不是內生性的現代民族國家的總體籌劃過程中，那種「力圖實現一個為解放和民族革命而創造個人的工程」〔註 50〕的個體價值追求也難免不成為一種「必要」的犧牲。具體對於徐志摩來說，其受啟發於西方個人主義的性靈覺醒，因缺乏本土文化土壤和社會環境而無法獲得相應的價值依託，無法建立起一個真正屬於自己的個體化世界，因而一方面既在脫離群體與回歸群體之間徘徊，一方面也在文化本體論的層面呈現一種價值內虛的狀態。正是在個體獨立與時代宏大終極目標的錯位間，徐志摩一方面將對愛情的追求當成了心靈救贖的路徑，一方面也將人生終極的價值目標寄託於理想人格的追求上，從西方浪漫主義及本土老莊的思想中汲取人格獨立的價值源泉，從而試圖尋找到一條自我超脫的審美救贖之路。

〔註 49〕高力克：《五四的思想世界》，學林出版社，2003 年，第 120 頁。

〔註 50〕劉禾：《語際書寫：現代思想史寫作批判綱要》，廣西師範大學出版社，2017 年，第 52 頁。

在西方現代性意志迅猛擴張的時代，由傳統天下觀所開啟的人性的最高可能性被重新估定一切價值的革命意識所替代，曾安放中國人全部心靈家園的傳統天下觀反而成了需要擺脫的歷史負累。當歷史的靈韻正蛻變為世俗化祛魅過程中的殘跡，詩人似乎敏感到，功利正在湮滅性靈，藝術的美正在飛速隱逝，人生問題的關鍵正在於：在依違兩難間，如何安頓個體的靈魂？如何拯救一顆活躍至動而又流轉有韻的心靈？「在這裡，我們看到的是一個中國知識分子豐富而緊張的心靈，在其中，西方的尼采與中國的莊子、儒家的入世與道家的超脫、國家的集體目標與個人的生命創造，如何奇妙又矛盾地交織在一起、相互激蕩、相互滲透。世俗與神聖的錯位、『天』與『地』的緊張、功利與價值的衝突」〔註 51〕，這一切，都是那個複雜動盪時代在其內心世界的投射。最終，不是西方浮士德所象徵的永無止境的追求的騷動意志，也不是西方浪漫派自由進取的精神，而是莊子超脫隱逸的「逍遙遊」理念，成了詩人企圖抽離和逸出這一掙扎過程的個體精神姿態。

「徐志摩的走向死亡象徵了當時所有感性至上的幻想者們的共同歸宿。就中國而言，超穩定的封建體系所釋放出的黑暗氛圍難以憑藉自我主觀的激情和衝動來驅散，現實社會的堅硬與強有力遠遠壓倒了個人理想幻夢的虛浮與縹緲。只要理想遲遲不能兌現，從心理學的意義上講，夢幻者們的激情與衝動就必然要找到新的宣洩途徑，從而達到新的身心平衡。而幻滅和絕望是夢想和希望毗鄰的避難所。作為個性主義者的夢幻家」，徐志摩在政治上對英國普遍民主的崇拜「使他飽受了與中國現實相脫節的孤苦。他所供奉的人道主義誘使他在當時既不能接受當局的暴政，又無法理解工農為主體的武裝革命，左右著中國現實的兩大潮流都不是他的選擇。因此，他絲毫也感受不到現實中光明和希望的存在，最後以洋化了的尚死來完成佛道信徒的現實超越。」〔註 52〕請注意，詩人的身影最終隱沒在傳統天下世界破裂而一個現代民族國家被迫凸顯出來的時刻（筆者指的是詩人「白日飛昇」前夕爆發的日軍全面侵華事件：「九一八事變」），其生命的結局，也最終成就一種「獨與天地精神往來」的逸氣與浩氣。然而，當詩人在一團豔麗的火光中飛昇而帶給世人翩然一驚之際，這個古老的民族不期然間陷入了空前的危機，救亡與革

〔註 51〕許紀霖：《林同濟的三種境界——〈天地之間：林同濟文集〉代序》，許紀霖、李瓊編：《天地之間：林同濟文集》，復旦大學出版社，2004 年。

〔註 52〕毛迅：《徐志摩論稿》，第 222～223 頁。

命的呼聲響徹中華大地，其在一個時期內被遺忘也就是必然的了，正如當戰爭的硝煙散去，其身影會重新在人們懷念的視野裏翩然歸來。不誇張地說，其以生命精神為最高追求理想的「詩性情調」在新時期受到了知識階層的普遍激賞。就此意義而言，不妨這樣為本文作結：

徐志摩延續自莊子「內在超越」的文化心理結構，使得他以一種罕見的人文激情，在世俗政治之外創造出一個別樣的精神空間和價值維度；其對「逍遙遊」式理想人格的憧憬以及對「人生藝術化」的執著追求，決定了其理想追求「在本質上是一條以精神提升和個體改造為基點、以藝術與美為中介的審美救贖之路。儘管它也蘊含了對大眾人格啟蒙、民族命運救亡、中華文化重建、現代科技反思、人類命運前途的多重複雜憂思，而在當時嚴峻的民族與政治危機面前，這種思路與結論明顯是超前的，多少是烏托邦的，它所選擇的解決現實問題的方法也不可能立竿見影。在面對尖銳的現實問題與沉重的人生困境時，它不免呈現出某種軟弱性（政治上）、妥協性（文化上）與不徹底性（思想上），由此使其理論話語在面對與解決具體問題時現出一定的矛盾性，如征服現實（入世）與超脫現實（出世）的矛盾，理智與情感的矛盾、藝術（美）和人生（善）的矛盾、功利和超功利的矛盾等等。但是，這種不足與矛盾並不能遮蔽其主導精神傾向，也無損於其在中國現代文化演進中的積極意義。正是經過中國現代『人生藝術化』理論的中介，中國文人士大夫深藏已久的朦朧人生情致，終於轉化為一個明亮溫暖的審美人生口號，並賦予了其以前所未有的高潔、深沉、宏遠的新意趣！」〔註 53〕

〔註 53〕金雅：《人生藝術化與當代生活》，第 215 頁。